徳間文庫

氏真、寂たり

秋山香乃

徳間書店

目次

主な登場人物

今川氏真（五郎）　今川家第十二代当主。今川義元の嫡男
志寿（早川殿）　北条氏康の娘。氏真の正室
徳川家康（松平元康・次郎三郎）　三河の松平家第八代当主広忠の嫡男
北条氏規（助五郎）　北条氏康の三男
朝比奈泰朝　今川家家臣。懸川城主
朝比奈泰勝（弥太郎）　今川家家臣。氏真の近習
海老江里勝（弥三郎）　今川家家臣。氏真の小姓
弥八郎　鷹匠。徳川家康の家臣
日奈　氏真の妹。武田義信の正室
夕（築山殿）　徳川家康の正室。松平信康・亀姫の母
寿桂尼　氏真の祖母。義元の母
芳（瑞渓院）　今川氏親の娘。志寿の母で義元の妹
太原雪斎　臨済宗の僧侶。今川家家臣
北条氏政（新九郎）　北条氏康の嫡子。相模の北条家第四代当主
武田勝頼　甲斐武田家第二十代当主。武田信玄の庶子
織田信長　尾張の戦国大名。天下人。織田信秀の嫡男

今川義元　今川家第十一代当主。「海道一の弓取り」の異名を持つ戦国武将

今川氏一門の家系図

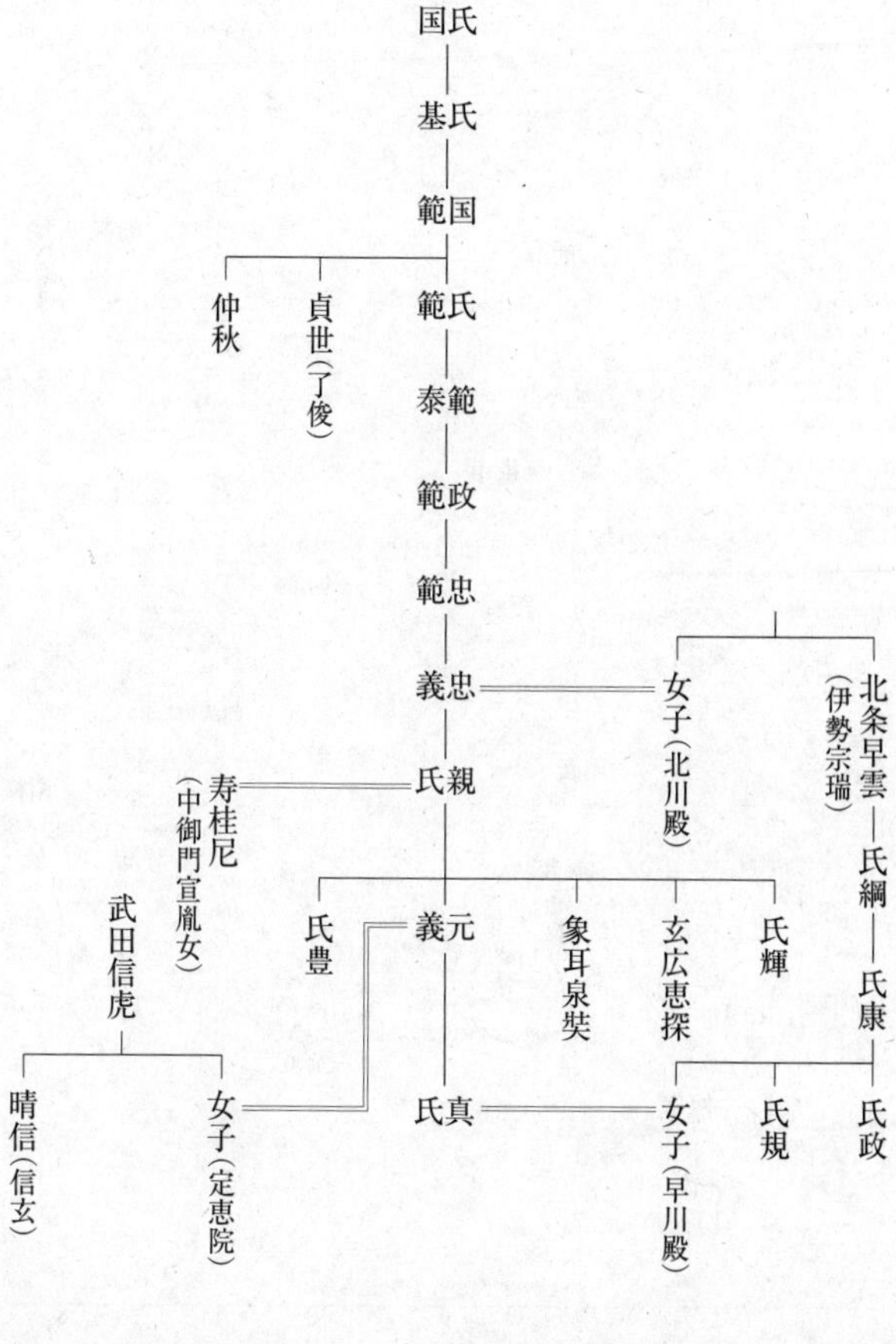
国氏
基氏
範国
仲秋
貞世(了俊)
範氏
泰範
範政
範忠
義忠
女子(北川殿)
北条早雲(伊勢宗瑞)
氏綱
氏康
氏親
寿桂尼(中御門宣胤女)
武田信虎
氏豊
義元
象耳泉奘
玄広恵探
氏輝
晴信(信玄)
女子(定恵院)
氏真
女子(早川殿)
氏規
氏政

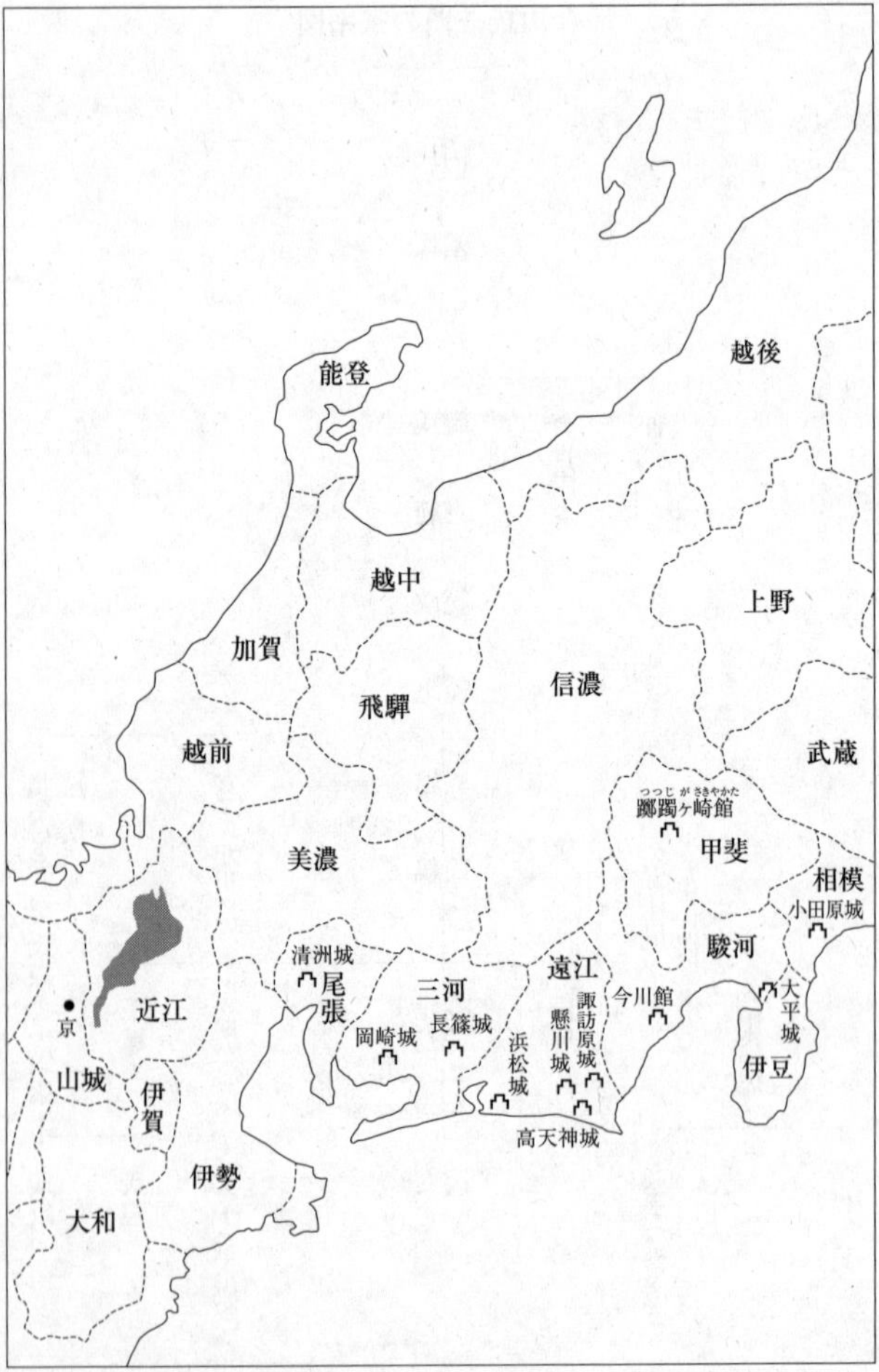
越後
能登
越中
上野
加賀
信濃
飛驒
越前
武蔵
躑躅《つつじ》ヶ《が》崎館《さきやかた》
甲斐
美濃
相模
小田原城
駿河
清洲城
尾張
三河
遠江
今川館
大平城
近江
京
長篠城
岡崎城
浜松城
懸川城
諏訪原城
伊豆
山城
伊賀
高天神城
伊勢
大和

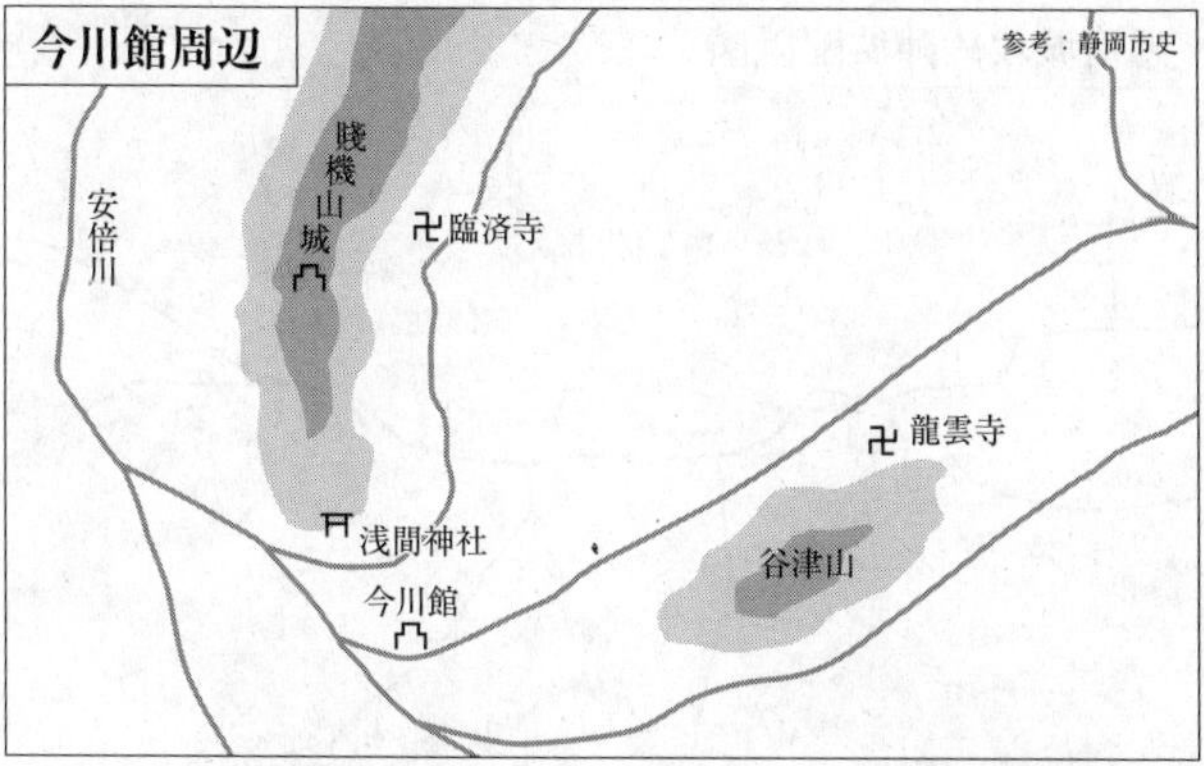
今川館周辺
参考：静岡市史
賤機山城
臨済寺
安倍川
龍雲寺
浅間神社
谷津山
今川館

薩埵峠
大宮城
富士川
河内路
岩渕
河内路（身延街道）
河内路
由比
蒲原城
浜石岳
薩埵山陣場
東海道
横山城
興津
駿河湾
提供：静岡古城研究会 水野茂

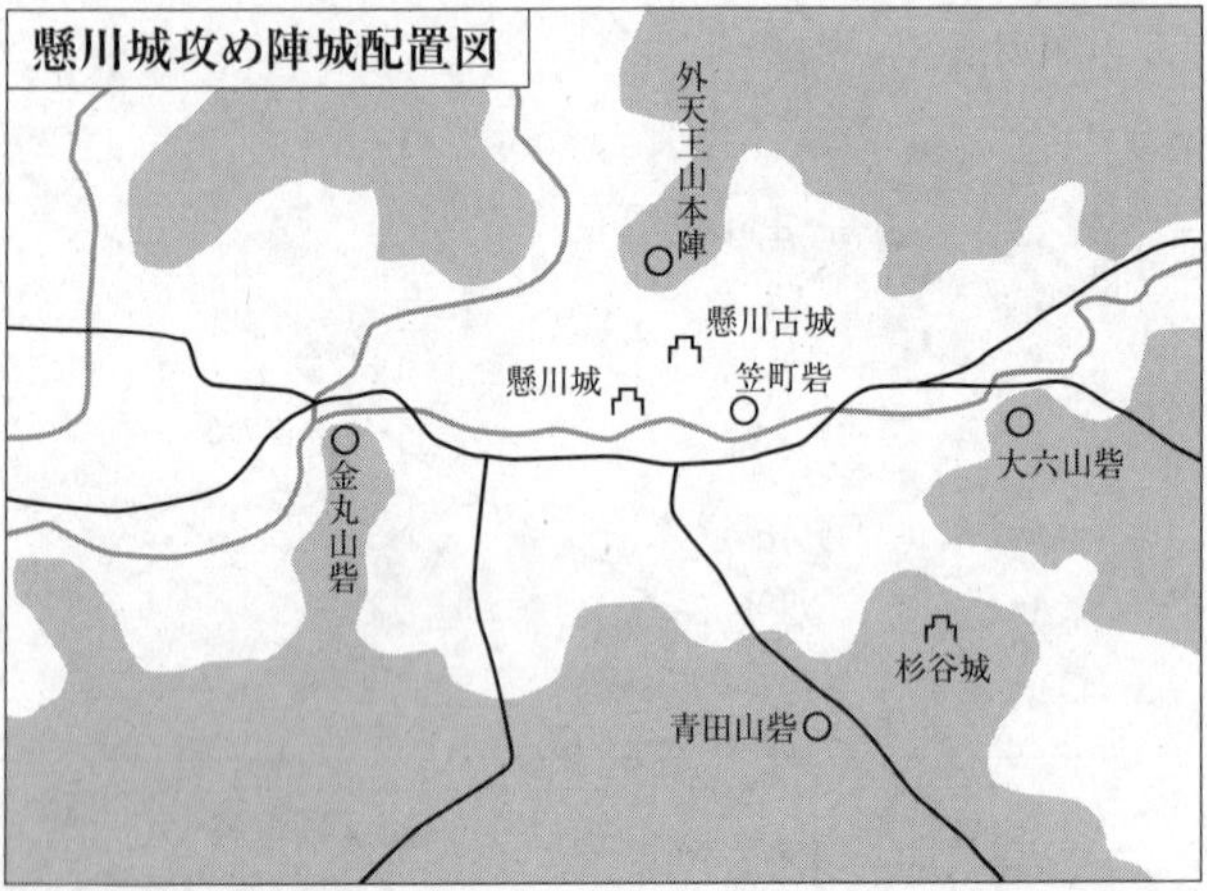

懸川城攻め陣城配置図

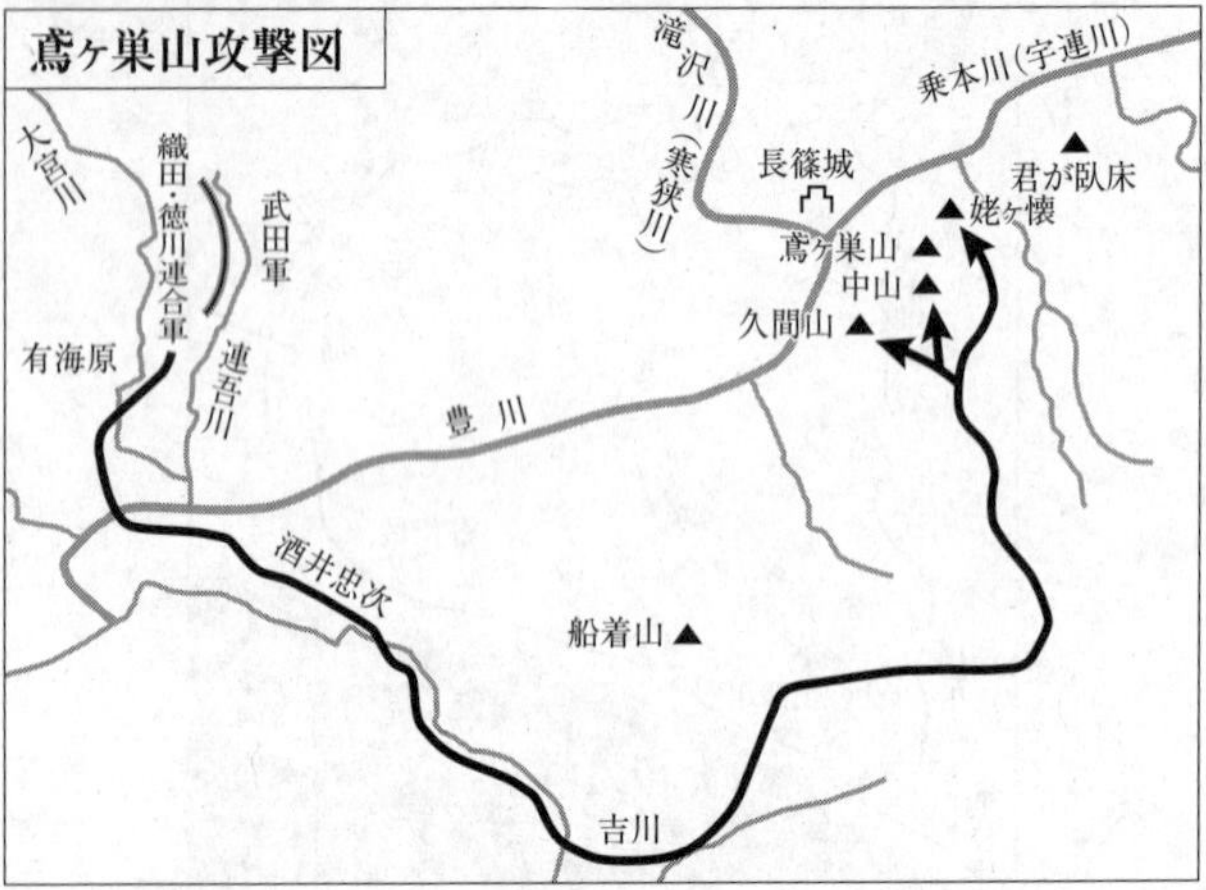

鳶ヶ巣山攻撃図

一　章

氏真《うじざね》は、幼少のころから、己が人と大きく違っていることを、強く意識せずにいられなかった。争いは嫌いであったし、猛々しくなりたいとも思わなかった。人と人とが何気なく交わす優しい情を尊く感じ、誰かが笑顔になると自分も嬉しかった。騙《だま》し合うことよりも信じ合うことの方が好きだった。

それらはみな、口にしようものなら侮られ、軽視され、場合によっては命を奪われる。それに、自分とは正反対の父の作った今川《いまがわ》の城下は、美しく華やかで、平和と笑いに満ちているではないか。まるでこの世の浄土の如く。

それらを守り育てるために、父は手を血に染め、その生涯は計謀と欺きに彩られていた。そうでなければ守れぬものを父は守って生きていた。

自身もそうあらねば、と氏真は信じた。この世に極楽浄土をつくり上げ、育て、守る――そのために血塗られた生涯を送る。非情にもなる。敵に通じているかもしれぬ者は、ことと次第によっては疑いの段で殺す――それが今川家嫡子の務めであると。

一

今川氏真が、天文七年(一五三八)に生まれて最初に付けてもらった名前は、龍王《たつおう》丸《まる》という、ずいぶん勇ましく大仰なものだった。いったい、だれが何を考えてこんな名前を付けたのだろう。

代々今川家嫡子に与えられる名前だから、父の義元《よしもと》が考え出して付けたわけではない。本当は氏真も、自身の幼名の謂《いわ》れくらい耳にしたことがあるのだ。これは今川家を興した国氏《くにうじ》が、先祖代々宝剣として大切にしてきた源《みなもとの》八幡《はちまん》太郎《たろう》義家《よしいえ》由来の龍丸を、赤子が生まれるときに産屋に置いたためといわれている。

八幡太郎にあやかる勇ましい男児が、国氏の望み通りに授かったのを寿《ことほ》いだ名ということか。龍丸の名を持つ相伝の剣の名から導いた〝龍王丸〟。ならば、今川の当主は代々八幡太郎の如き男でなければ許されぬということだ。

今川家は将軍家足利《あしかが》一門であり、足利二つ引両の紋を用いる名門だ。「今川」の姓も日本中でただ一家、駿河《するが》の今川家当主しか名乗ってはならぬ名であった。確かに、そのくらいの男でなければ、継いではならぬものなのかもしれない。実際、父義元は「海道一の弓取り」の二つ名を、天下に轟かせている。

その重圧を思うとため息しか出ない。それに、と氏真は思う。

（龍王丸の王の字はどこから湧いて出たというのだ。王だぞ、王）

自分では名前負けだ。氏真には、龍のような神々《こうごう》しいまでの猛々しさはもちろんのこと、王のような深慮も人を統《す》べる風格もない。

比して、義元は、息子の目から見ても覇王というに相応《ふさわ》しい凄《すご》みのある男であった。

（父こそは龍王丸という名に相応しい……）

皮肉なことに嫡子ではなかったから、この口にするのが少々恥ずかしい大袈裟《おおげさ》な名を、義元が名乗ったことは一度もないのだ。義元の幼名は芳菊丸《ほうぎくまる》という優美なもので、これはこれで何を考えればこんな香《かぐわ》しい名になるのだろうと感心する。

義元は、四男であったことから出家して、京の臨済宗建仁寺《けんにんじ》と妙心寺《みょうしんじ》に学んでいたが、家督を継いだ兄氏輝《うじてる》の死後に生じた花蔵《はなくら》の乱と呼ばれる家督争いで、庶子である兄の玄広恵探《げんこうえたん》を破り、今川家当主に力でもって君臨した。

義元の名は、この花蔵の乱に臨むため、将軍足利義晴《よしはる》から偏諱《へんき》を賜ったものだ。今川家の正当なる相続者は自分であると、征夷大将軍の名で世に知らしめたのだ。

義元の勝利にはもう一つ、相模《さがみ》国北条氏綱《うじつな》の支援が大きく影響した。氏綱は、元々伊勢《いせ》氏綱という名で、父の伊勢盛時《もりとき》（北条早雲《そううん》）は今川の家臣であった。だが、盛時は今川から与えられた領土のほかに、下剋上《げこくじょう》で自ら切り取った版図を広げ、氏綱の時代には北条の姓を名乗ることを朝廷から許され、執権北条氏と同じ左京太夫に任ぜられた。これによって家格は今川氏と並び、両家の立場は微妙になった。

そういう中での後継者争いへの関与である。恩を売られた形で後を継いだ義元と氏綱の関係は、手をこまねいていればいっそう微妙な均衡の中で上下していったに違いない。

これを阻止するため義元は、当主となったとたん今川家とも氏綱とも敵対していた武田信虎《たけだのぶとら》の娘を妻に迎え入れた。武田と和睦し、北条と手切れになることで関係を清算した。

そしてことが成ってみれば、花蔵の乱に臨むために手に入れたように見えていた「義元」の名は、実は乱の後の北条氏綱との関係を清算するためにも必要なものだったのだと気付かされる。名を賜った将軍義晴は武田信虎を寵愛《ちょうあい》しており、武田・今川両者の和睦の裏には将軍の存在が見えるからだ。義元の改名と同じ時期に信虎の嫡子にも晴信の偏諱が与えられており、花蔵の乱では北条の力を借りつつ、武田との接触はそれ以前から周到に行われていたのである。

そういう騙し合いの中で進む鮮やかな外交は、とうてい氏真にはできそうにない。もし自分が父と同じ立場だったなら、今頃この世におらぬな、というのが氏真の本音だが、そんな気弱なことを口にすれば、家臣らにたちまち侮られる。侮られた者の末路は欺かれての死しかないだろう。氏真が生きるのは、そんな息のつけぬ時代だ。

もっとも、当人は気付いていないが、そういう駆け引きの機微を正確に見抜ける力を、この若者は持っていた。世の動きをよく見通せる慧眼《けいがん》の持ち主だからこそ、少年のころからあらゆる絡繰《からく》りを見破り、世の中を悲嘆する癖がついてしまったのだ。

氏真が十二歳のとき、弟の松丸が得度することになった。長得《ちょうとく》と名乗るらしい。生まれたときから、氏真が死なぬ限り、僧侶になることが決まっていた弟だ。齢は四歳離れていたが、兄弟仲は極めて良かった。氏真が、出来得る限り可愛がったからだ。別れの前日、氏真は弟を連れて城の建つ賤機《しずはた》山に登った。古来よりこの山には神が宿るとされる神奈備《かんなび》山で、駿河の人々の心を支えている。特に城下の者たちは、嬉しいことがあれば賤機山に感謝し、哀しいことがあればすがり、憤怒の気持ちが湧けば心を鎮めるために祈った。南端の山の入り口には、神部《かんべ》神社、浅間《あさま》神社、大歳御祖《おおとしみおや》神社など社も多く建てられ、駿河国の総氏神となっている。

竜爪山地から城下南西に蜥蜴《とかげ》の尻尾のように一里（今川家の当時の一里＝六十町・

賎機山の長さは現在およそ七キロ）にわたって横たわる細長い山だ。尾根の両側は急峻《きゅうしゅん》な崖となっており、その上に建つ土塁に囲まれた山城の縄張りも、南北が六町、東西が四町と長方形をなしている。

途中、薄群青の空の下、白磁のような雪を被った富士山が、濃墨《こずみ》と薄墨色にくすむ二つの長い稜線《りょうせん》の向こうに聳《そび》えるのが見える。

山道にはホトケノザが誘うように風に揺れていた。長得が、いつもしていたように筒状の若紫の花を摘み取り、少しはにかみながら蜜を吸った。昔はよく二人で吸ったものだ。氏真も、もうここ三年ほどはそんな子どもっぽいことはしなくなっていたのだが、この日は吸った。

長得は頬を赤くして、

「懐かしゅうございます」

満面の笑みではしゃいだ。

春だと言うのに山の上は肌寒く、尾根には冷たい風が吹きわたっていた。

「寒くないか」

労わる氏真に、

「いいえ」

長得が首を振る。

これまでにも、もう何度も長得と登った山だ。五十六丈（現賎機山は標高百七十二メートル）ほどの、さして高い山ではなかったが、そこからは駿府《すんぷ》が見渡せる。城下を一望しながら、他愛ないことを兄弟で話すのが、氏真は好きだった。

修行に行く寺は同じ駿河とはいえ、弟が城下を目にするのはもう何年か先のことになるだろう。

賎機山の天辺から下を見渡しながら、

「兄上とここから見る眺めが好きでした」

じっと景色を見つめて呟《つぶや》く長得の横顔に、涙が滲《にじ》んだ。寂し気な顔を見るうちに、

「代わってやれれば良かったが……」

そんな言葉が自然と口をついて出た。詮無《せんな》いことを言ってしまったと後悔した氏真に、長得は思いもよらぬ言葉を返した。

「わたくしの方こそ、代わって差し上げられれば良かったのですが」

「なんだって」

「兄上は、いつも苦しそうでございます」

氏真は息を呑んだ。

「苦しそうだと」

「今川家を継ぐことに戸惑っておられるように見えます」

「……それは困ったな。心のうちなど読まれぬように、気を張って生きてきたつもりだったというのに、お前のような幼き者にも悟られてしまうほど、この俺は武将として生き辛そうか」

　動揺して言葉数がいつもより多くなった。長得は首を左右に振る。

「人前ではご立派に振る舞っておられます。されど、時おり、わたくしの前では素の兄上でおられたので……。わたくしだけに見せてくださるお姿なのだと、嬉しゅうございました」

「そうか、そうだったかもしれぬ」

「わたくしは人を殺すのは平気でございます」

　長得がぎょっとすることを口にした。

「まるで……殺したことがあるような言いようだな」

「まだ殺したことはございませぬが、戦に出て采配を振ってみたいと望む己がいます。生き延びるために誰かを騙すことも、少しも苦痛に思いませぬ」

　聞くうちに氏真の呼吸は早くなっていく。弟は何を言っているのだろう。これでは、氏真にとって代わりたいという告白にも等しいではないか。自分こそが、今川家の当主に相応しいと言っているようにも聞こえる。相応しい者が相応しくない者を屠《ほふ》ってその座に着くのも、世の習いだ。うそ寒さを覚えながら、長得を見た。

「俺を殺して、望むものを手に入れるか。お前は今、そうすることも平気だと言ったのだぞ」

一瞬、怯《ひる》んだ顔をしたものの、長得は強い意志のこもった目を氏真に向けた。

「平気でございます」

「なんだと」

「されば、兄上がもし今川の家を傾けることあらば、この長得、寺を抜け出し反旗を翻すつもりです」

足がよろけるほどの衝撃を氏真は受けた。可愛いと思っていた弟が、見知らぬ者に見える。

（こいつは誰だ）

だが、自分よりよほど父義元の血を引いているではないか。

「そんなことを言えば、俺はお前に疑念を抱くことになるのだぞ」

説得するように氏真は長得を咎《とが》めた。長得は、警戒なさいませ、とうなずいた。

「これまで可愛がってくだされた兄上へ、これがわたくしからの、お礼でございます。戦国の世のお礼には、かようなものが相応しいかと」

「なんということを言うのだ、お前は……」

頭を固いもので殴られたような気分を味わいながら、

（そんなものやもしれぬ）

氏真は心中で呟いた。甘さなど無用なのだ。

「山は別々に下りましょう。兄上、ここでお別れでございます」

さあ、もう行けと促されたようで、氏真は踵《きびす》を返した。長得を置いて歩き出す。互いが見えるうちはゆっくりと歩いたが、姿が見えなくなると氏真の足は早まった。が、このとき、「ああ」と喉の奥から絞り出すような嗚咽《おえつ》が背後に聴こえ、ハッと氏真は振り返った。

「あああ」

長得が哭《な》いている。そんな身を切られるような泣き方で、なぜ哭くのだ。

「松丸」

長得ではなく、これまで親しんできた名で、弟を呼んだ。

駆け戻ろうとしたが、

「せっかくの長得さまの御心を無になさいますな」

ふいに、その足を引き留めた者がいる。

いつからそこにいたのか。どこまで弟と自分の遣り取りを聞いていたのか。声の主は太原雪斎《たいげんせっさい》だ。義元の幼いころからの師匠であり、今では今川家の執権として、政治においても戦においても調略においても、すべてに重きをなしている。

今川譜代の家の出で、若いころから秀才の誉れ高く、義元の父氏親が二度も出仕を促したが一向に靡《なび》かなかった。なんとしても手に入れたかった氏親は、義元を雪斎のいる寺に預け、まずは息子と師弟関係を結ばせた。父の期待通り、義元は二十七歳だった雪斎を見事に夢中にさせたのだ。

今は、氏真が雪斎に学んでいる。だが、氏真は自分にこの師がのめり込んだ姿など、一度も見たことがない。

「長得様の真意がわかりませぬかな」

「真意……でございますか」

「なぜ御兄弟の別れ際に、自身にとっても身が危ぶまれることを口になされたか」

氏真は息を吞んだ。その可能性は考えなかったわけではない。だが、あまりのことにカッと頭に血が上ったのだ。それにわずか八歳の子が、憎まれ役を買って出てそこまでのことをやれるだろうか。

いや、長得ひとりの考えではないのだ。ここに雪斎が現れたのが偶然であろうはずがない。よくよく考えれば、こんなところまで二人の会話が聞こえるはずがない。それなのに会話の中身を知っている口ぶりだ。

なるほど。雪斎が言わせたのだ。

「弟は、わたくしのためにわざと厳しいことを口にし、喝を入れてくれたというわけですか。そして老師が、あんな残酷なことを言わせたのでございますね」

非難がましい口調になった。言いながら氏真は、それは長得の成長のためでもあるのだと雪斎の意中に気付いた。兄に嫌われることで、氏真の中の甘い心を一つ握りつぶすという徳を積む。自身は孤独と共に家を出て、仏門に入る。長得の修行は、もう始まっている。

ならばここで氏真が駆け寄り、「お前の心はわかった。今後もう自身の弱い心に甘えず、必ずや今川の発展のために尽くしていこう」などと、長得を喜ばせることを安易に口にしてはならないのだ。そうすれば、気持ちは安らぎ合うかもしれないが、弟があんな悲痛な泣き声を上げてまで、兄を突き放した意味が失せてしまう。自分は——誤解したまま長得の元を去る——これでいい。

氏真は雪斎に一礼した。

「まことに、今は修羅の時代。兄弟で抱き合うように慈しみ合って別れるなど、あってはならぬのでしょう。それを思い出させてくれた老師には、礼を言わねばなりますまい」

(松丸よ、達者で過ごせ)

氏真は雪斎に見えぬよう拳を握りしめ、長得のいる方角に背を向けた。

翌日、長得は今川の館を出ていった。氏真は、昨日別れた場所から城下を見下ろし、ホトケノザの蜜を、ひとり吸った。

この日から数日後、駿府に一つの知らせが飛び込んできた。

今川領に隣接する三河《みかわ》の岡崎《おかざき》城主松平広忠《まつだいらひろただ》が、家臣の手で殺されたというのである。広忠は、義元に従属していた武将である。

二

広忠の死の知らせで、氏真の住む今川館はにわかに慌ただしい空気に包まれた。いち早く岡崎城を押さえねば、三河の領有を巡り、争いが勃発《ぼっぱつ》することが予測できたからだ。

十二歳の氏真は、自らは沈黙を守り、父の動きに気を配った。

義元は三河国渥美《あつみ》郡田原《たはら》にある田原城に入っていた重臣朝比奈泰能《あさひなやすよし》にまずは早馬を飛ばし、城主のいなくなった岡崎城へ入るよう命じた。それから、部将を招集する。部将らが集まってくるまでの時間を使い、雪斎と二人きりで部屋に入った。と思うや、すぐに出てくる。相談というより、幾つかの事項を確認し合っただけだろう。

義元は集まった部将らに出陣の準備を命じた。

「三河の混乱を鎮め、機に乗じて織田を攻めるぞ」

軍勢は一万を用意することを告げ、総大将に雪斎を任命した。

「三河は戦乱の渦に包まれるや知れぬゆえ、松平家の女、子どもらの身柄を、安全なこの駿府へ連れ、匿うがよかろう」

親切ぶった口調だが、松平家がよもやここにきて離反せぬよう、人質をとるよう命じたのだ。

すべてのことが、氏真の目の前で鮮やかに進行した。評定への同席は許されたものの、まだ元服していない氏真に出陣の命は下されなかった。このため、

「父上、我らはもう十二でござれば、こたびの戦に出ることをお命じくだされ」

神妙な顔で願い出る。

義元は笑いを堪えるように、

「まだ早い」

首を横に振った。

氏真は、本気で戦に出たいわけではなかった。ただ、覇気のない男と周囲の者に思われぬよう必死だった。それに、初陣の年齢が上がることには不安を覚える。名の知れた武将らの華々しい初陣の話はよく耳にするが、戦うために生まれてきたようなあの者たちと自分は違う。戦の勘など、実戦を愚直にこなすことでしか、付きようがな

いではないか。総大将として戦地に出ることの多い雪斎の生きた采配を、一つでも多く目に焼き付けたい。

氏真が抱える複雑で不安な気持ちが顔に出ていたのか、目が合ったとたん雪斎が微笑した。

「龍王丸様、拙僧の問いに答えられたら、共に戦に参ってもよろしゅうございます」

「真ですか」

「帷幄《いあく》にて拙僧の采配をお見せするくらいはよろしいかと」

ああ、老師はわかってくれていると、氏真は感激した。

「問うてください」

せかすように言った。「では」と口にした雪斎の問いは難題だった。

「宗家を継いだものが、家を守るためにもっとも大切なことは何ですかな」

思慮だろうか、分別だろうか、忍従だろうか。氏真は答えあぐねた。それとも……。

氏真は自分に一番足らぬものを口にした。

「非情さ……でございますか」

雪斎は首を左右に振る。

「死なぬことでございますよ」

その顔に嘲《あざけ》りの色はなかったが、かように未熟者ゆえまだ出せぬのよ、と言われた気がした。

部屋に戻ってひとりになると、氏真は死んだ広忠のことを考えた。伝え聞く広忠の人生はろくなものではなかった。

広忠は、享年二十四とまだ若い。氏真より十二歳年上である。なんでも、氏真が生まれる少し前、駿府に数か月ほど滞在したことがあるらしい。

「凡庸な男よ。あれなら三河は近いうちに今川のものになろう」

広忠のことをそんなふうに、口さがない者らが話すのを耳にしたことがある。

そのとき義元は、

「人の一面を見ただけで、人物を断じるなぞ、もってのほか」

厳しく叱責した。氏真はまるで自分が家臣から「凡庸」と嘲られ、父に庇《かば》われたような気になったものだ。実際は、だれからも今日まで、「凡庸な若君よ」などと言われたことなどないのだ。父からも雪斎からも、そんなふうに評されたことはない。ただ、己だけはそう思っている。俺は凡庸な男だ――と。

（才ある者との差は努力で埋まるものなのか）

戦国武将として生まれた者が、その差を埋めることが叶わねば、家を潰し、自身は死なねばならぬだろう。

広忠は、埋まらなかったのだ。

松平家は、広忠の父清康《きよやす》の代に、順当に三河統一を成し遂げた。その後、本格的に尾張侵攻を開始したが、どうしたことか、出陣中に家臣に殺されてしまった。

（父子そろって同じ死に方をしたということか）

このとき、清康は二十五歳、遺児の広忠はわずか十歳だった。天文四年のことである。

その後広忠は、力のある大叔父信定《のぶさだ》に岡崎城を追われ、叔母が嫁いだ吉良持広《きらもちひろ》を頼り、身を寄せた。持広は、当時千松丸《せんまつまる》を名乗っていた広忠をよく匿《かくま》い、元服も自分の許でさせた。

このため、千松丸は持広から「広」の字をもらい、名を広忠とした。

その後、持広の仲立ちで広忠は駿府へと赴き、今川家を継いで内乱を鎮めたばかりの義元と会見し、助けを乞うたのだ。内乱を鎮めたとはいえ、今川家中はいまだ割れて離反も相次いでいた。さらに、北条氏綱から攻められ、戦況は劣勢だった。本当のところ、他家の騒動どころではなかったはずだ。

だが、義元は、広忠を受け入れた。

「よくぞこの義元を頼ってくれた」

軍事的支援も約束した。しばらく駿府に滞在させ、出来得る限り厚遇した。そのときの広忠の安堵《あんど》は、いかほどだったろう。

もちろん、義元が広忠を遇したのは、純粋な親切心などではない。広忠を帰順させることで三河を従属させ、尾張侵攻への布石とする遠謀のためだ。広忠も、それを自身の価値として匂わせたはずだ。

義元の後ろ盾を得た広忠は、無事に岡崎城を取り戻した。

一連の出来事は、広忠が今の氏真と同じ年齢の時に起こったのだ。

己がいかに恵まれた場所にいるのか、氏真は改めて心づいた。

十二歳の今日まで今川の御曹司としてぬくぬくと暮らしている。だのに、そのことに満足するどころか、言いようのない鬱屈《うっくつ》を抱えて生きている。

比して広忠は、わずか十歳で家臣の裏切りにより城を追われ、各地を放浪し、他家の傘下に入ることで生き延びる道を選び取った。それは惨めな選択だったかもしれないが、広忠が屈辱を呑んだから、松平家は今も存続している。そして、広忠自身は、若年ながら岡崎城主の座に就いた。懸命に生きる姿がそこにある。

そういう人間を、氏真は美しいと感じた。だが、自分が美しいと感じる人間の性質を、ほとんどの者は取るに足らぬと蹂躙《じゅうりん》の対象にする。

力のない者がそのまま命をつないでいけるほど、この時代は甘くない。弱者は、利用価値があるうちは、搾取され踏みにじられる。利用価値がなくなれば、強者によって切り捨てられ、殺される。広忠の人生はまさしくそうだった。三河を我が物にしようと攻め込んでくる織田信秀と戦うため、今川の兵力を頼まざるをえない広忠へ、義元は六歳になる息子の竹千代を人質に差し出すよう要求した。二年前のことだ。

広忠は、一も二もなくこの条件を呑んだ。織田に大敗して岡崎城を落とされる憂き目にあえば、どのみち竹千代の命も儚《はかな》くなるのだ。ならば、人質に差し出す方が、竹千代のためでもある。今川は人質を粗略に扱わない。

苦渋の末というより、そういう冷静な計算が働いたに違いない。義元にしても、松平の次期当主を手元で慈しんで育てれば、いずれは今川にとって大きな戦力となる。

こうして竹千代は人質になるために岡崎を発ったが、護送役の戸田康光《とだやすみつ》の裏切りで、織田の手に渡ってしまった。織田信秀は、広忠へ竹千代の命を盾に、今川からの離反と織田への従属を迫った。が、弱小大名にありがちな日和見《ひよりみ》な態度を広忠は取らなかった。頑として織田の要求は突っぱねた。息子のことは殺すなら殺せと返答したに等しい。

この人質劇の裏にある義元の詭謀《きぼう》を、広忠は見抜いていなかったのだろうか。それとも何もかも気付いた上で、今川と共に松平家を生かす道を選んだのか。

竹千代を差し出すよう求めた義元が、このとき一番に欲していたのは、戸田康光の首であった。竹千代護送の任を申し付けることで、駿府に呼び出したわけだ。この前年に、戸田一族で吉田城主の戸田宣成《のぶなり》が今川勢に攻め殺されているのだから、康光も駿府入りは恐怖を伴ったことだろう。

宣成が攻められた理由は、牧野《まきの》氏から吉田城を奪い取り、戸田氏の渥美半島の支配を固め、勢力拡大を図ったためだ。腹に一物あるのだろうと義元が嫌疑をかけた形だが、城を奪ってから義元が宣成を咎めるまでに九年の時を経ている。つまりはほとんど言いがかりである。

この九年、義元は三河、尾張方面に本格的に侵攻する余裕がなかった。北条氏綱と手切れになって以降、河東方面で激しく戦い、領土を奪われる事態に陥っていたからだ。その後、北条とは睨《にら》み合いを続けてきたが、好機が訪れた。氏綱が死に、息子の氏康へと代替わりしたのだ。どれほど盤石な家中といえども、代替わりの直後は、動きが鈍くなるものだ。

義元は、北条を共通の敵と据える山内《やまのうち》上杉憲政《のりまさ》と扇谷《おうぎがやつ》上杉朝定《ともさだ》らと手を組み、勝負に打って出た。両上杉と共に北条を挟撃することで、ようやく優位に立った。北条は関東方面の戦に集中するため、武田晴信を通じて義元へ和睦を申し入れてきた。これによって今川は、一度は奪われた東駿河における河東地域の割譲を条件に、長く続いた北条氏との争いに終止符を打った。

東方の憂いが消えた義元は、本格的に西方へ版図を広げるため、戸田一族を完全にねじ伏せることを決めた。渥美半島の付け根に位置する吉田城は、渥美半島を領有する戸田氏攻略に欠かせぬ城となる。戸田氏の領国を手に入れれば、三河侵攻の足場となるだけでなく、三河湾の制海権が手に入る。

竹千代人質は、松平氏の従属をより強固にし、戸田康光を謀殺して、渥美半島を手に入れるために必要だった。

もっとも、思う通りに戸田康光が素直に駿府にやってきて殺されてくれればいいが、現実はそうならなかった。当たり前というべきか。だれが、その可能性を危惧《きぐ》しながら、のうのうと駿府の地を踏めるだろう。康光があのとき生き残るには、織田に手土産を下げて助けを乞うしかなかった。それを義元や雪斎が考えなかったはずがない。だから、おそらくは竹千代が織田の手に渡ったことさえ、義元には想定内だったのではないか。

義元にとって、このとき竹千代がたとえ殺されてもかまわなかったはずだ。広忠はまだ若く、これから幾らでも子は作れる。庶子もいた。松平宗家の者がひとり手中に残っていれば、それで三河を獲れる。

竹千代が織田の手で殺されれば弔い合戦の名目で、堂々と尾張へ侵攻できる。

だが、竹千代は殺されない可能性の方が高い。人質はいつでも殺せるのだから、ここぞという時以外に殺すのは、愚か者のすることだ。外交に使える限り、手に入れればその時がくるまで生かしておくのが常法。

そして実際に竹千代は未だ生かされている。織田は戸田康光から竹千代を受け取ったが、金を対価として投げてよこし、今川が離反を理由に康光を攻めたときも、見殺しにした。竹千代の価値はその程度と、冷たくあしらったのだ。

結局、戸田宗家は義元によって裏切り者の汚名の下に滅ぼされ、戸田氏の城、田原城には今川氏譜代の重臣朝比奈泰能が送り込まれた。

ただ、同じ戸田氏でも分家の仁連木《にれんぎ》城主戸田宣光は、今川家への忠誠を早々に表明し、実父康光から離反したため、そのまま戸田氏宗家を継ぎ、仁連木城主として存続を許された。

広忠が織田に靡かなかった時点で、康光に勝ち目はなくなったのだから、敵味方に分かれて家を存続させようと、宣光と康光は話し合っていたに違いない。

こうして渥美半島支配と三河湾制海権は義元に掌握された。

義元はこの一連の事件で示した広忠の忠義に報い、織田攻めのために二万の兵を貸した。

この辺りの事情は、氏真は師の雪斎から何度も聞かされ、諳《そら》んじさせられもした。

雪斎が語るのは事実関係だけで、中に渦巻く人間の思惑には一切触れなかったが、それは氏真が考えなければならぬことであり、それこそがもっとも重要なことなのだと教えられた。

「龍王丸様、よく覚えておかれませ。人の思いが戦を起こさせ、また、勝敗を決めるのです。もっと大きく言えば、歴史を動かすのです。哀しみ、喜び、悔しさ、怒り、願い、そういうものが、人を動かし、多くの者の思いが重なれば、それが時代のうねりをも作るのでございます」

そう雪斎は繰り返した。

だからこそ父義元は、三河を支配するのに松平家を滅ぼすのではなく、取り込んだ。渥美半島の支配のときも、戸田一族を滅するのではなく、宣光だけは生かして仁連木城主に据え置いた。その地に渦巻く人々の感情の機微を読んだからこその采配に違いない。

ならば、と氏真は思う。

広忠が死んだ今、義元が欲しているのは、松平家を継ぐ竹千代以外にない。あの八歳の少年の値は、父広忠の死でにわかにはね上がったわけだ。

竹千代を織田から取り返す――そのための戦と駆け引きが、これから繰り広げられることになるだろう。

竹千代は織田でどう過ごしているのだろうか。もし、信秀が相応の人物なら、悪いように扱うはずがない。懐柔して育てれば、竹千代の代になったとき、松平は織田に靡くかもしれないからだ。

松平家の正当な後継者を手中にしている織田は、竹千代を擁して堂々と岡崎城に入れる立場にある。もちろん、渥美と三河湾の制海権を握った今川の軍事力が睨みを利かせている以上、現実にできる話ではないが、理屈の上では松平家の首根っこを織田方が握っている。

今川としては、一刻も早く打開せねばならない。

三

「坊とも、もう終わりよの」

秋の間に仕込んだ干し柿を、ぬっと差し出し、大うつけが笑った。齢は十五、六歳だろうか。

外の情報は何もかもが遮断されていて、この男の本当の名も教えられていなかった。

「俺の名か。人はみな大うつけと呼ぶ」

お前もそう呼べと言い放つこの変わり者が、織田信秀の息子らしいということくらいは、竹千代にも想像がついた。

信秀に何人の子がいて、名をなんというのか、知るには竹千代は幼すぎた。六歳でここに連れられてき、何も教えられぬまま二年が虚しく過ぎたのだ。

雪がちらついていたが、二人は縁側に座り、干し柿を齧《かじ》った。

「なぜ終わりなのかと訊かぬのか」

竹千代が何も言葉を発さなかったので、大うつけは面白そうに竹千代をかまった。

この変わり者の若様は、やはり変わり者が好きなのだ。

庭の千両の紅い実を鳥がつつくのを眺めながら口を動かしていた竹千代は、大うつけの方を振り返った。

斑点模様の黄色い獣の革で作った半袴《はんばかま》。帯の代わりに縄で括り、その縄にはいろいろな袋をぶら下げている。それだけでもおかしな恰好なのに、萌黄の平打ち紐《ひも》をぐるぐると幅広に巻き付けた茶筅髷《ちゃせんまげ》を結っていた。本人は、半袴の色に髷を結う紐の色を合わせて、洒落《しゃれ》ているつもりなのだ。

どうやらずいぶんと気に入っているらしい。

以前、

「どうだ」

と訊かれたときに、

「良いとは思わぬ」

正直に答えると、

「殺すぞ」

凄まれたことがある。そのとき、竹千代にもと、似たものを用意してくれていたが、気を悪くした大うつけは持って帰ってしまった。

「とうとう殺されるのか」

訊かれた義理で答えた。大うつけは竹千代が干し柿を食べ終えるまで待ってから、別れの理由を口にした。

「いや、坊は親父《おやじ》殿の墓参りに行く」

どくりと竹千代の心の臓が打った。このときまで、父広忠の死は知らされていなかったからだ。

「父は死んだのか」

「今年の春に死んだ。坊は松平家の当主となる」

竹千代はゆっくりと深く息を三度すると、

「そうか」

と答え、

「討ち死にしたのか」

珍しく自分から訊いた。

「いや」

「病か」

「知らぬ。向こうで訊け」

「……………」

隣接する敵国の大将の死因が、伝わっていないはずがない。あえて口にするのを避けたなら、ろくな死に方ではなかったということか。

「泣かぬのか」

「泣かぬ」

それでいい、と大うつけがうなずく。

「親父《おでい》の死は、我らたちのような者には、大きく行く末を揺るがすわい。悲しんでいる暇などない」

このとき大うつけの父も病勝ちになって、寝たり起きたりを繰り返しているのを竹千代は知らない。大うつけは自身がもうすぐ投げ出されるであろう境遇を受け止め語ったのだと、後になって思い至ったものだが、今は別のことを考えていた。

自分と同じというのなら、大うつけは信秀の嫡男ということか……と。

それにしても墓参りに行くとはどういうことなのか。松平家の所領は、今川勢力が幅を利かせている。織田が親切で墓参りに行かせてくれるわけではないだろう。それに、大うつけは、これが別れと言った。まさか岡崎城に戻れるのか。いや、そんなうまい話はあるまい。第一、もし戻れたとして、八歳の子どもが、まったく一枚岩ではない松平家の当主としてやっていけるはずもない。今戻れば殺されるのではないか。

「我らの身柄はどこへ」

教えてもらえぬかもしれないと思ったが、竹千代の問いに大うつけはあっさり答えた。

「駿府よ」

どうやら本来自分が行くはずだったところへ渡されると知り、竹千代は少しほっとした。

これでまた命がつながった。

それから、自分が今川義元へと引き渡されるのなら、織田が今川と戦をして負けたのだなと推察できた。

二年前に今川へ人質として赴いていれば、自分は松平家の嫡男として預けられたことになるが、今行けば松平家当主として預かりの身となるのだ。自分の価値が高まったことに竹千代は気付いた。ならば、己の態度一つで、道が開けるのではないか。

ごくりと唾《つば》を呑んだあと、竹千代は大うつけを今度は松平家当主としてまじまじと見つめた。

「ここにいる間、あなたの訪いだけが忝《かたじけな》く、楽しみでした。これは大きな借りと竹千代は心得ております」

口調も改めた。

「であるか。さればその借り、いずれ返してもらおう。俺の名は、織田三郎信長《おださぶろうのぶなが》だ」

大うつけが初めて名乗った。

信長は立ち上がると、

「俺はいずれ、今川を討つ。そのときは、竹千代とも戦場で見《まみ》えようか。それまで達者で暮らせ」

持ってきた干し柿を全部竹千代の手に押し付けるように渡すと、別れの挨拶と共に姿を消した。

今川に敗北した安祥城《あんじょう》城主で信秀の庶子信広の身柄と自分が、交換される形で今川へ引き渡されると竹千代が知ったのは、その翌日だった。竹千代はいったん岡崎へ戻り、父の墓参りをすませると、その月の変わらぬうちに義元のいる駿府まで送り届けられた。

天文十八年の十一月のことである。

そこで今川氏真と邂逅《かいこう》するのだ。

四

駿府は、美しいところだった。人々はみな和《なご》やかな顔つきで、楽しげに城下を歩いている。

女、子供も普通に通りを行き交う姿は、ここには何の危険もないのだと暗に告げていた。物売りたちには活気があり、商人の数が多いように見受けられた。各地のあらゆるものが駿府に集まっている印象だ。だれもぼろをまとう者はおらず、肌も煤汚《すすよご》れていない。みな裕福そうに見えた。

東海の小京都と呼ばれていると聞くが、それもうなずける。

城下に入ってから、とある館に連れられるまでの間、駕籠《かご》の中から御簾《みす》をめくって覗いただけで、それらのことが見て取れた。竹千代は、まるでこの世とは思えぬ晴れやかな城下に、

(こんな場所がこの世にあったのか)

度肝を抜かれた。

竹千代が織田に捕らえられている間を過ごした熱田《あつた》も、活気のある門前町だった。ずっと幽閉されていたから、自分の足で歩いて回ったことはないが、それでも出てい

くときは、今と同じように駕籠の中から往来の様子を見ることができた。湊町だけにやはり多くの人で賑《にぎ》わっていたが、埃《ほこり》も舞い、慌ただしさばかりが際立っていた。駿府は、ずっと垢抜けて見えた。どこか調和がとれて、秩序があり、時がここだけゆったりと流れているかのようだ。笛や琴、琵琶《びわ》などの音色も、どこからともなく聞こえてくる。

これだけで、義元の偉大さが知れた。

城下に入るところで自分を出迎え、館まで案内してくれたのは、その偉大な義元の嫡子龍王丸である。これが武将の子かと目をみはる優美な物腰で、やわらかく微笑し、

「さぞ、疲れたろう」

穏やかに労うと、館まで連れていってくれた。事前に聞いた話では、駿府にはしょっちゅう公卿《くぎょう》が訪ねてくるし、実際に幾人もが屋敷を持っているという。義元と雪斎がかつて京に住んでいたからだろうか。公卿と付き合うために、氏真は幼少のころから都の文化を嗜《たしな》んでいるらしい。蹴鞠《けまり》、和歌、連歌、楊弓、碁、将棋、茶の湯、狂言、笛、稚児舞い、猿楽、十炷香《じしゅこう》……。それで洗練されているのだろうか。竹千代の知っている岡崎衆とはまるで異質の人間だ。

連れてこられた屋敷は、驚いたことに竹千代のために普請したものだという。今日からここの主だと告げられた。

その富裕な造りに瞠目《どうもく》したが、さらに竹千代を感嘆させたのは、十歳上の石川与七《いしかわよしち》郎数正《ろうかずまさ》を始め、同い年の平岩七之助《ひらいわしちのすけ》（親吉《ちかよし》）など、岡崎の家臣らが六人待ち構えていたことだ。みな十代から二十代前半くらいの若者ばかりだ。知っている顔もあったが、まったく見たことのない者もいた。が、駿府まで覚悟をもって来てくれた者たちだ。竹千代の胸は熱くなった。父の墓に参ったときに、鳥居忠吉《とりいただよし》ら重臣らとは顔を合わせたものの、道中も付き従ったのは二十三歳になる酒井小五郎忠次《さかいこごろうただつぐ》ただひとりだった。他に知った顔を供の中にみつけることはできなかった。おのが身に降りかかるどんな運命も切り開いていく気でいた竹千代は、小五郎と二人だけでも、いや、たとえ自分ひとりきりでさえ、まったくかまわないと思っていた。が、こうして若い家臣らと顔をあわせると、手を取り合って喜びたい気持ちが込み上がってくる。

この者たちも、同じ気持ちなのだ。

「若……いや、もう殿とお呼びすべきか」

「竹千代様」

氏真の前なのに、幼君以外何も見えぬ態で駆け寄ろうとする家臣らを、嬉しさを退けて竹千代は制した。

失礼であろうというのだ。

主君の態度に、今度は小五郎を含めた七人が感激する。その健気さに涙を流す者までいる。

　氏真も釣られたのか嬉し気に目を細め、

「ここで旅塵《りょじん》を落とし、まずはゆっくり休まれるといい。疲れがとれた明日にでも、父が会いたいと申していた」

　用件を告げると早々に立ち去った。

「あれが今川の御曹司か」

　忠次が、敵意も露わに吐き捨てる。庇護《ひご》される身でかような態度は軽率だと感じたが、竹千代は咎めなかった。自分に従う七人の男たちの性質がわかるまでは、叱責一つ気を配らねば、取り返しのつかぬことになる。

　自分は弱者なのだ。この一事は決して忘れてはならない。

　では、氏真はどうだ。強大な今川家の嫡子だからといって、強者とは限らない。優しく優美な男なのだろうが、この二年の間、織田信長と接してきたせいか、どうしても竹千代の目には、氏真は隙があり、凡庸な男に映る。

　——親父の死は、我らたちのような者には、大きく行く末を揺るがすわい。

　信長の言葉を思い出した。

　もし義元が死ねば、今川はどうなるのだろう。怖いのは隣接する敵国だけではない。どの家中も一門・家臣団は一枚岩ではない。獅子身中の虫という言葉がある通り、一番警戒すべきは身の内にある。

松平家は清康が死んで揺らぎ、父広忠が義元の前に徹底的に膝を屈することで持ちこたえた。その広忠が死んだ今、果たしてどう賽《さい》の目が出るか。それはすべて今後の自分の言動で決まるのだ。

常に、薄氷の上にいる。神経を研ぎ澄ませていなければ、氷は瞬く間に割れ、深い泥水の中に沈んでしまうだろう。

今川も、義元が偉大であればあるほど、そして、領国内の繁栄が大きいほど、崩れやすいのではないか。

無口な幼君の心の裡など知りようのない石川与七郎数正が、

「奥のお部屋にびっくりするお方が、お待ちでございます」

無邪気な声を上げた。

その口調に、奥で待つのが家臣ではないだれかということは知れたが、そんな人物が駿府で自分を待っているなど、まったく思いつかない。首を傾げる気持ちで連れられていくと、見知らぬ老いた尼が待っていた。

初めて会うというのに、なんと懐かしい気持ちが湧き上がってくることか。そう、まるで竹千代が三歳のときに、実家が織田方に付いたことを理由に離縁された母の於《お》大《だい》と、同じ匂いを宿している。母の顔もうっすらとしか覚えていないが、似ている気がする。

まさかと思いながら、

「婆様でございますか」

震える思いで問うと、皺だらけの目尻はいっそう皺を寄せ、

「大の母の源応尼《げんおうに》と申します。これより先、竹千代様の養育はこの尼が仰せつかってございますれば、よろしゅうお頼みいたします」

手を突いて挨拶をする。源応尼の瞳はじんわりと濡れた。竹千代の中に、母の温かさがわっと蘇った。

（……母上……どうしておられるのか……）

源応尼に訊ねればきっと答えてくれるだろう。竹千代は涙をぐっとこらえた。

それにしても、なんという厚遇なのだろう。よもや祖母に会えるなど思わなかった。会えただけでなく、これから自分の面倒を、一番近い場所でみてくれるという。

仕える七人の家臣がみな若いのも、義元が気を配ってくれたのだと竹千代はみている。集められたのは、まだ若年で、政《まつりごと》の泥をかぶっていない者たちだ。中には竹千代と同年代の者もいる。遊び相手にもなり、先々では懐刀にも成り得る者たちというだけでなく、祖父や父と同じ運命を辿《たど》らぬように気遣っての配置なのだ。

「どうであった、竹千代は」

今川館に戻り、竹千代を無事に屋敷へ送り届けた旨を父に伝えた氏真に、義元が感想を訊いた。

「空漠としておりました」

氏真の表現に、義元はほうと興味を持った。

「それはなかなか、八歳の子に使う言葉ではないのう」

氏真はうなずく。

竹千代は、想像していた少年とまるで違っていた。何か得体の知れぬ印象に、心がざわめいた。父親の広忠の辿った人生から、不器用で融通は利かないが、一本筋の通ったひたむきな少年を勝手に想像していた。どこかで気の毒な境遇の少年を、庇護してやらねばならないくらいに考えていたかもしれない。

だが、実際の竹千代は、太い軸がどんと通り、なにものにも動かしがたい大岩のような精神の持ち主に見えた。あれは、人の上に立つ男の目をしていた。

その者の資質というものは、生まれ落ちたときに決まっているものなのだ、ということを氏真は絶望に近い気持ちで確信した。その後の教育や当人の気概だけで、決定的な才能の差を埋めるのには限度がある。どれほど努力しても届かぬものがこの世にはある。

それでも――と氏真は焦燥に駆られる。今川家を継ぐまでにあの男を超えなければ、広忠のような運命が待っているかもしれない。

五

天文十九年、六月。氏真の生母花衣《はない》が死んだ。夫である義元と同じ歳だから、まだ三十二歳だった。数日前までは元気に笑っていたというのに、急に高熱を発して倒れ、そのまま帰らぬ人となった。まだずっと達者でいてくれると思い込んでいたから、このごろは毎日の儀礼的な挨拶以外、氏真はほとんど口を利いていなかった。

自分が父に似ず母に似たことをやりきれなく感じていた氏真は、必要以上に顔を合わせるのを避けてさえいたのだ。今となっては、そういう己の態度こそが悔やまれる。優しく大人しい女だった。武田と今川の同盟のために、十八歳のときに敵国に嫁いできた。

父信虎が息子の晴信（信玄）に背かれ甲斐を追われたときも、義元に頼んで信虎を引き取り、自分の近くに住まわせた。

武田宗家の主の座を実の息子に奪われ、かつての敵国に庇護されて暮らさねばならなくなった信虎だが、心優しい娘の近くで過ごす毎日は、当人の心の裡はともかく、傍から見ると仕合せそうだった。

義元はすぐに、晴信に信虎の生活費を寄越せと迫り、承知させた。これは金云々《うんぬん》の問題ではなく、そうすることで、追い出しはしたものの晴信にとって信虎は金の面では援助している間柄だと、世間にはっきりさせたのだ。信虎の安全はより約束される。その後の信虎の交遊も制限されない。

信虎の生活は自由で気ままだった。甲斐から側室が追ってきたので、駿府でも幾人かの子を授かった。さらに京にも屋敷を持ち、時おり上京して足利将軍家に仕え、公卿と交わり、影響力の強い寺社とも親しく付き合っている。その伝手で、幾つかの家の婚姻もまとめてみせた。京の情報も今川家へ持ってくる。いや、今川家の社交範囲を大きく広げてくれている。

武将としてはすでに終わっていたが、別の形である程度の存在感を保っていた。氏真はそんな祖父を、

(なるほど、こんな生き方があったのか)

と日ごろから少し羨《うらや》ましく感じていた。

その祖父が、身も世もなく娘の死を前に泣き崩れた。かつては混乱しきった武田宗家と甲斐を統一し、守護大名として君臨した男が、娘の死でこんなふうになるのかと、氏真は驚いた。自分にとっては母親の死であるが、人前で涙を流すなど考えられない。

葬儀の後、人払いした屋敷の庭の木々の陰に、氏真はひっそりと身を隠した。今はだれとも会いたくない。頭上に蟬《せみ》の声が雨のように降り注いでくる。

母上は仕合せだったのだろうか、と考え、氏真はすぐに苦笑する。自分のこういうところがおかしいのだ。仕合せかそうでないかなど、女ひとりの生涯に思いを馳せて、いったいだれが咽《むせ》ぶというのか。

父義元は、妻の死を悼むことはあってもそんなことは考えまい。武田晴信も、北条氏康も織田信秀も、同じだろう。……松平竹千代でさえ、およそ武将たるものはそんなことは思わないに違いない。

（なぜ俺だけが、かほどに女々しいのか）

十三歳の氏真は、心を抉《えぐ》られるような痛みの中で、己を呪う。

花衣もそんな女だった。だれかが死ねば、その人の一生が少しでも仕合せだったらいいと、そっとひとりで祈るような女だった。

心の中が、よく似ているのだ。自分の中に母がいる。死んでしまった今、認め受け入れてやりたかったが、なお嫌悪の情が勝り、氏真は涙を流すことができなかった。

母の死は、意外なほどに周囲の者たちの人生に影響を与えた。

嫁いできた理由が武田と今川の同盟だったのだから、花衣がいなくなったことで、その絆も切れてしまう。だから、再び両家が強く結びつくように、婚姻関係を結び直さなければならない。

白羽の矢が立ったのは氏真の三つ下の妹日奈姫だった。母の死んだ天文十九年のときが十歳で、実際に嫁いだのが天文二十一年の十一月。このとき日奈はまだ十二歳である。相手は、晴信の嫡男太郎義信だ。こちらは、氏真と同じ十五歳だった。

重臣の居並ぶ中に呼び出され、有無を言わせぬ形で今川と武田を結ぶ絆となるよう父に命じられた日奈は、口を引き結び、義元を睨みつけた。周りの大人たちがざわめき始めたころ、

「お役目、承りました」

日奈は手を突き、頭を下げた。駿河、遠江の太守の娘らしい日奈の受け答えを前に、ざわめきは感嘆のため息に変わった。

「まだ十二歳というのに、日奈姫様のなんと気丈なことよ」

「血は争えませぬな」

義元も満足そうだ。

義元は氏真の方も向き、

「龍王丸には北条の姫をもらうことになっておる。まだ六つよ」

氏真にも北条の姫が嫁いでくるのだと告げた。

昨年、独立のための館を与えられて以降、結婚は近いのだろうと氏真も予測していた。驚きは少ない。それでも、

（六歳か）

六歳の娘など、氏真には想像もつかない。

あまりに幼いので、実際に駿府入りするのは、もう少し先になると聞かされ、少し安堵した。代わりに姫の八歳になる兄が先に人質として送られてくるという。

北条とは和睦して以来、ぶつかりこそしていなかったが、緊張は続いていたので、武田と改めて同盟を結び直すこの折に、こちらとも関係を修復することになったのだ。今川、武田、北条の三国が互いに婚姻関係を結びあい、今後は同盟国として協力しあっていこうというものらしい。

今川家からは、義元の娘が武田家嫡子太郎義信へ。

武田家からは、晴信の娘が北条家嫡子松千代丸（氏政）へ。

北条家からは、氏康の娘が今川家嫡子龍王丸（氏真）へ。

駿甲相三国同盟である。

義元は、

「婿となる三人は天文七年及び八年の生まれで同じような年頃であるぞ。もう戦は終わったとはいえ、互いに鎬《しのぎ》を削り、競い合ってほしいものよ」

励めよ、と鼓舞した。

（ほぼ同じ歳なのか）

憂鬱だなと氏真は感じた。なにかにつけて比べられるのは、年齢が同じでなくとも当然ではあろうが、年が近ければ否応なく意識させられる。

だれが一番に家督を継ぐかわからぬが、自分たちの代には、互いに協力し合えるような、真に良い関係が築けたらいいと氏真は願った。その方が国は富むではないか。三国が協力し合い、百年先まで今の駿府のように豊かな国になれば、それが自分たちにとっても民にとっても一番よい。

氏真は煽る父に内心辟易《へきえき》しながら、

「太郎（義信）どのはすでに元服を済ませてあると聞き及んでおります。同じ土俵に立つためにも、この龍王丸も一日も早く五郎と名乗り、駿河・遠江の役に立ちたいものです」

逸る気持ちを演出してみせた。五郎とは、今川家嫡男が代々名乗ってきた通称の一つだ。

義元は声を立てて笑った。

「みなの者、聞いたか。龍王丸はこの義元の役に立つのではなく、駿河・遠江の役に立ちたいと言いおった。竹千代は今の言葉をどう思う」

　義元が竹千代を名指したので、氏真はどきりとした。竹千代が駿府にきてから早くも三年の月日が流れていたが、義元の気に入りようはたいそうなものだ。そもそも十一歳の人質が、この場に呼ばれていることが尋常ではない。

　氏真にしても竹千代のことは好きだった。「兄者、兄者」と慕ってくるから可愛くないはずがない。それでも義元の可愛がりようは異常だと眉を顰《しか》めたくなる。

「どうだ」と訊かれ、竹千代はひと呼吸おいて口を開いた。これはこの少年の癖で、何か喋り出す前に、必ず間を取る。この間が異様に長い時もあり、どれほど的確なことを口にしても、才走った印象を相手に抱かせなかった。

「そうあるべきかと思います。太守がよき太守である限り、駿河・遠江のためとお屋形様のためとは同義語でございます。されど、これがお屋形様のためとお答えになるようでは、顔色を窺っての言なのか、真に役に立ちたいのかわかりませぬ」

「なるほどのう。ならば竹千代はどうじゃ」

「父のころよりのご厚情、必ずや報いたく存じます」

「では、何の役に立ちたい」

　この流れでは、義元のためと言うのは封じられたに等しいが、

「お屋形様のお役に立ちとうございます」

　竹千代は言い放った。

「ほう。わしの顔色を窺っておるのかな」

「龍王丸様とこの竹千代では立場が違いまする。竹千代はひとえに恩を受けたお屋形様に、忠義の心を預けてござります」

「ならば下剋上よろしく、龍王丸とわしが相争うことになればどうする」

「どのようなときにも、松平衆が生き残る道を第一に模索いたします」

「なかなか、油断ならぬ忠義よのう」

そう言いつつ、義元は楽しそうであった。ひとえに今川のため、義元のためと答えれば嘘くさいが、松平のために自分がいるのだという答えには、偽りが微塵《みじん》も含まれない。竹千代は信頼できるという評価に繋《つな》がる。そして、あとでこの話を伝え聞いた松平衆も「我が殿よ」と感激することだろう。口にできる中でもっともよい答えを、竹千代は十一歳にして発したことになる。

義元はそんな竹千代をいっそう気に入ったようだ。

散会した後、氏真は日奈の様子を見にいった。思った通り、日奈の住まう部屋は、女中を含め通夜のようになっていた。日奈は闊達《かったつ》で、どちらかといえば男勝りの一面を持った娘だ。

父の前でも気丈だった。その日奈が、

「兄上様、甲斐とはどのようなところでしょうか」

無防備なまでに不安に揺れる瞳で訊く。よほど憂《うれ》わしいのだ。無理もない。まだ十二歳の娘だ。誰も知る者がいない遠くへいくことも、そこで男のものになることも、子を産み母とならねばならぬことも、何もかもがわからないことだらけで心細いに違いない。

それだけではない。武田は信濃平定に向けて戦いに明け暮れている。どこも近隣と領土を奪い合っているのだから戦三昧《ざんまい》には違いなかったが、信玄は際立って精力的で好戦的な印象があった。

氏真はそのことには一切触れず、

「甲斐のことなら、お爺様（信虎）に訊いてみるがよい。甲斐から来られたのだからよく存じておろう。だがな、日奈、武田と今川は手を結んで長い。比して、今川と北条はずっと敵国であった、北条の姫はもっと怖かろう」

「……今年、六歳なのだそうですね」

氏真はうなずいた。

「それに、武田の姫も敵国である北条に嫁ぐわけだ。確か十歳だと聞いておる」

日奈が作り笑いをした。

「わたくしが一番ましなのでございますね」

「まあ、ましだろうと何だろうと不安なものは不安であろうが……」

くすっと日奈が今度は本当に笑った。

「甘うございますね。だから日奈は兄上様が好きなのでございます」

「太郎どの（義信）も俺と同じ歳という。日奈にとっては親しみやすかろう。夫婦ということを意識し過ぎずに、まずは兄のように慕えばよい。きっとよくしてくれよう。共に過ごすうちに、段々と夫婦らしゅうなっていこうほどに」

「はい。うんと甘えて優しくしていただきます。兄上様も、北条の姫様を、どうか慈しんでくださいまし」

懸命に気持ちを切り替えて前を向こうとする妹の頭に氏真は手を置くと、

「約束しよう」

請け合った。

二章

一

北条の姫、志寿《しず》の嫁入りは、天文二十三年初秋に行われた。氏真は二年前に元服も初陣も済ませ、仮名に五郎を名乗っている。

姫を初めて見たとき、

（あまり好きになれそうにないな）

氏真は正直そう感じた。

妻になるからといって好きになる必要などなかったが、わずか八歳で国元を離れてわざわざ今川家に嫁いできたのである。

（こんな小さな子を相手に、最初に抱く思いがこれでは……どうも可哀そうだな）

自分はもう十七を数える大人だし、迎え入れる立場ではないか。なるべく優しくしてやらねば……と氏真はすぐに己を律した。

一方、志寿姫の方も初めて夫となる氏真を見たとき、軽い失望を覚えた。もっと闊《かっ》達《たつ》そうな若者を想像していた。武将に相応《ふさわ》しい荒々しさと磊落《らいらく》さと、どんな困難をも乗り切る思慮深さを併せ持つ男であればいいと願っていた。だが、眼前の男は、いかにも上品で優しげではあったものの、志寿が好ましいと感じる資質は何一つ持ち合わせていないように見える。

（わたしが子どもだからかもしれない）

わずか八歳の少女に大人の男を見極められるはずがない……そう思うことにした。

「志寿でございます。末長くよろしゅうお頼みいたします」

志寿は型通りの挨拶をする。

「おうおう、なんと可愛らしい姫じゃ」

舅《しゅうと》になる義元は相好を崩し、嬉し気に何度もうなずいてくれた。が、肝心の夫となる氏真は目こそ細めたものの、

「陰陽で言えば陽の質であるな」

ぽそりと妙なことを呟く。

「はい？」

小首を傾げた志寿に、氏真はもっと妙なことを口にした。

「姫は存外大食らいであろうか」

「えっ」

志寿が戸惑ううちに、

「飯はよく食す方か」

重ねて訊ねてきた。志寿の頬がカッと燃えた。なんという不躾《ぶしつけ》な問いかけだろう。

「いいえ。きわめて人並みでございます」

眉を幾分吊り上げ気味につっけんどんに答える。

「そうか。人並みか」

つまらぬ答えだなと言いたげに、氏真は急にこちらに興味をなくした態で、あとは志寿になにも話しかけてこなかった。

戦国の大名家の嫁入りなど、こんなものなのだと志寿は己を納得させようとした。

（人質と変わらないのだもの。それに、女は間者のようなもの）

志寿の大事な役割の一つに、嫁ぎ先の今川家の様子を常に探り、実家の北条家へ伝えるということがある。志寿が特別なわけではない。このころの結婚とはそうしたものだったという話に過ぎない。だから、夫の方も他国から嫁いできた女には心底気を許すことは稀《まれ》だ。情勢が変われば離縁して元の家に帰さねばならない。情を移さぬよう、よそよそしさが常に付きまとう。

志寿もそういうものだと躾けられてここへ来た。夫となる氏真に過度な期待はせぬ心構えはできている。

（だけどなんだか癪《しゃく》にさわる……）

だから志寿はもうこの日は下がってよいとなったときに、

「あのう、五郎様は大食らいの女が好きなのでございますか。それともお嫌いなのでございますか」

思い切って訊ねてみた。氏真は驚いたように目を見開き、

「……いや、どちらでも構わぬ」

差し障りのない答えを返してきた。それも志寿には気にいらない。

「構わぬのなら、無駄な問いかけでございます」

は？　と氏真は眉間に皺《しわ》をよせた。一瞬、不穏な空気が流れかけた。そのとき、

「一本取られたな」

義元が豪快に呵《わら》った。氏真は上目遣いに肩をすくめ、もう一切志寿の方は見ようとはしなかった。

今川家は、氏真の館の敷地に志寿のために別棟を用意してくれていた。実際に結婚生活を送れる年頃に志寿が育つまで、小田原から女主に供奉《ぐぶ》してこの駿府へやってき

た侍女や侍たちと、気兼ねなく過ごせるよう気を配ってくれたのだ。志寿のために侍女が十人、侍も四人が駿府入りしている。他にも、今川領に近い北条領の伊豆に在城する部将が幾人か、志寿付きの侍として、いつでも駆け付ける手筈《てはず》となっている。

奥の一室に落ち着いた途端、

「姫様、ご挨拶の場で、なぜあのような生意気と受け取られかねぬことを、口になされたのでござります」

侍女たちの束ね役で三十前の佳奈《かな》が、先刻の志寿の行いを咎《とが》めた。少しふくよかで、背も高い大柄な女である。

「そうじゃなあ、お国の父上が知れば、がっかりなさるであろう受け答えじゃったなあ」

さっそく佳奈がさっきのことを国元に報せるだろうから、志寿はわざとそんなふうに返す。

佳奈は眉を吊り上げた。

「そうでございますよ。姫様のことを滅多にない利口者よ、北条の宝よと、お屋形様はいつも誉めそやしていたことを後悔なさるでしょう」

そう言われると志寿も少し恥ずかしくなった。

「次からは気を付けよう。されど五郎様も失礼であろう」

「失礼であろうと、かように初日から言い返して良いものではござりませぬ」

次に会ったときは非礼を詫びるよう言い含める佳奈に、気心が知れているだけに志寿は子どもっぽく口を尖らせる。

「今川の若様は御父君と比べれば凡庸であるというお噂は、あれは嘘じゃな」

「さあ、わたくしにはまだなんとも」

「凡庸どころか、たいそうな変わり者じゃ」

佳奈は吹き出しかけたのを「うっ」と堪え、慌てて大真面目な顔をした。

「姫様、どうかしばらくは殿様の前では『はい』か『いいえ』だけ口になさってお過ごしくださりませ」

「……そうしよう」

志寿は素直にうなずき、小さくため息をついた。

庭では、今年最後のツクツクボウシが声を張り上げている。蟬《せみ》の声は小田原と同じなのだと気付いた志寿は、ほっと息を吐いた。ここでもやっていける気がしたのだ。

二

次に志寿が氏真と会ったのは、それから十日ばかりすぎた晴れた日であった。前日

に来訪は告げられていたから突然ではなかったが、

「お山へ行かぬか」

外出を促されたのは唐突だった。氏真は、

「人並みの量を用意いたしたゆえ」

志寿の前に弁当を翳《かざ》して見せた。あら、と志寿の心は浮き立ったが、佳奈たち侍女は慌てる。

「これからでござりましょうか」

「これからじゃ」

「そんな……あまりに急な……なんの用意もできておりませぬゆえ……」

「案じることはない。すぐそこの賤機山じゃ。子どもの足では大変かもしれぬが、東北には富士山、東には日本武尊《やまとたける》が草薙《くさなぎ》の剣を使ったことで有名な有度山《うどさん》が望める。南から東にかけては駿河湾が広がり、伊豆国も見えるぞ」

「まあ」

志寿が声を上げたのと、

「されど」

佳奈が首を横に振ったのが同時だった。氏真が、興味を示した志寿に笑みを向ける。

「山頂にはお城があるのだぞ」

志寿は目を見開き、

「お城に行っても良いのですか」

飛びつくように訊いた。

「なぜいけぬ」

「大事なところでございましょう。まだ志寿は、今川の人たちに信用していただける
ほど馴染《なじ》んではおりませぬ」

「その通りじゃ。城のことを国元にいろいろと告げられても面白くないしのう」

氏真の言葉に、佳奈たちが「まっ」という反発の色を顔に浮かべた。氏真は気にし
ない。

「ゆえに、はなから弁当は二人分しか持ってこなかったのじゃ」

二人きりで行くつもりだという氏真に、志寿は小首を傾げる。

(試されているのかしら)

「殿様と志寿の、二人きりで登るのですか」

「姫は嫌か」

「いいえ」と志寿が返事をする前に、

「当たり前でございます」

佳奈がここは反感を買われても志寿ひとりにさせるわけにはいかないと、顔を真っ

赤にさせて首を横に振った。

「わしは姫に訊いておる」

思わぬ強さでぴしゃりと言われ、佳奈が怯《ひる》んだ隙に、

「わらわは共に参ります」

志寿ははっきり答えると、スッと立ち上がった。


氏真は、この日の志寿の、わずか八歳なのにすでに女主の風格を宿す毅然とした態度を、生涯忘れなかった。正確にいえば、ずっと忘れずにいたのではない。一度は記憶の彼方に沈んだ。だが、生涯に何度かこの日と同じ言葉を同じ唇が発するのを目にし、そのたびに八歳の今日の志寿の姿が鮮やかに脳裏に蘇った。

――わらわは共に参ります。

なんと有難く、氏真を支え続ける言葉となったろう。このときは、この言葉の重みも、今後二人が辿《たど》らねばならぬ運命もまだ知らぬまま、氏真は小さな姫に手を差し出した。

「なに、庭と同じよ。わしの毎日通う道じゃ」

「されど……」

なおも佳奈が首を横に振る。

「佳奈、下がりなさい。何かあれば、五郎様が守ってくださると、そうおっしゃっているのじゃ」

　幼いながらに志寿が、これ以上の有無を言わせなかった。

　ほう、と氏真は己の中の志寿の評価を上げた。

（これは得難い嫁を貰《もろ》うたやもしれぬ）

　だが、最初に感じた好きになれそうにないという予感が覆ったわけではない。

　氏真は人間を大まかに陰と陽に心中で分ける癖があり、自分と合うのは陰の人間だと信じていた。気質が明るく快活な陽の人間と共に過ごすのは、「疲れる」とさえ思っている。秩序ある催し事は好きだが、馬鹿騒ぎは嫌いだった。よく食べ、よく笑い、精力的に動き回る人間の傍にいると、生気を吸い取られるような錯覚すら覚える。

　志寿は明るく輝く瞳を持っていたし、端がきゅっと上がった唇は、いかにも強い意志を宿し、何も喋らぬうちからはきはきとした印象を人に抱かせる娘であった。そういう女も本来苦手なのだ。

　氏真は志寿に木の枝の杖を持たせ、好きな速さで歩かせた。存外、志寿の足は強い。おそらく北条家の方針で、女といえども足腰を鍛えさせているのだろう。今の時代、一寸先は何が起こるかわからない。昨日まで繁栄を極めた家が、明日には滅ぼされることなど茶飯事だ。そういう非常の際に、歩けなければ危険から遠ざかることもできない。できなければ女、子どもは死ぬしかない。あっさり死ねればまだいいが、殺される前に汚《けが》されるかもしれない。

いくら低い山とはいえ、八歳の娘にはきつかろう。延々と続く坂道に思えるかもしれない。山城には木陰も望めず、歩くうちにじっとり汗ばんでくる。途中、

「休んでもよいのだぞ」

声をかけたが、志寿は最後まで足を止めなかった。負けん気も強いらしい。

本丸に着くと、門番に声をかけ、景色を一望できる場所に志寿を誘った。二人の出現に、地面で何かをついばんでいた雀が一斉に飛び立つ。志寿は目を輝かせ、山の際まで走った。

ああ、と感嘆の声を上げ、山麓に広がる駿府を見わたす。

「美しいところでございますなあ」

「気に入ったか」

「はい。海が瑠璃色《るりいろ》でございます。空も抜けるよう」

「姫の国の海は違うのか」

「はい。青藍色《せいらんいろ》でございます。もう少し夜に近い色みでございます。こちらではそれは山影の色でございますね」

「どれ」

氏真が志寿を抱え上げ、右肩に乗せる。

志寿はあっと声を上げたあと、

「いけません。こんなはしたない」

わずかに身を捩《よじ》らせたが、

「下りるか」

氏真が手を添えようとすると、

「やっぱり、もう少しだけ」

頭にしがみついてきた。二人でしばらく山からの景色を望む。

「姫は身体を鍛えているのだな。ここまで不平も言わずによく登ったものよ。なかなか足も強い」

「はい。足が強いだけではございませぬ。実は弓も少し遣えます」

「それはすごいな」

「いいえ。まだ始めたばかりでこちらに来てしまったので、情けない腕前なのです」

「ならこちらでも習うがいい」

「良いのでございますか」

叫ぶように言った志寿の小さな体を、氏真は下ろした。

「むろんだ。剣も習うてみるか」

「ええっ、剣でございますか」

「はは。さすがにおなごには向かぬか。扱いを間違えれば指が飛ぶかもしれぬしのう」

「いいえ、習うてみとうございます」

「指が飛んでもいいのか」

志寿は自分の小さな指をじっとみつめたが、

「飛ばぬよう教えていただきまする」

すぐにねだるように氏真を見上げた。

「そうか、ならばわしが、飛ばぬように教えてやろう」

「五郎様御自らでございますか？　嬉しゅうございます」

志寿の興奮する姿に、氏真は目を細めた。

二人はそこに弁当を広げた。雑穀入りの握り飯に梅干しと味噌だ。その握り飯が志寿の顔ほどもある。

「大きい」

志寿が驚きの声を上げた。「五郎様、この大きさは人並みではございません」

「そうか。わしが握ったのだ。お前の兄が来たときも、竹千代が来たときも握ってやったがぺろりと食うたぞ」

まあ、と志寿が頬を膨らませた。

「皆様にも同じことを？　妻となる志寿だから、優しくしてくださっているのではないのですか」

いかにも不満と言いたげだ。大人っぽい口ぶりに、ずっと氏真は驚かされっぱなしだったが、やはり八歳の子どもだ。

「まだそうではないな。この駿府にはいろいろな子どもたちが……」

氏真は志寿の前で人質という言葉を使えなかったので、子どもたちという柔らかな表現に置き換えた。「……国元を離れてやってくるのだ。心細かろうゆえ、向こうが嫌がらねば構うことにしておる」

いざとなれば殺さねばならぬ者たちだからこそ、平素は出来得る限りのことをしてやりたい。

「お優しいのですね」

志寿は屈託ない笑みを浮かべた。

「よせ。優しさなど、この世で何の役にも立たぬ。むしろ邪魔なだけやもしれぬ」

「そんなことはござりませぬ。人の心をほぐします」

「ほぐれた心は油断を生む。その先にあるのは死じゃ。自分ひとりが死ぬならよいが……わしやそなたの父御のような立場にあれば、多くの者を死へ導く」

　わかってはいるが、非情になるのは容易なことではない。比べて、だれかに優しくするのはたやすいことだ。人質に情けをかける己の優しさがいかに薄っぺらいか、氏真はよく知っている。

　志寿はさすが関東一円に名を轟かす北条氏康の娘である。氏真の言いたいことは、まだ八歳なのによくわかっているようだ。小さくうなずいた。

「世の中の方が間違っているのだと思いますが、まことその通りでございます」

「……つまらぬ話になった」

「いいえ。志寿は自分が恥ずかしゅうございます」

　氏真は驚いた。今の話の流れでこの少女が自戒せねばならないことなどなにもない。

「なにが恥ずかしいのじゃ」

「志寿はお強いお人が好きでございました」

「当然のことよ。それの何が恥ずかしい」

「そのように教えられてきたのです。どのような武将が優れた武将だとか、どのような女がよき伴侶となれるのかなど」

「それも姫の立場なら当然のことじゃ」

「はい。父上にも母上にも乳母にも佳奈にも、そうやって一つ一つたくさんのことを教えられ、感謝しております。けれどそれを、何の疑問も持たずにそのまま信じて、自分の考えとしておりましたことは、志寿の未熟でござります。そうではない考えや価値が、世の中にはあるのでございます。もっと、自分の目で見て、感じて、考えて、知っていきとうなりました」

それは、俺が姫が好きな強い男ではなかったと告白しているようなものだぞ、と氏真は思ったが黙っておいた。そうではない夫のことを、おそらく一度は失望もしたのだろうが、今は少しは見直したとも言ってくれているのだ。

それに、自分の方こそが志寿を好ましく感じていなかったのだから、お互い様だ。第一、氏真は失望されることに慣れている。戦国という世に合わぬ自分の性質と、それを殺して大国の太守として立たねばならぬ未来への恐怖に、常にわさわさと心を乱されていたが、湧き上がる感情のすべてを呑み込んで無理に笑みを作ることが、このころではすっかりうまくなっていた。

このときも微笑した。

「自分で考えるのは悪いことではない」

「そういう女を生意気とは思いませぬか」

「思わぬ。わしは思わぬ」

志寿は目を見開いた。

「そんなことを言うお方は初めてでございます」

「そうか。わしの前では、存分に考え、そなた自身の思いを語るがいい」

「嬉しゅうございます。なにやら志寿は、目が覚めたような心地でございます」

「大仰なことよ」

「いいえ。きっと、今日という日を志寿は生涯、忘れませぬ」

本当に嬉しそうな、こちらの心に染み入る微笑を見せ、志寿は顔と同じ大きさの握り飯を口いっぱいに頬張った。

三

志寿から見た氏真は、美しい男であった。顔立ちは整っているが、際立って美形というわけではない。実際、鼻は少々高すぎたし、口は小さく上品であったが力強さがまるでない。あの口から歌が詠まれればさぞ優雅だろうが、戦の采配が振られても、指図通りに動いていいものか、不安を覚える者もいるかもしれない。

それでも、氏真には見惚れるようなところがあって、人目を引いた。ただ優美なということではなく、氏真の所作には研ぎ澄まされた規律があった。それが無駄を削ぎ落した立ち居振る舞いから来ているのだと志寿が気付くのに、幾日もかからなかった。氏真が約束を守って、志寿に剣術を手ずから教えてくれたからだ。

稽古場は志寿の住まう離れの庭である。

初め、志寿は氏真が自ら剣を教えるのは、相手である自分が何の技も持たぬ小娘だからだと思っていた。それほど武術に通じていずとも、教えられる範疇《はんちゅう》だと判断されたためだろうと思ったのだ。

荒々しいところはどこもなく、物腰の柔らかい氏真のことだ。武より文を好む性分に違いなく、剣術も武将として嗜《たしな》む程度だと志寿は勝手に思い込んでいた。

それは、とんでもない間違いだった。氏真の腕前は、剣で身が立つほどではないか。教え方も上手く、志寿がなかなか上達しないと見ると、

「体にいらぬ力が入っているからだ。これを履くがいい」

一本歯の下駄を用意してくれた。最初は歩くことも難しかったが、慣れてくると下駄を履くことでいい具合に上半身の力が抜ける。そうなると嘘のように体が自分の思うままに動くようになった。

志寿は剣術の稽古が好きだった。体を動かすと気持ちが晴れやかになるからだと思っていたが、

(ううん。違う。五郎様とご一緒のときが楽しいからじゃ)

自分が氏真にずいぶんと魅了されているのだと気付いた。この思慕は、まだ女が男を慕う感情とは別かもしれない。それでも、嫁いだ相手がこの人で良かったとしみじ

み思うようになっていた。

駿河にきて最初の正月も過ぎ、山桜の咲くころ。

もうすぐ竹千代が元服を迎えるということで、今川館も氏真の暮らす棟も、どこか慌ただしくなっていた。通常、元服は年末に行うことが多いが、父広忠の命日にあわせたのだときいている。

人々が目を瞠《みは》るような盛大な式を執り行うらしかった。氏真も祝いの品を用意するのに忙しく、ここのところ志寿は放られている。

つまらなそうな志寿を、

「近頃はめっきりお元気がないようでございますが、どうしてでしょうなあ」

佳奈がからかった。

「元気がないのではなく、淑やかにしておるのじゃ。わらわとて、いつまでも子どもではないのじゃぞ」

志寿は言い返したが、油断するとため息がもれるのには自分でも閉口した。

「お寂しいからお立ち寄りくだされと御文をお書きなされませ」

勧める佳奈に、

「五郎様は忙しいのじゃ」

志寿は迷惑になるようなことはしたくないと首を横に振る。

「しつこく、なんとしてもおいでくだされと言えば、それは疎《うと》ましくお思いになられましょうけど、一度きりお会いしたいお心の内をお届けするのでございますれば、きっとお喜びになられまする」

そんなものなのだろうか。

「馬鹿な。さような御文は殿の御心を乱すだけじゃ」

志寿は、佳奈の提案を退けたが、ふと書くだけならよいのではないかと思い立ち、紙と墨を用意してもらった。

(お渡しせねばよいのじゃ。気持ちを紙に移せば、少しは気も晴れるやもしれぬ)

氏真が読むことはないのだからと、志寿は思い切り正直な気持ちを綴ったが、「寂しい」という言葉を書いたとたん、胸の中に今まで我慢していた寂しさがわっと湧き上がり、涙が込み上げてきた。

不思議なことに泣くのは気持ちの良いことだった。佳奈が気を利かせて人払いをしてくれたので、志寿は我慢せずに感情のままにしばらく泣いた。泣くうちに体が熱くなっていく。泣き終える頃には眠くなり、そのまま体を横たえた。

(ああ、熱い)

と志寿は思った。体が重い。さすがにこれはおかしいと気付いたころ、志寿の意識は急速に遠のいていった。

二日ほど、高熱を出して混沌《こんとん》の中にいた志寿は、ふいに目を覚ました。すぐには今がどういう状況なのか思い出せず、目を瞬かせた。部屋は薄暗く、視界がぼんやりしていた。

手に違和感を覚え、指に力を入れてみて初めて気が付く。誰かに手を握られている。

(於佳奈……?)

志寿はそっと握り返した。細くて長い指の持ち主も、志寿の手を握る力を優しく込めた。存外大きく、ごつごつしている。志寿は驚いて手を引っ込めようとした。だが、しっかり握られていて、離すことができない。

この頃にはもう手の主がだれなのか、志寿も予想がついている。どきどきする胸の音が相手に聞こえるのではないかと怖気づきながら、寝具の横に座って自分を見下ろしている男へ視線を移した。目と目が合う。

「気が付いたか」

氏真だ。志寿は慌てて起き上がろうとしたが、氏真は寝ているように命じた。

「あ、あのう……」

「於志寿は熱を出して倒れたのじゃ。されど安堵《あんど》するがいい。悪い病などではないそうじゃ。子どもは時おりそういうことがあるらしい」

子ども……という言葉に、志寿は哀しくなった。

（その通りなのに、なぜこんな気持ちになるの？）

母に会いたくなった。母ならこの気持ちの正体を教えてくれたろう。そういえば母は元々は今川の女なのだ。まだ両家が断交する前に嫁ぎ、手切れとなったあとも実家に戻ることなく父氏康と添い遂げようとしている。

母が強く望んだことであり、父がその意思を受け入れて周囲の反対を撥《は》ね退け、妻を守り通した結果である。

（もし……もしもわたくしと五郎様がかようなことになったら、五郎様は私をどうするのかしら）

きっと義元の反対を押し切ってまでは、自分をここに置いてくれることはないのだろう。そんな絆は、まだ二人の間になにひとつ育っていないではないか。

（それはこれから、築いていかねばならぬこと）

佳奈によって部屋の中の灯りが増やされ、煌々《こうこう》と蠟燭《ろうそく》の光に照らされた氏真の顔を見て、志寿はぎょっとなった。目の下にひどい隈ができている。いつから氏真は自分の寝所に付き添ってくれていたのだろう。寝ていないのは明らかだ。

「ずっと手を握っていてくださされたのですか」

「御文の礼じゃ」

「えっ」

「倒れたと聞いて駆け付けた際、部屋で見つけたのじゃ。於志寿がわしを思って書いてくれた文じゃ」

氏真に向けて寂しさを綴った手紙のことだと気付き、志寿の顔が熱く火照った。

「あ、あれは……」

「貰うてもよいのかな」

「ま、まだ書きかけでございます。なによりお渡しするつもりのない文でございました」

「なぜ渡さぬ。わしは嬉しゅう感じたぞ。慕うてくれていたのじゃな」

「そ……それは……」

志寿は身体に掛けられた夜着で顔を覆い隠した。「もちろんでございます」と小さな声で続ける。

「寂しい思いをさせてすまなかった。竹千代どのが大人になられるゆえ、元服の儀や婚約の儀と立て続けに祝い事が行われる、その支度に追われていたのじゃ」

「ご婚約も？」

「いずれ竹千代どのは、駿河一の姫を娶《めと》ることになる」

「駿河一の姫様……でございますか。そんなにお綺麗なお方ですか」

志寿は顔を覆った布をずらし、目だけを出した。そのしぐさに氏真が微笑する。

「美しいだけではない。於夕《おゆう》どのというて心根も優しい姫じゃ」

夫の憧れるような目に、志寿の胸がちくりと痛む。

「……於夕様……。五郎様は、そのう……」

於夕様がお好きなのですか、と訊ねかけて志寿はやめた。ませていると呆れられるのも恥ずかしかったし、氏真がどう思っていても竹千代の正妻となる姫ではないか。知ってどうするという気持ちもあった。

目を覚ました志寿を診るために医師が部屋へ入ってきた。診立ての結果を聞き、氏真がほっと息を吐いた。

「於志寿、もう大丈夫じゃ。良かったのう。また参るゆえ、飯を食して大人しゅう寝ておるのだぞ」

子どもに言い聞かせる口調そのもので頭をなでると、氏真は帰っていった。

（子ども扱いしないでくださいませ）

心の中で呟きながら、志寿は早く大人になりたいと切に願った。

四

天文二十四年、三月六日。父の命日にあわせ、義元を烏帽子親《えぼしおや》に竹千代の元服式が執り行われた。

理髪の役は、今川一門の関口氏純《せきぐちうじずみ》が務める。この氏純の娘、瀬名《せな》姫と呼ばれる夕姫(後の築山殿《つきやまどの》)が、竹千代の婚約の相手であった。夕の母親は義元の妹だから、結婚が成立した段階で竹千代はもはや人質ではなく、今川一門へと昇格するのだ。

式典は、今川の者にとってもっとも神聖な場所、浅間神社大拝殿で執り行われ、滞りなく終わった。諱《いみな》は義元から偏諱《へんき》を賜り元信《もとのぶ》、仮名は次郎三郎《じろうさぶろう》となった。

「なんと立派な若武者ぶりよ。父君にも見せてやりたかった。どれほど誇らしかったことか」

義元は涙ぐんだ。釣られて目頭が熱くなった元信は、ぐっと拳を作り、涙を見せぬよう堪えた。

「元信よ。そのほうが望むなら、預かっている城を返そう。岡崎に戻り、すぐにでも名実共に父御の後を継いでも良いがどうじゃ」

義元の言葉に元信の心の臓が跳ね上がった。

（なんだと）

周囲もさすがにざわめいた。今川家中には困惑の色と反発が、元信に仕える松平衆には喜色が浮かんだ。涙ぐむだけでなく、ぼたぼたと涙をこぼし始めた者までいる。

元信は、その周囲の反応を見るうちに冷静さを取り戻していった。

（早まるな）

ゆっくりと周囲の反応を窺う。氏真が視界に入った。不安げにこちらを見ている。おかしい、と警鐘が鳴った。あの底抜けに人のいい男なら、元来自分のことのように喜んでくれるはずだ。

元信の中で、すーと気持ちが冷めていく。

岡崎城に戻るのは元信の悲願なのだ。そのために生きている。だから、父の命日に岡崎へ戻ることを許され、己を失いかけた。

が――。

（これは罠だ）

自分は試されている。なんと答えるか。今後を大きく左右する答えとなるだろう。

（失敗は許されぬ）

元信は深く息をし、心を落ち着けた。

「できることなら、われらはもう少しお屋形様のお側で学びとうございます」

そう答えた刹那《せつな》の岡崎衆の愕然《がくぜん》とした顔を、元信は忘れられない。義元は驚いた顔をし、ふむと考えるようにうなずいた。

「ならば、いま少し我が許にいるがよかろう。されど、父上には今日のその立派な姿を見せにいかねばなるまい」

墓参りと法要のために、一時的に岡崎へ戻るよう伝えた。

「有難きことにござります。お屋形様よりの御恩の数々、頂いたこの元信の名も、残らず父へ伝えて参ります」

義元に礼を述べながら、元信は本当に有難いことだと思った。その一方で、そもそも父の墓参りひとつ、こうして義元の許しがなければいけぬことに屈辱を覚えた。父広忠はもっといろいろなことに屈辱を覚えながら生きていたのだろう。それすらも二十四の若さで許されなくなったのだ。

弱いとはこういうことなのだと、もう何度も自分の中で噛《か》み締めた一事を、元信はこのときも深く胸に刻んだ。

義元には感謝している。これ以上ないほどによくしてもらっている。駿府のすべての今川一門と家臣らが元信の存在を快く思い、歓迎してくれているわけではない。今川氏に頼らねば生きていけぬ元信の境遇を見下し、露骨に嫌味を言ったりちょっとしたことで罵倒《ばとう》してきたりする者も中にはいる。だが、少なくとも義元は元信を今川一門に組み込んでまで、共に歩んでいこうとしてくれている。

氏真もそうだ。なにかといえば「竹千代、竹千代」と構ってくれ、今度の元服の祝儀の品も通り一遍なものではなく、考え抜いたものをたくさん贈ってくれた。そのどれもに心がこもっていた。

一番、元信が嬉しかったのが、義元や氏真の鷹狩りに同行するのが好きな自分のために、凪丸という名の白鷹を譲ってくれたことだ。凪丸は、いつか自分があまりの見事さに感嘆し、つい羨《うらや》ましがった鷹であった。ほとんどそういう感情を見せたことがなかったので、氏真はそのときひどく驚いた顔をしていたが、それだけに印象に残っていたのだろう。氏真からしてみれば、「竹千代が初めて見せた子どもらしい感情」だったのかもしれない。凪丸を氏真は可愛がっていたが、それでも譲ってもいいほどに竹千代のことを思ってくれた証しでもあった。

もし、互いの立場がなければ、どれほど氏真の優しさが身に沁《し》みたろう。さらに氏真は、わざわざ岡崎から鷹匠《たかじょう》を呼び寄せてくれた。鷹匠は元信より四歳上の十八歳の青年で、名を弥八郎《やはちろう》といった。元信好みの思慮深げな男であった。氏真は鷹匠の人選さえ、心を配ってくれたのだ。

だが――。

義元・氏真親子から、これだけのことをしてもらっても、元信は心をぐらつかせてはならなかった。この厚意にいつか報いたいという当たり前の人の情が、油断すれば湧き上がってくるのを、元信は歯を食いしばって押さえつけねばならない。松平家の惣領として、いつかは今川の鎖を断ち切り、三河の地を再び自らの手で切り取らねばならないからだ。

そのために、今は従順で無口な少年を装い、注意深く義元の周辺を観察している。今川家中を切り崩せるかもしれぬ穴があれば、針で突いたように小さくても見逃してはならない。

見つけたら最後、そこを掘り、広げていくのだ。

そして元信は、早くも穴を見つけていた。しかも、元信から見れば、針穴などではなく、かなり大きい。

穴は義元と雪斎の間にあった。世間では、雪斎がまるで今川の頭脳のようにいわれ、義元をがっちりと補佐しているように見えるが、実際は二人の間にはもっと明確に役割分担ができている。

今川の頭脳は、義元自身であり、世間でいわれている以上にあの男は才気煥発《かんぱつ》で、抜け目がない。外交手腕に優れているだけでなく、内政方面にも油断がない。

検地を繰り返す中で、代官を今川の部将の息のかかった者へと差し替え、あるいは従うものはそのまま配下に組み込んでいっている。農地と農民を今川氏直属のものへ変えるためだ。

そして、二年前、幕府の定めた守護使不入を今川領内において廃止することを宣言し、守護大名からの脱却を図った。室町幕府支配下から離れて割拠し、戦国大名として独立した存在であることを世に示したのだ。

これによって義元は、生産性と軍事力を飛躍させた。また、新しい精錬法を導入して金銀山を開発し、道路も整備して物流を発達させた。産業の拡大と工業の保護を行い、京坂や伊勢との交易を奨励し、商人を積極的に呼び寄せた。いや、呼び寄せただけではない。商人に自治を任せ、町づくりを担わせることで、他にない活気を生み出し、与えた権限の代わりに大量の銭を受け取った。

こうすることで常に巨額の富が義元の周囲で動き、日本中のあらゆるものが駿府に集まった。都から来た者は、京で手に入るものはすべて駿府でも手に入り、都でも手に入らぬものも、ここでは買うことができると瞠目《どうもく》する。

これらの今川領の繁栄は、偶然でもなんでもなく、まさに義元がこつこつと築き上げ、引き寄せてきたものなのだ。

雪斎が補佐していることに間違いないが、本当のところはそれほど相談せずとも、義元だけでもなにごとも推し進めることができる知恵者だったということだ。

だから義元は、雪斎以外の者とほとんど相談する素振りを見せない。今川家中で評定があまり行われないのは、今はだれもが「義元には雪斎と言う執権がついているからだ」と思っているが、そうではない。

　では、雪斎の役割とはなんなのか。それは、外交と軍事、探りの仕事にほかならない。外に出て動かねばならない部分を、ほぼあの男が担っている。領国内外に点在する臨済宗の寺の繋《つな》がりを駆使し、あらゆる人や物の動きを察し、摑《つか》み得た事柄を交渉材料に使った巧みな外交をこなしている。そして、小競り合い以外の大きな戦で、今川軍を現場で指揮することが圧倒的に多いのも雪斎なのだ。

　ならば、雪斎がいなくなったとき、義元がどういう戦をするのか、ほとんど未知数ではないか。

　雪斎が欠けたとき、今川家が揺らぐのは間違いない。内政上は義元がうまくその揺らぎを覆い隠してしまうだろうが、対外的にはどうだろう。

　義元が今後直面するだろう当家の危機に気付いていないはずがない。ぽっこりと欠ける雪斎の代わりを、失う前に補塡《ほてん》しなければならない。それは急がねばならない義元の眼前の課題のはずだ。なぜなら雪斎は、このごろ急速に体調を崩していっているからだ。

　では、跡取りの氏真はどうだろう。元信の見立てでは、父の義元によく似ている。聡明で洞察力も持ちあわせ、人の気持ちもよくわかる。当人はあまり華やかなことは好きではないと言うが、そつなくこなせる社交性もあり、この駿府にあらゆる国の人が集まってくるだけに、どの階級の者とも交わっていて顔が広い。つまりは政《まつりごと》に非凡な才を発揮する種類の人間であり、よい統治者になれるだろう。

だが、戦はどうか。初陣も難なくこなしたようだが、逸話になるような功績も残していない。義元にとって雪斎の代わりには成り得ない息子だ。義元は三十代。まだまだ働き盛りの中で、自分と同じ方面に秀でた息子をどう使っていく気だろう。どちらかが雪斎の役を担うか、雪斎の代わりの人物を早急にみつけるかしなければ、今川の屋台骨は軋み始める。

元信はそのことに気付いてからは、「我こそが」と思うようになっていた。

今川の軍事はいずれ、雪斎の代わりにこの松平元信が絶対的な忠義のもとに請け負うのだ
――と義元に錯覚させることができれば、この負け続きの人生が反転する。

そして義元はもう半分くらいは考えている。だからこそ、今度の優遇された元服と今川一門の姫との婚約なのだ。元信はすでに十四歳。相手の夕姫も十四歳。ならばもう互いに結婚してもよい年齢のはずが婚約に留めているのは、本当に雪斎の代わりになり得るのか、見極めの最中ということだろう。

毎日が試されているようなものだ。だから、「人質生活を解消して岡崎へ戻っても

よい」との義元の言葉を鵜呑みにしていれば、その程度の男と切り捨てられていたかもしれない。今日のところはまずは合格というところか。

墓参りのために自分が岡崎に戻れば、勢いづく岡崎衆が出てくるだろう。平素は、岡崎に入った今川勢に虐げられるまま忍従の道を歩んでいる者も、何年も不在だった当主の顔を見ればどれだけ勇み立つかしれたものではない。そのときに猛った家臣を抑えられるかも試されるだろう。その家臣の前での態度も判定されるはずだ。一つ一つ間違えないように喋り、行動しなければならない。

今、元信の教育は実の祖母源応尼の勧めで、智源院の智短《ちたん》和尚が師となり行っている。だがもし岡崎での言動のすべてが義元の意に適えば、駿府に戻ってきた暁は、師に雪斎が加わるだろう。元信が自分の後継者たる人物か、直に雪斎が見極めようとするはずだからだ。

父の墓参りと法要のため岡崎入りした元信は、岡崎城の本丸ではなく、二の丸へと入った。本丸には、義元が送り込んだ今川の者が城代として常在している。今川へ遠慮する姿勢を貫いたのだ。その謙虚で分をわきまえた振る舞いに、報せを受けた義元が感激したのはいうまでもない。

駿府に戻った元信を義元は満足げに出迎え、これからは雪斎のもとで学ぶよう命じた。

なにもかもが元信の思った通りだ。これで、雪斎に認められれば、義元の懐まで入っていける。

岡崎を見て回った元信には、松平衆の粗末な生活が目についた。聞けば今川の者に虐げられているという。戦役に駆りだされてはもっとも危険な場所で使われる。さらに領内の収穫のほとんどを今川方が取り上げるとも耳にした。松平家中は、草の根を嚙むような極貧を強いられている。

そんな凄惨な暮らしの中で、なけなしの米や金を「竹千代さまがお戻りになられたときにお困りにならぬように」と蓄えているのだと譜代の臣鳥居忠吉に告げられたとき、元信の中にわっと熱いものが込み上がった。

(この者たちに報いねばならぬ)

俺は——と元信は思った。

(松平衆が三河を他家の力を借りずに再び支配するためなら、恩ある今川の獅子身中の虫となることも厭《いと》わぬ)

情など持たぬと、このとき覚悟を決めたのだ。

が、どれほど覚悟しても、十四歳の若者だ。恩義に背かねばならぬ定めに、悲痛な思いが胸中で渦巻く。いっそ今川が、自分にもひどい扱いをしてくれていれば楽だったろう。そんなふうに思う己を、「弱い男よ」と元信は嘲《あざけ》った。

だ）

（俺は俺だけのものではない。捧げられた忠義に報いるため、己を滅して生きるの

強く思えば思うだけ、心中で欺いている元信を信頼し、このごろでは盟友のように接してくる氏真に苛立ちを覚える。

あの男を見ていると、憎悪が湧き上がることがある。

（今川の御曹司の立場で誰かを憐れみ、親切にすることはさぞ気持ちがよかろうよ）

そんなことはない、ということをすでに元信は知っている。氏真は、そんな薄っぺらい男ではなかったし、人に施すことで自己満足を得る人間でもない。あの男は、困った者がいれば、自然と手を差し伸べずにはいられなかったし、人の痛みに敏《さと》いのだ。みなが争わずに平穏に暮らせればいいと、こんな時代に本気で考えている節さえある。そして、そんな自身の性質の甘さに、悩み苦しんでいる。

あんな馬鹿な男は見たことがないと元信は思うのだ。

（愚か者よ。この修羅の世を生き抜くのに、もはや悩んだり苦しんだりする余裕などないというのに）

いつか身を滅ぼすに違いない。あんな男は人の上に立てはしない。

心中で氏真を冷嘲《れいちょう》しながら、時々元信はなぜなのか無性に涙が滲《にじ》みそうになった。

五

元信が雪斎に学ぶと聞いたとき、氏真は言い難い焦燥感に包まれた。父義元はどこまで元信を持ち上げるつもりでいるのだろう。実の息子より期待しているのは間違いない。自分は父を夢中にさせることができなかったが、元信は難なくそれをやってのけた。そして師雪斎も、自分のことは義元の息子だから仕方なくみているのだろうが、元信には惹きつけられることだろう。

雪斎は、志太《しだ》郡藤枝《ふじえだ》にある花蔵城近くの長慶寺《ちょうけいじ》に隠居している。そこは、今川館からは三里（およそ二十キロ）ほど離れていた。通うには遠いが、氏真は馬を駆って月に何度か訪れている。時には泊まって翌日帰る。いや、数日泊まることもある。

（これからは元信と共に通うのか）

駿府や花蔵周辺で身の危険を覚えたことはなかったし、自身が剣の達人だったこともあり、氏真は供も付けずにひとりで通っている。が、さすがに元信には近習が付き従うという。供が付くのが当たり前だから、お前もひとりで来いとは言わないが、元信の馬廻り衆全員が争って付いていきたがるのには閉口した。大事な我が殿に何かあっては……ということなのだろう。元信がそれならと氏真が元服の祝いに遣わした鷹

匠の弥八郎に、

「そちが付いて参れ」

と名指しした。

(こんなことにもそつがないのだな)

氏真は感心する。みなの気持ちを汲んで供は付けるが、氏真への遠慮から弥八郎を選んだのだ。

馬の乗りこなしでは、氏真と元信では雲泥の差がある。剣術にしろ蹴鞠《けまり》にしろ一流の腕を持つ氏真は、乗馬にも優れた才を持つ。体を動かすことには、全般秀でていた。氏真は元信に合わせて愛馬を操った。

寺では、雪斎が嬉し気に二人を待っていた。弥八郎にも視線を移し、せっかくだから一緒に学んでいけと誘う。元信も弥八郎も驚いて遠慮したが、

「老師は無駄なことはせぬゆえ、弥八郎に興を抱かれたのだろう。付き合ってやれ」

氏真が背を押し、弥八郎も共に講義を受けることになった。

いつもは戦や内政の話が多いが、今回は違った。雪斎が問う。

「そなたたちの望みはそれぞれなんじゃな」

「望み……でございますか」

「そう。一生をかけた望みじゃ」

あまりに唐突で、氏真は戸惑った。日頃から、他者のものを奪い合わずにすむ世の中がくればいいと願っているが、さすがにそんな馬鹿げたことは口にできない。

「駿河遠江、そして三河が豊かになることでしょうか」

氏真はいつものように「正解」の答えを探り、口にした。

一方元信は、「岡崎城主としてお屋形様のお役に立つことです」などと模範的な答えを言うかと思えば、違った。

「家臣に殺されることなく、健やかに長生きしとうございます」

「そこもとは」

雪斎が弥八郎にも促す。

「手前は……良い鷹を見つけ、より立派な鷹へと育てとうございます」

ふむ、と雪斎はうなずく。

「それぞれ嘘ではなかろう。されど、己の生涯をかけて叶えたい唯一の願いでもなかろう。なぜ隠そうとする。拙僧に己を預けることができぬ者に、なにを教えられよう。かような腹を割って話もできぬ弟子に割く時間はもったいないゆえ、今すぐ帰られよ」

動揺する氏真の横で、元信が雪斎に謝罪した。

「御坊のおっしゃる通りでございます。われらの一番の望みは、ひとえに岡崎城主として松平党を率い、三河を支配することでございます」

氏真は息を呑んだ。

(元信が、言いおった)

弥八郎もほう、という顔をした。

「まことその通りであろうな」

雪斎はうなずく。

その師の様子に、なるほど、と氏真は合点する。ここで何をどう取り繕っても、元信の願いなどだれが考えてもこれ以外ないのである。氏真とて、聞く前から元信の悲願など「知っている」ではないか。

だがのう、と雪斎は首を左右に振った。

「次郎三郎どの。それでは駄目じゃ」

「駄目……でございますか」

「かような望みでは、底が浅い人間となろう」

ああ、と氏真には雪斎のいわんとすることがわかった。もし、他人事なら、元信にもわかったはずだ。おのがことゆえ、冷静そうに見えて頭に血が上っているのだろう。まだ雪斎の意図がわからぬようだ。

「なぜ底が浅いのでございましょう。御坊、お教えください」

いつもより早口になっているから、心中では松平家の悲願を冷笑されて憤慨しているに違いない。

雪斎は弥八郎に視線をやった。

「次郎三郎どのに理由を教えてやりなさい」

ここまでほとんど表情を変えなかった元信が、なんだとと怪訝《けげん》な顔をした。こんな若い鷹匠にもわかることが、自分にはわからないのかと衝撃を受けたようだ。

「されど……」

弥八郎が言い淀む。鷹匠が主に向かって言えることではない。だが、元信の方が潔く頼んだ。

「弥八郎、教えてくれ」

「されば……我が殿の願いは人として当然すぎるものゆえ、だれにでも想像できてしまいます。どんな言葉や態度で覆い隠しても見えてしまう願いでございます。さすれば、その願いを叶えようとする殿の言動の裏もまた、読まれやすくなってしまうということです。ゆえに『底が浅い』のかと」

元信の顔色が瞬時に蒼褪《あおざ》めた。

「なるほど……その通りだ。どれほど画策したとしてもすべて見られてしまっていると……そういうことでございますか」

雪斎の頬に笑みが浮かんだ。

「今のままでは、次郎三郎どのは、お屋形様の掌の上で転がされようのう」

元信は感服し、無言で手を突いた。雪斎が優しく語りかける。

「ゆえに、人が容易に想像できるものを、最上の望みとしてはならぬのじゃ。次郎三郎どのの悲願は、悲願でのうて目の前の目標ほどにしておかれませ。その先に、もっと違う望みをお探しなされ」

「一生を左右する有難き教えにございます」

うむ、と雪斎がうなずく。

「さて、五郎様の本当の望みはなんじゃな。いつまで経っても御幼少の砌《みぎり》より、嘘で固めたお答えしか返していただけたことがござらぬが、そろそろ、拙僧に本音を語ってくれてもよき頃と思うがのう」

氏真は自分の顔が赤らんだのがわかった。ここまで見透かされているのなら、丸裸になるしかない。

「他者のものを奪い合わぬ世の中になればよいと……わたくしは、泰平の世が望みでございます」

雪斎は、元信にしたように、うむとうなずいた。

「昔、御父君に同じ問いをいたしたらのう、同じ答えを言われたものじゃ」

えっ、と氏真は耳を疑う。

「父が……」

「よく似ておられる」

「まさか……」

「御父君はかつて京に住まわれておられての、応仁の大乱で荒れ果てた地獄のような都を目にしておられる。だのに復旧に向かわず、人はさらに争いを重ねて亡者となる。これではならぬと、強く思われたのじゃ。お屋形様の果ての願いは平和な世でございます。だからこそ拙僧はお手伝いをしようと今日まで付いて参った次第」

氏真の中に熱いものが広がった。父義元のことを生まれて初めて身近に感じた。

そのほうはどうだ、と雪斎は弥八郎のことも忘れなかった。弥八郎は、「手前は鷹匠ゆえ」と首を振り、先刻の答えと違わないという。

「ただ、安穏と暮らせる世が叶えば、これに勝るものはございませぬ。手前は腹いっぱいに飯の食える生活に焦がれておりました。今は我が殿の御傍でそれが叶いましたが、岡崎の友垣は今も飢えておりましょう。みなが腹いっぱい食えるのなら、五郎様の望みはよきものでございます」

「では、五郎様の望みを叶えるにはどうすればよい」

雪斎はそのまま弥八郎に訊ねた。

「強くなることでございます。この世の戦を終わらせることができるのは、すべての戦に勝った者だけでございましょうゆえ」

氏真は頭を固いもので殴られたような気がした。それはもう氏真にしたところで分かっていた答えであるが、臭いものに蓋《ふた》をするように直視してこなかった。

一度はこの世を蹂躙《じゅうりん》せねば、己の望むものは手に入らない。

「すべての戦に勝った者か……それは足利将軍家をも蹴散らし、新しき世を創るということか」

元信が弥八郎に訊ねた。

滅相もないと言いたげに弥八郎は手を突いて詫びた。

「無知ゆえに、恐ろしいことを口にしてしまいました。お許しください」

だが、氏真には次の言葉が頭に浮かんでいた。もちろん元信にも浮かんでいるはずだ。

──天下を盗る。

二人は無言で顔を見合わせた。

雪斎が逝ったのは、氏真が元信と共に長慶寺に通い出した年の冬だった。氏真は本音を語ったあの日以来、雪斎との学びの場はまさに世界が開けたような感覚だった。

もっと早く己を見せていればと悔やまれる。雪斎も悔やんでいた。

体調がいよいよ崩れた雪斎は、義元に請われて駿府に戻り、古巣大岩の臨済寺で過ごした。

老師を見舞った氏真に雪斎は、「今日は気分がいい」と境内をゆっくりと歩きながら、

「五郎様の御心を無理やりこじ開けるのではなく、待つべきだと思うてございましたが、それは己の寿命を知らぬ者の驕《おご》りでございました」

申し訳なかったと謝罪した。それから賤機山の方を仰ぎ見る。

「駿府は美しい。この世でもっとも美しいところではないかと錯覚することがございます。梅岳承芳《せんがくしょうほう》様（義元）が作り上げた極楽の雛型《ひながた》でございましょうよ。ここにいると、この世は優しさで満ちているのだと思い違いをいたしますなあ。されど、駿河の外は餓鬼の住まう国……ゆめお忘れなきようになされませ」

これが、氏真が師より授かった最後の教えとなった。

臨終までの数日、雪斎は愛弟子義元と共に過ごした。二人で過ごす時間の邪魔をしてはならぬのだと、もはやだれもが雪斎に会うことは遠慮した。

小春日和のある日、義元に見守られながら雪斎は五十九年の生涯を閉じた。

三　章

一

永禄三年、新春。

雪斎が亡くなって四年半が過ぎた。氏真は二十三歳に、名を改めて元康となった元信は十九歳に、志寿は十四歳になった。

四年の間に氏真は家督を継ぎ、元康は初陣を済ませ子も為したが、志寿は相変わらず名目だけの妻だった。といってもそれも今日までのことだ。昨年末に裳着《もぎ》の儀式をすませた志寿と、今宵、氏真は初めての夜を過ごす。

年齢差がありすぎるうえに、幼いころから妹のように慈しんできた姫だ。いまさら女としてみることは難しかったが、愛おしいことに変わりない。志寿も慕ってくれている。

夜――。離れから本宅に移った志寿の待つ部屋へ氏真は渡った。

薄暗がりの中で三つ指を突く志寿は、ひどく華奢《きゃしゃ》で、美しいというよりはどこまでも可愛らしかった。すぐには気付かなかったが、小さく震えている。

(まだ早いのではないか)

氏真は敷かれた床の上にどかりと胡坐《あぐら》をかき、

「もう六年になるか」

少し気持ちをほぐしてやろうと話しかけた。

「はい。顔ほどの握り飯を殿が作ってくださいました」

「そうであったな。あんな大きな握り飯を於志寿はぺろりと食べてしもうたぞ」

「でも、殿はあのとき普通の量だとおっしゃいました」

「うむ。あのときは男と女の食べる量に違いがあるとは知らなかったのじゃ。女子にしてはよう食べた。天晴《あっぱ》れじゃ」

「まあ、褒めてくださるのですか。嬉しい」

「どうじゃ。もう駿府は慣れたか」

えっ、と志寿の目が大きくなる。

「慣れたって……もう六年もいるのですもの」

「はっはっ、そうであったな。されど、小田原が恋しゅうないか」

だ。

「恋しゅうございます。駿府と同じくらい良いところですもの」

「そうか。ここと同じくらいか。それは行ってみたいのう。父上も行ったのじゃ。わしもそのうち行く機会があるやもしれぬ」

二年前、義元は氏康を訪ねて小田原に足を運んだ。これからも同盟関係を深めていきたい旨と、志寿の兄助五郎氏規《すけごろううじのり》の元服と結婚の話や今後のことを相談しに行ったのだ。

氏規は、もう人質として義元の許で過ごす必要はなかったが、氏康と本人さえよければ、このまま今川の部将を家臣に付けて、今しばらく預かりたいという申し入れをした。氏規は気持ちの良い若者で、あの男の周りには爽やかな風が吹き抜けているかのようだ。駿府に住まう若者はみな、明るい氏規が好きだった。義元も一目置いて愛している。手放したくないのだ。

氏康は快く了承した。義元は、御大方《おだいほう》様と呼ばれるようになっている妹の於芳《およし》の方（瑞渓院《ずいけいいん》）とも、二十三年ぶりに語り明かしてきたと嬉しそうだった。

そして、小田原は良いところだとやはり褒めていた。だのに、

「行ったら殿はがっかりするかもしれません」

志寿が頬を赤らめ、前言を撤回する。

「なにゆえじゃ」

「想い出は美しくなると申します。思い出の小田原と目の前の駿府が同じくらい良いところなら、もしかしたらやっぱりこちらの方が少しだけ素晴らしいところなのではないでしょうか」

と言って、ふふっと志寿は笑った。可愛いことを言うと氏真の中で愛おしさが増した。

「のう、志寿。わしは急がぬゆえ、もう少し待ってもよいのじゃぞ」

氏真は深刻にならぬよう、なにげないふうに今夜のことを言ってみた。志寿はじっと氏真を見つめ、首を左右に振った。

「志寿は、心の準備ならできております」

「そうか……できておるか。殊勝であるな」

ならば、と氏真は志寿を抱き寄せる。そっと寝具の上に横たわらせた。志寿の震えが大きくなった。

「なにもかもわしに任せておればよい」

「はい……」

志寿は氏真の目を見て返事をし、ゆっくりと瞳を閉じる。

二人を夜の帳《とばり》が覆い隠した。

正月明け。氏真は家臣や人質の若者を集めて酒宴を開いた。氏真は毎月、在駿の公《く》卿《ぎょう》や重臣らを招いて歌会を開いていたが、それとは別に同じ年頃の者を集めて時おり語り合うようにしていた。明日は敵になるか味方になるかわからぬ者たちだが、その分かれ道がくるまではほんのひととき笑いあってもいいと思っていたからだ。甘い考えなのは分かっている。それでも父義元が守るこの駿府では、許される気がした。

後から振り返れば、馬鹿な夢を見ていたのだ。今は戦国の世で、殺すか殺されるかの二択しかない時代である。今日が、最後の宴会になるとは知らず、用意できる限りの料理と酒でいつものようにみなをもてなした。

松平元康、北条氏規、吉良義安、岡部正綱、朝比奈泰朝、朝比奈泰勝……そしてその近習たち。後に武将として名を馳せる者も多く、もっぱら戦話に花を咲かせた。みな目を輝かせ、それぞれ武勇を語り合い、称え合う。氏真はこの手の話があまり好きではない。和歌や舞いや書物の話の方が好きだった。だから黙って聞いている。

「お屋形様は」と氏規が氏真を呼んだ。二年前に家督を譲られ、今は氏真が今川家の惣領である。といってもまだ見習のようなもので、全ての決定は義元の承諾がなければならない。が、少しずつ権利の及ぶ範囲を広げている最中である。駿河遠江の支配を氏真に任せることで、義元は三河以西を見据えているのだ。狙うは伊勢と尾張である。

「わしがどうした、助五郎（氏規）」

「どのような戦をされるのであろう。未だご一緒したことがないゆえ」

氏真が何か答える前に、

「お屋形様は優しそうな顔をしておられるが、敵を前にすると少々お人が変わられてのう、存外容赦ない」

泰朝が口を挟む。今川家重臣で、父泰能の死により三年前に家督を継いだ懸川城主である。いつもは遠江に在城しているが、わざわざこの酒宴のために駿府までやってきたのだ。氏真とは同じ年で、一時期小姓も務めた。義元の従妹の息子だから、一族でもある。氏真とは主従を越えて兄弟のように仲がいい。

「それに、猪のように敵中に突っ込みたがるので、母衣衆《ほろしゅう》はいくつ命があっても足りぬ。それはむしろ名誉だが、もう足利二つ引両の旗の総大将となられたのだから、これからは自重していただきたいものよ」

泰朝は、さらに付け足した。

「あまり無茶はされそうに見えぬが、意外でござりますな」

義安が素直な感想を述べた。この男は十四歳のときに織田方に味方して今川と敵対し、捕らえられて人質となった。以後、十一年をこの駿府で過ごしている。吉良家は、弟の義昭が今川の後見を得て継いだ。

りますぞ」
「次郎三郎（元康）殿も思慮ありげに見えて、敵を見ると気性が荒うなると伺うてお
からかうように言ったのは、正綱だ。今川家臣で駿府に在住し、氏真の近習を務め
ていたが、同じ年のせいか元康と気が合っている。
「いや、次郎にだけは言われたくない」
元康が返すから、みながどっと笑った。
それから好きな言葉や漢字を言い合ったり、どんな男になりたいか語り合ったりした。今年が、今川最後の栄華の時になるなど思いもよらず、氏真はこのひとときに酩《めい》酊《てい》した。

氏真はひとり賤機山の山頂にいる。元康が放鷹《ほうよう》した風丸が、春の明るい駿河湾を背景に飛翔するのが見えた。氏真は目を細め、風丸の優美な姿を眺めた。

もうすぐ尾張との間で、大きな戦がある。昨年から、義元は戦の準備を怠らぬよう待機しておけと触れを出している。戦には欠かせぬ鶉《うずら》の飼育も熱を帯びていた。

今川はずっと海を制したいと思っている。駿河湾、三河湾と獲ったから、次は伊勢湾の制海権を狙っている。伊勢湾には熱田が接し、また、湾に河口を持つ木曽川沿いの湊、津島が控え、金がうなっていた。これは、織田を支える資金源となっている。

織田は、信長の祖父の代に津島を、父信秀の代に熱田を押さえ、那古野《なごや》を支配していた今川一族の那古野氏豊《うじとよ》を謀略で追放し、勢力拡大の足場とした。氏豊は義元の弟で、今は駿河藤枝に隠居している。氏真を蹴鞠の名人にまで昇華させたのは飛鳥井《あすかい》雅綱《まさつな》だが、最初に教えてくれたのは、この氏豊である。

元々今川のものだった那古野奪回は、当家の悲願でもあった。戦の中で奪い取られたならまだしも、親しく友人付き合いをしていた中、騙され、奪われただけに、今川の織田への恨みは深い。

三河を制した義元が次に狙うのは尾張である。尾張は、実権を握る織田信秀が天文二十一年の春に病死し、後を継ぐべき嫡子信長が一門も家臣も抑えきれず、大きく揺れた。下剋上《げこくじょう》でのし上がった織田家は、元々守護大名どころか守護代の出ですらない。このため、旧勢力の反発も激しかった。

信長は父の死が近づくと隣国美濃の斎藤道三《さいとうどうさん》の娘帰蝶《きちょう》を娶《めと》り、美濃を自身の強力な後ろ盾としたが、その道三も今から四年前の弘治二年に息子の義龍《よしたつ》に討たれて死んだ。その義龍とも緊張関係を強いられ、信長は四面楚歌《そか》の窮地に立たされた。

だから、尾張侵攻の一番の好機は弘治二年から、信長が弟信勝を殺して内訌《ないこう》を制した永禄元年までの二年間だったのは間違いない。

が、義元は動けなかった。

斎藤道三が死ぬまでは尾張と美濃が同盟関係にあったため、義元は大掛かりな攻略になることを想定し、着々と準備を進めていた。

検地で兵役による動員を確かなものとし、金銀山の開発や京坂との交易で軍資金を確保し、路を整備することで行軍や輜重《しちょう》を速やかに行えるようにした。

ただ、今川家が守護大名から戦国大名への転換を図る過程で、国衆や土豪、地侍らの権利も無理やり吸収せざるを得ず、表向きは力に屈して従属しながらも、反発を抱くものが領国内に相当数存在した。制度の変革を強いられた領民たちの困惑と不満は、わずかな揺らぎや歪で表面に噴出してしまう。

この時期の今川領内は、見た目の華やかさとは裏腹に、不安定この上なかった。地固めもせずに動けば、泥沼の事態を引き起こす。三河衆の検地に対する反感はことに激しかった。

もはや憎悪に近いものがあったかもしれない。

彼の地では次々と反乱が起こり、小競り合いも頻発した。義元自ら出ていかねばならない事態も多く、三河の地に翻弄《ほんろう》されたといっても過言ではない時期が続いた。今は表面上だけは、鎮まっている。が、きっとわずかな綻《ほころ》びで、いつでも騒乱の地へと後戻りするだろう。

本当はあと少し、地固めのときが必要だった。小競り合いならかまわないが、大きな戦は今は未だ控えていたいというのが本音であった。

それを許さなかったのは信長だ。清洲《きよす》の尾張守護代大和守家を滅ぼし、永禄元年の十一月には反乱を企てた弟信勝を殺して一門間の争いを決着させると、尾張上四郡も切り取り、力を示した。

ほぼ同時期、知多《ちた》半島を分断するかのように半島の付け根に位置する今川方の城、沓掛《くつかけ》城、大高《おおだか》城、鳴海《なるみ》城を攻略するため、信長は五つの付け砦《とりで》を大高城と鳴海城の周囲に造った。

三城は、元々織田方のものだったが、信秀が死んだときに今川方へと転じたものだ。屈辱を呑んだ信長に言わせれば、ようやく奪回の機会がきたのである。信長は、ぐずぐずしているわけにいかなかった。敵対勢力を抑え込んだ今、なるべく早く対今川に動かねば、機を逸する。遅くなればなるほど、今川の地盤が固まる。相手は海道一の弓取りと称えられる今川義元、三河を統治しきれていない不安要素を多く孕《はら》んだ今が、迎え撃ってもっとも勝ち目がある時期といえる。

わずかな好機を信長は見逃さず、素早い動きで挑発した。

今川方は挑発とわかっていても応じねばならなかった。

当時、沓掛城は近藤氏が、あとの二城は山口氏が守っていたが、簡単に付け城を許した山口教継、教吉父子を義元は許さなかった。駿府に呼び出して殺した上で、鳴海城には今川直属の岡部元信を、大高城には朝比奈輝勝を入れた。

織田方は五つの砦から常に鳴海、大高城を監視し、両城への兵站《へいたん》を難しくすることでじりじりと追い詰めていった。

義元は、万端の準備ができていようがいまいが、城の食糧が尽きる前にこの二城を救わなければならない。もし、見殺しにするようなことがあれば、義元の戦場における信頼は地に落ちる。それは、今後の戦で今川方に味方する者がほとんどいなくなることを意味した。

だから、二城の救援に駆け付けることは、必ずやらねばならないことであった。

今度の戦は、信長が誘ったのだ。

だが、どの規模で義元が兵を出してくるかは、織田方であろうと今川方であろうと義元以外の者にとって、この時点では未知数である。氏真にもわからない。

大規模になるのは間違いない。反乱の芽が摘みきれていない三河を背に戦うのだ。生半可な軍勢では、なにが起こるか予測できない。単純に用心という意味合いもあるだろうが、むしろ演出だ……と氏真は思う。威風堂々とした今川軍の行軍の様や、圧倒的な勝利による力の差を見せつけることで、完全に三河勢力の心を折って屈服させるのだ。

叶うなら、自分が総大将として出たいという思いが氏真にはあった。今度の出兵を、織田と戦いつつ、三河地方の心理的平定にも利用するのなら、義元自身が出陣すると言い出すだろうが、今後の今川家の統治ということを考えれば、新しく当主となった氏真が出て勝利する方がよほど周囲への喧伝《けんでん》になるだろう。次代の氏真も侮れぬと判定されれば、駿府の平和もより長く保たれる。

提案はしてみるつもりだが……。

（果たして父上はどうするか）

もし、二城救済だけが任務なら氏真でよいが、ことが上手く運べば、もしかしたらそのまま那古野を攻略するつもりでいるのかもしれない。それだと、自分では力不足となるかもしれない。

いや、なによりもっと不穏な噂が流れているのだ。今川義元が天下を盗る布石のため、尾張勢を蹴散らし、そのまま京へ上るつもりでいるらしい――と。

（有り得んな）

氏真は笑ってしまった。どんな戦知らずが立てている噂なのだと。

人の気配に気付いて氏真は振り返った。まだ姿は見えなかったが、だれかがこちらへやってくる。微かな足音からそれが元康のものと知れた。剣術の修業の賜物か、およそ大名に要るとも思われぬこの手の能力が、氏真は突出していた。

「五郎よ、やはりここだったか」

姿が見えたとたん、元康が大声を上げた。十一年も共に過ごした仲だ。いつしか互いの距離は縮まっていた。主従の関係だが、人目のないところでは、二人はいつも対等だった。亡き師、雪斎がそうすることを望んだからだ。

「拙僧の許で学んでいる間は、外の身分はお忘れなされ」

と、弥八郎を含め三人がみな、それぞれの仮名を呼び捨てるよう指示した。初めは違和感があったものの、それはやってみると氏真には心地よかった。おかげで、元康と弥八郎と三人、いろいろなことを語り合う仲になっていた。身分を越え、友と呼べる存在を得たのだと、氏真は信じた。だからこのときも頬を緩め、自分の真横に元康を立たせた。

「なんだ、俺に用か」

「ああ、頼みがあってきた」

元康は先刻氏真がしたように風丸に視線を送りながら、

「五郎のところで、しばらく預かってくれぬか」

と指さした。

「風丸を？　弥八郎はどうした」

「こたびの戦に連れていきたいのだ」

なるほど、と氏真は合点した。弥八郎は、今では鷹匠兼元康の近習だった。このまま武士にして、後々重臣のひとりとして起用するつもりでいるのだろう。確かに、雪斎への受け答えは、弥八郎が只者ではないことを示していた。氏真自身、軍配を預けてもよいと思えるほど明晰《めいせき》な頭脳と冷静な判断力の持ち主である。

「それはいい。鷹匠の代わりは幾らでもいるが弥八郎の代わりはいまい」

「そう思うか」

「思うとも」

弥八郎を褒められ、元康は嬉しそうだ。

「なあ、五郎……一つ訊いても良いか。あのとき……」

「あのときとは」

「正月明けの酒宴のときだが、どんな男になりたいのか語り合ったろう」

「ああ、次郎三郎はいかなる困難も忍び、不退転の意志を貫く不撓不屈《ふとうふくつ》の男になりたいと言うたな」

「そうだ。次郎の言うようにまだまだ青臭いゆえ。……それであのとき、五郎は『寂《じゃく》』と言ったろう」

氏真は寂たり得る男となり、かような生きようを貫きたいと言った。が、だれからも理解されなかった。

「『弱』に繋《つな》がるゆえ、やめておけと散々だったわいな」

「みなが茶化したゆえ、どういう意味なのか、訊き損ねた。教えてくれ」

「寂は死や衰退を表す言葉ゆえ、好む者も少ないが、静かという意味もあろう。あれはただ音がせずに静かなのではなく、物事に動じずどこまでも正しくそこに在る静けさなのだ。静謐《せいひつ》ということだ。次郎三郎と同じで、なにがあっても動じず有りのままに真っすぐで居続けられる男になりたいと思うてな。そなたは強い意志のもとにそう在ることを望んだが、俺はどこまでも自然にそう在りたいと思うたのだ。されど、うかつであった。武家の惣領が口にしてよい言葉ではない。士気が落ちよう」

話すうちに元康が少し蒼褪《あおざ》めたように感じたので、氏真は最後は肩を竦めて自嘲《じちょう》してみせた。話題を変えるため、

「父上からそなたに、出陣の話があったのか」

氏真はもっとも気になっていたことを訊いた。

「正式ではないが、心づもりはしておけと」

元康は義元から信頼されている。役割を内々にすでに伝えられたのだろう。

「俺のことは何か言っていたか……」

氏真の問いに、元康は少し戸惑ったふうを見せた。すでに氏真には話があった後と思っていたのだろう。

「いや、何も聞かぬ」

「そうか……今度の戦についての噂は聞いているか」

少し気まずさを覚え、氏真は話を逸らした。義元が天下を盗ろうとしているという噂を持ち出すと、

「妙な噂が流れるものよ」

元康は眉根を寄せる。

妙……確かに妙であった。これまでも織田との戦は何度もあった。まだ動員する兵力を義元は明かしていない。そんなうちに、なぜ今回に限り、こんな噂が広まっているのか。

「今川が織田と干戈《かんか》を交えるのは初めてではない。大勝したこともあるが、今川とて負け戦も経験している」

「ああ……」

「いったい、どれだけの数で臨めば、そのまま尾張が盗れるというのか。国盗りがかほどに簡単にできるならだれも苦労はすまい。よほど弱体化した国でも、実際に手を出すとなればそれなりに時のかかるものよ。怒濤《どとう》の如く蹴散らして尾張領を通過するらしいなどと無責任な噂も立っているようだが、通過したその後はどうするのだ。通る場所はみな敵国のようなものぞ。いったい、だれがそんなに親切に通してくれるというのか」

氏真の今度の戦への認識は、国境間の戦線の奪い合いである。今川が二城を守り切り、さらに前線を押し込むことができれば、伊勢湾の制海権に王手が掛かる。織田が勝てば、熱田と津島の財源が死守でき、しばらくは今川の脅威から逃れられるため違う方面に着手できる。

どちらにとっても重要な意味を為す戦いだが、天下がどうのという大雑把な話ではない。

元康も顎をさすりながら、

「噂の出どころを早急に調べた方が良いのでないか」

と訝《いぶか》しんだ。

氏真は山を下りるとすぐに義元を訪ねた。

「こたびの戦、わしが出るぞ」

顔を見るなり、義元は弾むように言った。実に楽しげだ。

（やはり）

「父上なら、そのおつもりだと思うておりました」

氏真は、まずは父の言葉を肯定した。

「なにゆえそう思うた。二城へ兵糧を入れるだけなら、わしが出るまでもなかろう」

「三河への今後の支配における影響力を考慮して、大規模な出兵にするおつもりかと」

義元は実に満足げに氏真を見た。

「わかっておるわいの」

されど強いて自分が、と氏真は勇気を出して頼んだ。

「われらは初陣もその後の戦も、小競り合い程度のものしか経験しておらねば、この氏真の力を侮る輩も実際にございます。なにとぞこの氏真に、それらを払拭する機会をいただきとうございます」

義元は上機嫌のままだったが、首を縦には振らなかった。

「それはまた別に機会を作ってやろう。こたびは塗輿《ぬりごし》を使うゆえ、わしでなければならぬのじゃ」

塗輿は権威の象徴で、使用を許されている者は多くない。本来、将軍家、鎌倉公方、管領《かんれい》家しか許されなかったもので、戦国大名の中では義元は特別に許された人物であった。目を見張るほどの特権なのだ。それを視覚的に見せつけながら行軍するという。そうであれば、総大将は義元でなければならない。

氏真は不機嫌な人間より、機嫌のいい人間の方が苦手である。相手の「良い気分」を壊してしまうことに罪悪感を覚えるからだ。このときも、これ以上強く口にすることができなかった。後に、この日の自分をどれほど悔やんだことか。

仕方なく氏真は噂について述べた。もちろん、義元が知らぬはずはなかったから、自分と元康が不審に思っていることと、噂の出どころは調べておいた方がいいことを伝えた。

「その件なら長得に探るよう命じておる」

幼くして僧となった弟の長得だ。

ああ、もう手配済みだったかと、氏真の肩から力が抜けた。

大名の子が嫡子以外、出家をして寺に出されるのは、なにも家督争いを起こさぬための配慮からだけではない。寺は、縦にも横にも地域と身分を越えた繋がりを持っている。その優れた人脈は、外交上において家の宝となる。そして出家した者たちにとって、なにごとかの有事には、有益な知らせや、敵情などを主家にもたらすことも、重要な任務の一つであった。

雪斎がいる間は、全国が広く見渡せていた。あの男が今川の目であり、視野は広かった。今は、世界が薄ぼんやりとしか見えていない状況だ。雪斎の代わりを一日も早く育てるか、見つけるかするしかない。今川出身の僧には義元の兄、象耳《しょうじ》泉奘《せんじょう》もいたが、京で律宗の高僧となっており、手足のように動かせる相手ではなかった。

「いらぬ進言をいたしました」

氏真は恥じたが、

「いや、よいぞ。これからの駿河と遠江はその方が指図していかねばならぬ。こういう発言は、むしろ増えていかねばの」

結局、この噂は、尾張、三河方面から流れてきた噂であるということがわかった。

「わしを恐れているのであろう」

義元は笑い飛ばした。

そうだろうか、と氏真は訝しむ。まさに尾張と三河の境目の戦場になるだろう周辺が噂の源のようなのだ。今から大軍が押し寄せてくるという恐怖から出た話なのかもしれない。だが、出どころが尾張付近からというのは警戒せねばならない。

(織田が流したのか)

なんのために、という「理由」が氏真にはわからない。そんな噂が流れても、織田方にはなんの利もなさそうではないか。むしろ今川方の強大さに、味方側が精神的に揺らぐのではないか。

元康に自分の不安を語ったが、首を左右に振られた。

「確かに意図が読めぬゆえ気持ちは悪いが、その噂で織田が得をするとは思えぬな」

弥八郎にも訊ねると、

「さほどの噂が流れるということは、お屋形様が塗輿による大軍の行軍をなさることが、早い段階で漏れていたということでございましょう」

不穏なことを口にした。

「親父どのの近くに間者がいるということか」

「あらゆることが漏れていることを前提に動いた方がよろしいかと思われます」

氏真はこの件でも義元に注意を促したが、

「そうしよう」

答えた義元はいつになく浮ついて見えた。気持ちはわからなくもない。今度ほど出陣が華々しく行われたことはかつてないのだ。

氏真は駿府に残るが、常に連絡を取りながら、戦況を把握し、何か足りぬものが出れば、早急に手配して補塡《ほてん》せねばならなかった。呼吸は常に戦場とひとつにし、義元の軍の背後となる三河の動向にも睨《にら》みを利かせておかねばならない。決して安穏としていられるわけではなかった。

氏真は義元の出陣を前にして、偽の密書が紛れて戦場と駿府の伝達が混乱せぬよう、義元と自分の間で交わされる密書には特定の印をつけ、図柄も日付ごとに変えることを決めた。また、公用伝馬にはこれまで通り今川家の印だけでなく、かつては氏真の傅役《もりやく》で今は側近中の側近として奏者を務める三浦内匠助正俊《みうらたくみのすけまさとし》の花押《かおう》も添え、こちらから送る荷に怪しい荷が混ざらぬよう配慮した。

さらに、戦の間の使者の応対は、氏真と正俊のみで当たることを決めた。これには「刺客が混ざっていれば危険でございます」と反対する向きもあったが、氏真はこのころには剣聖と呼ばれる腕前だったから、「問題ない」と一蹴した。

後から思えば氏真も浮ついていたのかもしれない。今川の勝利は微塵《みじん》も疑っていなかった。ただ、どういう勝ち方をするのかが問題だと考えていた。

――きわめて圧倒的な勝利になるか、ただの圧倒的な勝利になるか……。

五月十二日、この目で義元が出陣する荘厳な様を見ると、大真面目にそんなふうに考えてしまったのだ。

よもや、この数日後に敗戦の報と義元戦死の知らせが同時に届くなど、だれが考えたろう。

二

嘘だろう、というのが、第一報が届いた時に氏真の頭に最初に浮かんだ言葉であった。次に浮かんだ言葉も同じものだった。

(嘘だろう、嘘だろう、嘘だろう……)

しばらくの間、そこで思考が停止していた。

「相分かった」

　ぼろぼろになった使者に向かい、ようようそう答えたが、ちゃんと声が出ていたのか、覚束ない。

　使者が下がったあと、部屋には三浦正俊と氏真が二人きり残った。咄嗟《とっさ》にはどちらも無言であった。

　ここに元康がいれば……という考えが氏真に浮かんだ。せめて弥八郎がいれば、とさえ思い、そんな自分を侮蔑《ぶべつ》した。

（駿府はだれが治める国だ。第一、あいつらは無事なのか。そうだ、なぜ先に無事を祈ってやれぬ）

「大変なことになりましたな」

　という正俊の言葉を聞いて、氏真は苛立った。そんなことはいうまでもない。なんという無駄なことを口にする男だろう。平素は信頼し、頼りにしてもいるが、ここまでの大事に対処できる器はないのではないかと失望した。

　頭がガンガンと痛む。鼓動もこれ以上ないくらい早鳴っている。

（三河……三河はこうなれば、もはや敵国と同じではないのか）

　力で抑え込み、ようよう反乱を鎮めたばかりの国だ。義元が死んだとなれば、この好機を逃すはずがない。一つ一つの国衆の力は高が知れているが、統制を失って敗走する兵が、そこを無事に通れるかは疑問が残った。

「さぞ腹が減っていよう」

氏真のふいの言葉に、正俊は眉間に皺《しわ》を寄せた。

「は？」

こんなときにこの馬鹿な跡取りは何を言い出すのだと、不快さが目にあらわれている。

氏真の中の苛立ちが増した。

大変なことになったとしか言えないお前と、どれほどの差があるのだと、氏真は心中で吐き捨てた。

頭の中のどこかでは、嘘だ嘘だと埒《らち》もない言葉がまだこだまし続ける。早く現実を把握し、打てる手はみな打たねばならないというのに、頭がうまく働かない。

嘘だ、嘘だ、嘘だ……

（喧《やかま》しい）

嘘だ、嘘だ、嘘だ……

（もうやめてくれ）

嘘だ、嘘だ、嘘だ……

（嘘じゃない。今川は負けた。父上は死んだ。これからは俺が今川を率いていかねば

ならぬ。みな、この氏真の下知を待っている）

　そう、下知を待っているだろう。その反面、こんな頼りない男に何ほどのことができるのか、というあからさまな不信感が顔に出ているに違いない。今の正俊のように。

「敗走した我が軍が、駿府に雪崩れ込んでくる前に、炊き出しをしておけ」

「他にもっとやることがございましょう」

「もちろんだ。城下に待機させている村山衆を四方に放て。三河と尾張の動きだけでは足りぬ。北条と武田にも向かわせるのだ。領国内の要の城には、そのほうが直に向かい、城主を安心させよ。氏真には織田を下す出陣の用意があるとな」

　用意などないが、そう言わねば寝返りが出る。村山衆とは富士山麓に住む山伏たちのことで、義元の手厚い庇護《ひご》の代価に、諜報の仕事を請け負っている。時おり伊賀の上忍藤林長門守《ふじばやしながとのかみ》を招いて、指南を受けることもあった。いつもは北条に対する目となってくれる者たちだが、今回に限り戦が始まる前に氏真が自ら出向いて協力を求め、城下に招いていた。

「炊き出しも、間諜も、動く者が違うのだから同時にやれるだろう」

　嫌味な言い方になった。正俊は当惑した顔になる。かつて氏真がこんな口の利き方をしたことがなかったからだ。

「お屋形様、負け戦の後はだれもがぴりぴりしているものでござれば、このじいの前以外では言動にお気を付けなされい」

氏真の中を、怒りが炎の玉のようになって駆け抜けた。口から噴き出しそうになったが、ぎりぎりで耐えた。

「許せ、じい」

「もちろんでございますとも」

「状況がわからねば手の打ちようがない」

「できるだけ迅速に集めて参ります。お屋形様は今しばらくここに座し、平常心を取り戻しなされませ」

「……そうしよう」

正俊が部屋から出ていった。

氏真はどっかりと、これまで義元が座していた場所にあぐらをかいた。

(親父殿……さぞ御無念であったろう)

されど、と氏真の目から涙が滲《にじ》みそうになった。拳を作り、床を思い切り叩いた。

「無念なのはわしじゃ」

吠えるように叫んだ。

――ゴキッチョー、ゴキッチョー……

鳥籠の中で鶫のチヨが鳴いている。「御吉兆」と鳴くから縁起がいいと好まれ、戦国大名の間で、鶫の飼育が流行っていた。戦場に大量に運び込んで、いざ出陣というときに「御吉兆」と鳴かせるのだ。それで軍勢が盛り上がる。

たわいないといえばそれまでだが、人という生き物はそんなものだ。可哀そうだが、「御吉兆（鳥）」は、鷹の餌《えさ》にもなる。

志寿は、そんなことは今川家に嫁いでくるまで、何も知らなかった。みな夫の氏真が教えてくれたのだ。

あれは、鳥好きの元康のために氏真らが、野鳥を捕まえに行くと言っていたときだ。

「志寿も見とうございますので、馴れた頃に一度連れてきてくださいまし」

ねだると、

「志寿の分も獲ってきてやろう」

氏真は請け合ってくれた。夕方に戻ってきた氏真の手の中にいたのは、野鳥ではなく鶫だったが、見分けのつかぬ志寿は山で獲ってきたのだと信じて喜んだ。

「違う、違うのじゃ。鳥は一羽も獲れなんだわい。大の大人が六人がかりで臨んで一羽も獲れなかったのじゃ」

「まあ」

「そなたの兄も一緒だったのだぞ」

二歳違いの志寿の兄、氏規は屋敷が元康の隣ということもあり、駆り出されたのだろう。

しょっちゅう志寿を訪ねてくれ、なにくれとなくかまってくれる優しい兄だ。義元からも氏真からも可愛がられ、気を遣う実家より今川家の方が居心地が良さげであった。

　志寿は夫や兄たちが一羽の鳥を追って翻弄されたであろう一日を想像して笑った。

「ではこの鳥はなんでございますか」

　氏真から渡された鶉を志寿は掌に包んだ。

「鶉じゃ」

「鶉……ぽってりとして可愛らしい鳥でございますなあ」

「そうであろう。楽しみにしていた志寿ががっかりしては可哀そうゆえ、わしの『御吉兆』を一羽わけてやろうと思うてな」

「『御吉兆』？」

「なんじゃ、志寿は知らぬのか」

　ここで初めて御吉兆の存在を知った。北条家ではそんな話は聞いたことがなかったので、志寿は目を瞬かせた。

「父上も育てているのでござりましょうか」

「どうかのう。ただの流行りものゆえ、わからぬな。されど鷹狩りをなさるなら鶉は飼っていよう。鷹の餌となる」

志寿の胸がとくりと鳴った。同じ家で育てられた同じ鶉だというのに、かたや御吉兆となり、かたや鷹の餌になるというのか。いや、御吉兆の成れの果てが鷹の餌なのか……。

無情な現実だ。それは、この戦国の世の人の運命にも似ている。どんな者も、昨日までは御吉兆で、明日からは鷹の餌となり得るのだ。

そして海道一の弓取りと称えられた義元は、つい先日まではあれほどの栄華の中にいたが、今は鷹の餌となってすでにこの世にいない。

そう思うと志寿は恐ろしさに体が震えた。

(五郎様も震えておられた……)

数日前に義元は二万五千の兵を引き連れて出陣していった。それは祭りのように賑《にぎ》やかで、晴れやかであった。志寿はこのとき、塗輿というものを初めて見た。

義元の出陣を見送った後の駿府もどこまでも明るく、相変わらず華やいでいた。暗転したのは昨日のことだ。初めはなにが起こったのか、志寿にはわからなかった。

慌ただしく氏真がやってきて、人払いをしたあと志寿の体を抱きしめた。それは言葉もなく突然で、志寿は息が止まりそうになった。事情を何も知らなかったから、馬鹿なことに志寿は嬉しさで胸がいっぱいになり、涙さえ出そうになったのだ。

志寿は心のままに氏真の背に手をまわし、背を抱く指にありったけの想いを込めて力を入れた。すると氏真の体が震え出したではないか。

おかしい……と志寿はさすがに異変に気付いた。

「殿様……なにかあったのでございますか」

氏真からはすぐに返事はなかった。漂ってくる深刻な空気に、志寿もそれ以上はなにも訊けなかった。なにごとかが起こったのは間違いない。

(まさか……ああ、でもまさか……)

さすがに志寿にも見当がついたのだ。戦でなにか大変な事態が起こったに違いないと。最初、氏真や兄氏規と親しい元康の悪い知らせが入ったのだろうかと、そんなことが頭を過《よぎ》った。それとも兄弟のように育った泰朝だろうか。いずれにせよ、親しい者が死んだのではないか、と。

氏真はなにも言わぬまま、ずいぶんと長い時間志寿を抱きしめていたような気がするし、もしかしたらそんなに長い時間ではなかったかもしれない。

どのくらい経ったか、

「於志寿」

抱きしめた姿勢のまま、氏真に名を呼ばれた。

「はい」

「これから先は……」

「これから……？」

「於志寿は於志寿のことだけを第一に考え、なにごとも選んでいくがいい」

「意味がよく……わかりませぬ」

氏真は志寿の体を離すと、両肩を両手でそっと摑《つか》んで志寿の目を見つめながら言った。

「わしに温情は必要ないと言うたのじゃ」

「あのう……」

「最初の波が防げれば、なんとかなるとは思うものの……持ちこたえることができねば、すぐにここを発て。詳しくはそなたの兄に訊くといい。助五郎が駿府にいて良かった」

囁くように告げて、氏真は部屋を出た。入れ替わりに兄氏規が訪ねてき、こちらは淡々とその時点で分かり得る事実を告げた。といっても短い言葉であった。

「太守（義元）が首を獲られた」

三

氏真は時に追われる中、一度だけ志寿に会いに行った。心から志寿を心配してのことだが、あれはどういう感情なのだろう。志寿の顔を見たとたん、どっとあらゆる気持ちが湧き上がり、抱きしめていた。志寿が小さな手で抱きしめ返してきたときは、わっと愛おしさが溢《あふ》れ出て、

「父上が死んだのだ」

と自分の口から伝えたかったし、

「これから今川という綻《ほころ》びかけた大国を、無能のこのわしが支えていかねばならぬ。怖くてたまらぬ」

本音を漏らしてしまいたかった。

志寿にだけは、自分の弱い姿をそのまま受けいれてほしかった。

けれども志寿は九つも年下で、まだ十四歳に過ぎない。元々は敵国だった北条の姫であり、弱さをもっともさらけ出してはならない相手ではないか。氏真は、ぐっと踏みとどまると、詳しい事情は兄の氏規にきくように伝え、志寿の元を去った。

そうしてふと気になった。元康の妻となった夕はどうしているだろう。どれほど心

細い思いをしていることか。昨年生まれたばかりの竹千代を抱え、もうすぐ二人目が生まれようとしている。その身の上で、夫の安否がまるでわからないのだ。

夕とは幼馴染《おさななじみ》といえなくもない。男女であったから、共に過ごしたことはあまりないが、それでも幾度か語り合った仲だ。

元康との結婚が決まったときも、長い時間ではなかったが、夕と話をした。色が白く華奢で鶴のように優美な姫であった。今川家中一の容姿と謳《うた》われ、それは言葉通りだった。氏真は淡い恋心のようなものを抱いていたこともある。

もっと早く側室に望めばよかったろうか。後悔がまったくなかったといえば、嘘になる。

「次郎三郎が羨《うらや》ましいな」

だから馬鹿なことをと思いつつ、つい夕にそんなことを告げてしまった。

夕は聞こえないふりをして、ただ微笑した。

「いずれは次郎三郎様は岡崎へ戻られるのでございましょう。そうしたら私も岡崎へ参るのでございますね。この駿府を離れるのは、少し寂しゅうございます」

夕はそんなことを口にして、

「けれど、私の御役目はもっと過酷なものと思うておりましたから」

「役目とは」

「母上はお屋形様の妹ですもの。いずれはお屋形様の養女となって、敵国との同盟の折にもっとずっと遠い地に参るのだと覚悟しておりました」

「ああ……」

氏真の脳裏に、武田に嫁いだ妹日奈姫の幼い顔が浮かんだ。日奈も怖いと、自身の運命に怯《おび》えていた。

「次郎三郎は気持ちのいい男よ。於夕どのはこの世で一番幸せな姫になるやもしれぬぞ」

氏真が元康の人柄を保証すると、夕は嬉し気に目を細めた。

あの日のことが随分と昔に思える。元康の安否もわからぬ今、どれほど胸を締め付けられていることだろう。

氏真は志寿に文をしたため、夕姫を見舞い、支えてやってほしいと頼んでおいた。

そしてずいぶんと志寿を信頼している自分に気が付いた。

氏真が最初に受けた印象より、被害は少なかった。未曽有の敗戦のような報が第一報だっただけに、一時はどうなることかと思ったが、村山衆が次々と届ける続報に触れるうちに、なんとかなると思い直した。

乱れた姿は志寿以外には見せていない。正俊には嫌味を言ってしまったが、だからといって、取り乱した姿を晒したわけではない。氏真が驚くほど淡々と事後処理をしたので、一門も部将らも徐々に落ち着きを取り戻していった。

もし、義元が生きていれば、天文十七年に勃発《ぼっぱつ》した今川、織田間の小豆坂《あずきざか》の戦いで壊滅状態で敗走した織田方程度の痛手ですんだかもしれない。

後の世に桶狭間《おけはざま》の戦いと呼ばれるこの戦いは、織田方の戦死者が千人弱、今川方が三千人弱であった。大負けに違いないが、あと二万以上の軍勢が残っていたのだから、早々に戦場を離脱して雪崩《なだれ》のように敗走せねばならなかった状況ではなかったはずだ。事実、そんな中でも鳴海城の岡部元信は城を手放さず、今も孤立無援の中、持ちこたえている。

それに比べて、戦場からおよそ三里（二十キロ）離れている岡崎城を預かっていた山田景隆《やまだかげたか》は、城を捨てて駿府に逃げ戻った。このため、松平元康は駿府には帰らずそのまま岡崎城に入って独立した。義元の死からわずか四日後のことだ。

氏真はこの報せに、自分でも驚くほどに怒りが湧いた。まるで義元の死を待っていたかのような離反ではないか。どれほど、元康の安否を心配していたか。今までどれほど今川が元康によくしてやったか。

「裏切り者めが」

悔しさに、ぎりりと歯ぎしりをした。

今後、元康はどのような態度で臨むつもりでいるのか。岡崎城に入ったものの、これまで通り今川に従属するのか。独立して友好関係を結んでいくのか。それとも敵対するのか。

いずれにしても勝手な動きをされたまま捨て置けば、周囲への示しがつかない。氏真は元康に今後は岡崎城に入り今川のために三河の押さえとなるよう、指示を出した。元康の動きを後追いした形だが、命じた体裁を取ることで、帳尻を合わそうとしたのだ。当の元康はそんな氏真からの文書など、鼻先で嗤《わら》うに違いない。

氏真はただちに、駿府に残っていた松平家家臣と元康の妻である夕、その子竹千代を軟禁するよう命じた。夕の父親である関口氏純は今川一門であり、母は義元の妹、つまりは氏真にとっても近しい血族ということになる。

氏純を敵に回せぬ以上、夕らの扱いも感情に任せるわけにいかないが、本当なら幽閉したいほどだ。

元康への憎しみが、夕とその息子の竹千代に向かっていこうとしている。

よくよく考えれば、あの母子も裏切られたのではないか。夕は敗報に触れてからずっと、夫元康の無事を文字通り祈り続けていたはずだ。それが……。

自分以上に、元康のことは信じられない仕打ちと感じていることだろう。慰めてやらねばならぬ弱い相手ではないか。しかしどれほど理屈を並べても、氏真には憎しみしか湧いてこない。

妻の夕はまだしも、嫡子の竹千代は八つ裂きにしてやりたいとまで思った。

(信じていたのだ)

氏真は己の愚かさを呪った。

(次郎三郎と弥八郎のことは盟友だと信じていた。こんな世に馬鹿な話だ。俺もずいぶんと浮かれた夢を見たものよ)

氏真は惨めであった。

あの女も惨めに違いないと夕姫のことを思った。夫に捨てられた女と子どもを見てみたいと、醜い感情が湧き起こる。氏真は、己の卑小さと醜悪さに吐き気を覚えながらも、夕の軟禁先を訪ねた。

今となっては、生かすも殺すも自分の自由になる女と子どもだ。

訪ねていくと、案に反して部屋の中には笑い声が立ち上がっていた。

氏真の急な来訪に侍女たちは蒼褪め、

「お待ちください」

「御取次ぎをいたしますので、今しばらく」

「お屋形様、どうか」

騒ぎ立てたが、氏真はかまわずずかずかと部屋の中へ押し入った。

あっ、と出鼻をくじかれたのは、そこに志寿がいたからだ。

志寿は驚きのあまり目を見開いて氏真をみつめ、夕も、えっ、というように小首を傾げた。

豊かな艶めいた髪が、その仕草にあわせてさらりと揺れた。すぐに夕はハッとして、手をついて挨拶をした。

「まあ、五郎様、何かよいお知らせがあったのでございますか」

わざわざ氏真自ら乗り込んだ理由を、志寿は良い意味に捉えたようだ。元康の独立は勘違いで、尾張を睨み、捨てられた岡崎城を今川のために守っていたのではないか。もしかしたら元康が、夕姫を迎えにきたのかもしれない。そんな期待に満ちた目が、氏真には鬱陶《うっとう》しかった。

「於志寿、席を外せ」

思わぬ氏真の厳しさに、志寿の表情が曇った。自分の考えは間違っていたのだと、気付いた顔だ。

志寿は何か言いたそうにしたが、頭を下げて言われるままに下がろうとした。腹立ち紛れに氏真は、

「岡崎の裏切り者に捨てられた惨めな女の顔を見に参ったのじゃ」

聞えよがしに言い放った。

「五郎様」

詰《なじ》るように叫び、志寿が振り返った。

夕は、咄嗟に庇《かば》うように腹に手をやり、怯えた顔をした。

「怯えずともよい。わしも裏切られた惨めな旧主じゃ。そなたと似たようなものぞ」

自嘲まじりの氏真の言葉に、夕の瞳から涙が溢れ出た。

「於夕様」

志寿が氏真との間を遮るように寄って、夕の涙を自分の袖で拭った。そんな志寿を煩わしく感じながら、

「何を泣く」

冷めた声で訊く。

夕は何か答えようとしたが、言葉は嗚咽《おえつ》に変わった。

「於夕は嘘つきじゃな。敵国へ嫁ぐことさえ覚悟ができておるといつか言うたではないか。まるでできていなかったゆえの涙であろう。泣くほどのことは何も起きておらぬぞ」

「何を仰せでございます」

言い返したのは、志寿だ。氏真は構わずに夕に向かってさらに言葉を投げつけた。

「こたびのことは、辛いに違いなかろう。されど、ここはそなたの生まれ育った駿河であろう。次郎三郎がわしと手切れになるというなら、竹千代と生まれてくる子は人質となるが、そなたは今川一門の姫じゃ。わしの妹として別の男に再嫁せよ」

夕が濡れた瞳のまま、氏真を睨みつけた。

「まだ、次郎三郎様は岡崎城に入っただけでございます。それだけで裏切り者呼ばわりはあまりにございります」

「次郎三郎は間違いのう織田に付く」

「お屋形様のその疑心こそが、さように決断させるのではございりませぬか」

「そうではない。簡単な話じゃ。次郎三郎が今川から独立するのであれば、今をおいてない。そして、方法はただ一つじゃ。織田と手を組むこと。そうせぬ限り、今の混乱が落ち着けば、また今川の下に甘んじねばならぬ。諦めろ。次郎三郎は戻らぬ。そなたは次郎三郎の悲願の前に、捨てられたのじゃ。それをわしが拾うてやると言うておる」

「利用するために……でございますか」

「人質扱いされるよりはましであろう」

「いいえ。私は、松平に嫁した女でございます。次郎三郎様より正式に離縁を言い渡されぬ限り、人質としてお扱いくださりませ。言い渡されたそのときは、尼になりとうございます」

「ならぬ。勝手なことをいたせば、腹の子の命はないと思え」

「女は……どこまでも男たちの道具でござりまするか」

「痴れたことを申すな。わしも今川の道具だわい」

「それでよろしいのでございますか」

食い下がったのは志寿だった。

「下がれと言うたはずじゃが……。良いも悪いもないわ。男も女もない。かような時代に、人の上に立つ家に生まれた者の務めであろう」

志寿の顔が見る間に蒼褪めた。

「ごめんなされてくださりませ」

志寿は、今度こそ言われたままに下がろうとした。その背に氏真が投げかける。

「お前はどうなのじゃ。道具としてわしのもとにやってきたのではないのか」

志寿は振り返って、氏真を真っすぐに見つめた。

「その通りでございます。されど、志寿はその務めとやらを捨て、もう誰の道具にもなりませぬ。志寿は、志寿の意思で、我儘《わがまま》と謗《そし》られても、この先になにがあろうとも、殿様に添い遂げとうございます」

氏真には志寿の純粋さが羨ましく、疎ましかった。昨日までの自分の姿とどうしても重なる。誓いも希望もすべては虚しい。そんな不確かなものは何の意味もない。

「のう、於志寿、わしはもう誰の言葉も信じられぬのじゃ」

「信じる必要はございませぬ。ただわらわがそうするだけでございます」

「よせ。わしは卑怯《ひきょう》で愚劣な男じゃ。そんな値打ちなぞない」

言い捨てて氏真は志寿の前から逃げた。あのままそこにいれば、志寿は耳に心地よいことを口にし続けただろう。しかも、嘘などではなく、本心から語ってくれているのだ。そのくらいは氏真にもわかる。

（人の心は変わる）

志寿も変わる。それは志寿が悪いわけではなく、人という生き物がそういうものなのだ。だが、変わってしまった志寿を見れば、また憎悪の念を抱くに違いなかった。

氏真は自分の醜さを知ってしまった。醜悪で滑稽《こっけい》で身勝手で未熟で隙だらけで甘い。それが今川氏真という男だ。出陣前に元康と語り合った「寂」という言葉が脳裏をよぎった。なにごとにも動じず、ただひたすらに正しくありたいと願った自分が、ずいぶんと馬鹿者に思えた。

（わしは道具じゃ。今川の道具じゃ）

本当に道具になりきれれば、さぞ楽であろう。自分自身など消し去り、今川の道具として心を失くし、淡々と務めればよい。

だのに胸が軋む。哀しみも怒りも消えてなくならない。覚悟ができていなかったのは、夕ではなく自分の方だったのだ。

四

だれもが今、自分を注目していることを氏真は知っていた。今川の者たちだけでなく、三河の者も北条も武田も、氏真がこの危機をどう捌《さば》いていくかを見ている。そうして、領主たり得る実力がなければ、見限る準備をすでに始めつつあるのだ。元康からは何度か義元の弔い合戦をするようにと、催促の手紙が届いた。駿河と尾張の間にはこの元康がいるのだから、織田の軍は駿河には一歩も通しはしないという。さあ、御出馬をというのだ。

もし、盟友のままでいたならば、元康からの手紙はこんなふうに感じることもできたろうか。

――五郎、出陣を。俺が盾の役目を務めよう。ここは無理をしても出た方がよいぞ。さすれば、これより先の領国内の支配がやりやすくなろう――

が、今となっては、信じられるものではなかった。氏真には、それは元康の地獄への誘いに聞こえた。この氏真に出陣を促し、のこのこと出てきたところを叩くつもりでいるのだろうと。

元康はどれほど言いふらしているのか、家臣たちの間でも、「松平どのがかように言うてくれる間に亡き太守の敵討ちを」と言い出す者たちが幾人も出始めている。

何を勝手なことを、とむなぐらを掴んで氏真は罵ってやりたかった。

織田方が今度の戦で出した人数は四千とも五千ともいわれているが、こちらは義元が討たれたときにはまだ二万以上の兵が無傷で残っていたのだ。それなのに何一つ反撃せず、ただひたすら逃げ帰ってきた者どもが、どの面を下げて敵討ちの出陣を口にするのだ。

大敗の直後に疲弊しきった兵を再びまとめて打って出るなど、戦に憑《と》りつかれていたとしか思えぬ織田信秀ですらやらなかったことだ。

今度の戦のために、どれほどの銭を使い、どれだけの物資を用意しなければならなかったと思っているのか。あの義元でさえ、準備にいったいどれだけの手間をかけたと思っているのか。

無理してかき集めた物資も多い。それを戦地にずいぶんと放棄して戻ってきた。どれほど悔しくても出兵など無理であった。

それを、「氏真は臆病者よ」と罵り始めている者までいる。中には実際には無理だとわかっていながら、やり場のない気持ちをぶつけるために、「弔い合戦」を口にする者もいる。「では行くぞ」と本当に言えば、大混乱となるだろう。今度の出陣のために借財をした家臣も多いはずだ。商人どもが、貸した銭は回収できるのかと騒ぎ始めている。

そんな中、さらに銭を出せと言えば、駿河に住まう商人は、別の地へ移ってしまう。駿河は商人が支える国だ。見限られたら終わる。義元が苦労した駿府の繁栄は、簡単に崩れ去るだろう。商工業で稼いでいるのだ。銭がなければ、その家はたちまち衰退する。織田が、家の規模に比してかなりの実力を持つのは、唸るほどの銭があるからだ。

ここ二、三年は、周辺国で飢饉《ききん》が続いている。北条も武田も苦しんでいる。駿府にはそういう苦しみはまったく入ってこない。まるで夢の国のような様相なのは、商業都市だからにほかならない。

こうしたことを百も承知のはずの元康が、出陣すべきと無理をいう。やらないのは、臆病者ゆえと、出ざるを得ない状況に追い込んでいく。怪しいなどという話ではない。あの男は、こちらを潰しにかかっているのだ。

（俺は乗らぬぞ）

どれほど屈辱でも、自重すべきだと氏真は信じた。

（すみやかなる領国内の立て直しが先だ……）

今すぐに織田と戦えぬ理由は他にもあった。例の噂の予想もしていなかった効果だ。今川義元が天下を盗る布石のため、尾張勢を蹴散らし、そのまま京へ上るつもりでいるらしい――という噂。

戦の前評判では、強大な今川軍と、それを迎え撃つ寡兵の織田軍という構図だった。織田は負けても「当たり前」と思われていたし、勝てばそれは奇跡であった。信長は今や奇跡を起こした英雄である。

あの噂のせいで、信長という男が神格化されつつある。一方、あれだけの軍勢で臨んで負けた今川は、嘲笑の的となり、率いた義元は愚将の代表のように言われ始めている。権威の象徴だった塗輿は、義元が馬に乗れぬ惰弱者だからとまで、馬鹿にする者がいる。あれは信長に仕組まれた噂だったに違いない。

人は、織田に付きたがっているし、もはや泥舟にしか見えぬ今川からは離れたがっている。

こんな空気の中で出陣すれば、印象に呑まれるだろう。

何よりも耐えがたいのは、父義元が馬鹿にされることであった。

――やめろ。

――父上をかように嘲るな。

――わしが行けばよかった。わしなら慣れている。わしが代わりに討たれ、嘲られればよかったのだ。

岡部元信が守り、六月上旬まで持ちこたえていた鳴海城からの撤退を、氏真は決断した。

元信以外残っておらず、織田方と決戦する余力がない今、孤立無援のまま置いておくことはできない。

無念であった。だれより氏真が無念だった。だが、この決断で謗《そし》られるのも氏真である。

元康は、弔い合戦さえせぬ惰弱者に付き合う必要はないと、強く手切れを臭わせ始めた。

氏真さえその気ならあれほど自分は加勢をすると説得したのに、決して動こうとはしなかったと、嘲笑っているときく。

(初めからそうするつもりでの申し出だったのであろう。さすれば、恩ある今川から離れるのも致し方なしと世上に取り沙汰され、大手を振って離反できようからな)

雪斎が言っていた。元康の父広忠が義元に助けを求めてきたとき、手を貸すことに反対した家臣もいたし、貸しはしてもあからさまに見下した者もいたと。だが、義元は違ったという。

「再興の手助けができるなど、これほどの誉れがあろうか。この義元を見込んで頼ってきてくれたのだぞ」

そう言ったという。もちろん、広忠を保護し、力を貸すことで三河の支配がやりやすくなるという計算はあったろう。だが、氏真が最初に想像していたよりもずっと義元は情け深い男だったのだ。

(されど父上……)

この非情な世に、そのような情けは通じない。恩も義理もない。そんなことはわかっていたことだ。それでも、元康は別だと思っていた。あの雪斎のもとで共に学んだ元康だけは。

やがて織田と元康が連絡を取っているらしいとの話が聞こえ始める。他にも裏切りの噂があちらでもこちらでも囁かれ始めている。

周り中が敵だらけで誰を信じていいかわからない。みなが自分を嗤っているようにしか思えない。人前にいると冷や汗が出る。

そんな中、風冴ゆる砌《みぎり》、武田に嫁いだ妹の日奈から、兄を気遣う見舞いの手紙が届いた。桶狭間合戦から少し時間を置いたのも、戦後処理に追われる氏真が寝る間もない日を過ごしていることがわかっていたためだろう。まだほとんど体を休めることなどできない状況だが、ようよう夜はまとまった時間、寝ることができるようになった。

日奈はわかってくれているのだと思うと、涙が出そうになった。

（武田か……）

信玄には、どう動くかわからぬ不気味さがあった。斎藤と織田の領土に接する美濃国恵那郡には、武田に従属した国衆遠山景任《とおやまかげとう》と直廉《なおかど》兄弟がいる。同じ斎藤を敵とみなす者同士、織田とも遣り取りがあるのは確かであった。

氏真は信玄に連絡を取って同盟の継続について、確認をとるつもりであった。微妙な関係の中で、日奈はどうしているだろう。不安に違いないが、それでも兄を気遣ってくれる優しさが、今の氏真の胸に沁みた。手紙には夫となった義信が見せてくれた優しさの数々が副えられていた。氏真が心配しないようにとの心遣いだろう。

武田に嫁ぐ前、日奈と約束したことを氏真は思い出した。嫁いでくる北条の姫を大切にしてほしい……同盟の絆となるために他国に嫁ぐ同じ役目を背負った女として、日奈は志寿の仕合せを願っていた。

志寿のもとには、夕のところで会って以来、一度も渡っていない。氏真は志寿を自分の屋敷に残したまま、ずっと今川館で政務を執っていた。正式に移ったわけではなかったが、実質は義元が死んで自分の館となっていた。本来なら、志寿も呼ぶべきであった。

夕の所では半分喧嘩別れのようになってしまった。さぞ不安な日々を過ごしているだろう。

そういえば、と氏真は思い出した。あれは元康の元服前、準備に追われてしばらく会えなかったときのことだ。寂しい思いをこちらが恥ずかしくなるほど正直に志寿が手紙に綴ってくれたことがあった。渡すつもりがなかったという書きかけの手紙を氏真はもらって帰り、今も文箱の中に仕舞っている。それを数年ぶりに取り出した。

読み返すほどに胸が苦しくなってくる。

この手紙の送り主を邪険に扱うことができたなど、自分はよほど心が壊れかけているのだ。あのときは己の心など、今川のために失くしてしまおうと思ったくせに、今はどうしようもなく取り戻したかった。本当はどうすればいいのか、情けないことにまるでわからない。そして、たまらなく志寿に会いたかった。

氏真が前触れもなく部屋を訪ねたとき、志寿は手紙をしたためていた。氏真が来るとは思っていなかったのだろう。

侍女たちが驚き、

「すぐに、場を整えまする」

慌てて動き出す。志寿も、

「お見苦しきところをお見せいたしました」

すぐに氏真に向き直り、手を突いて挨拶をしたのだが、どこか不自然だった。いつもなら驚きはしても氏真の姿を見ると、ぱっと花が綻《ほころ》ぶような顔を見せてくれる。それがない。

氏真は書きかけの手紙に視線を向けた。気付いた侍女頭の佳奈が、文机ごとさっと部屋から持ち出そうとする。

氏真が無言で手紙を摑むと、

「ああ」

佳奈が悲鳴のような声を上げた。不快さを覚えつつ目を通す。

「これは……」

「ごめんなされてくださりませ」

こんなに狼狽《ろうばい》した志寿を見たのは初めてだった。

「苦しい今川の現状がしたためてあるようじゃな」

まだ宛先はなかったが、実家へ送る手紙であるのは間違いなかった。

女は間諜の役目も担って嫁いでくるのだ。志寿は当たり前の役目を果たしているということか。怒るほどのことではない。知られてまずいことは書かれていない。みな噂で聞いている範囲だろう。いや、噂よりはましな今川の現状が書かれている。

それでも、志寿がこんなことをするとは思わなかった。氏真はしばし呆然となった。

もうずっとこんなことをやっていたのだろうか。いや、そんなはずはない。

二年前に義元が小田原を訪れた折には、北条とはうまくいっていたはずだ。

氏真は蒼褪める佳奈たちを下がらせ、志寿の前に座した。

「だれへの文じゃ。父上か」

なるべく感情的にならぬよう訊ねる。志寿は観念したように口を開いた。

「……兄上でございます」

「左京太夫（氏政）どのが、今川の様子を訊ねてこられたのか」

「はい」

（おかしい）

氏真は眉根を寄せた。戦のあとのことが知りたいのなら、幾らでも間諜を放てばよい。

「北条とて、草の者は放ってあろう。なにゆえその方に訊ねてきたのじゃ」

ただ現状を知りたいだけではないということだ。

志寿は逡巡《しゅんじゅん》したが、氏真の中に湧き上がりつつある疑心に気付いたのか、正直に言わねばこじれると思ったようだ。

「今川に兵を割く余裕があるのか、内々に訊ねてきたのでございます」

大変なことを隠さず告げた。

「出兵の余裕があるかだと。それはまたずいぶんと不穏な話じゃのう。なにゆえじゃ。返答如何《いかん》ではたとえそなたでも許さぬぞ」

余裕などあるはずもなかった。元康だけでなく、氏政までもが父の敵討ちに動かぬ自分を愚弄《ぐろう》し、そこまでの男だと評価を下そうとしているのだろうか。それとも兵を集めることもままならぬほど求心力が弱まっているようなら、同盟を破棄して侵攻しようという腹か。

いや、そんな余裕はあるまいよ、と思い直した。北条は今は上杉、長尾の軍とやりあっている最中のはずだ。

志寿は苦しげに、声を絞り出した。

「兄上は今川に援軍が出せるようなら要請したいと考えているのです」

「なんじゃと」

思いもしない答えであった。

「こんな時期でございます。今川自身が苦境にあるこの時期に、北条を救ってくれとは言うてくださるなとお返事をするつもりでございました」

「なぜわしに相談せぬ」

「兄からわらわへと内々に送られた文でございます。これ以上、殿の御心へご負担をかけるわけにはいかぬと……」

「北条家の形勢はさほどに悪いのか」

「このままでは小田原が囲まれてしまいます」

氏真は頭の中が真っ白になりそうだった。いったい、この状況で援軍をひねり出せば、今川の明日はどうなるのだろう。

無理だ、という思いがよぎる。そうだ、だからこそ氏政は内々に妹に先に訊ねたのだ。本当は氏政も無理だろうと思っている。それでも万が一という思いを捨てきれなかったというのなら、それほど切羽詰まっているということだ。

「多くは出せぬが、出来る限りのことはしよう」

氏真は、震えるような思いでそう答えていた。

「いいえ、いけませぬ」

志寿が首を横に振る。

「されどそなたの実家の危機じゃ」

「なりませぬ。お家がかほどに苦境の折に、他家へ援軍を送れば、家臣らから不満が噴き出しましょう。敵よりも恐ろしいのがお味方の離反でございます。取り返しのつかぬこととなってしまいます」

「されど義理があろう」

「今は忍従のときでございます。耐え忍ぶというのは、不義理をすることも、そうすることで恨みをかうことも、全て引き受けて忍ぶということでございます」

志寿よ、それはだれのことを言っているのだと問いたくなるほど、氏真の中では元康の姿と重なった。まさしく、元康がいま、やっていることではないか。

（あの男は……どれほどの重荷も背負う覚悟をしたというのか）

そしてその重荷を背負った元康に踏みつけられる自分がいる。忍従の先に繁栄があるというのなら、その繁栄の下には無数の踏みつけられた者がいる。そういう話だ。

「志寿、わしにはわしの生き方がある。それは今川の生き方でもある。不義理は致さぬ。援軍は出そう。正式に要請するようしかと伝えよ」

こう言われては志寿も、もう黙るしかない。

俺はさぞ愚かだろうと氏真は思う。だが、志寿の目から零れ落ちる涙を見ると、愚かでもいいではないかという気になる。

「ありがとうございます。殿の御心がうれしゅうございます。志寿は殿様に一生付いて参ります」

志寿はいつかと同じことを口にした。

「苦労するぞ」

「するとは思いますけれど」

「思うのか」

「はい。けれど、きっと仕合せでございます」

「そうか。ならば付いて参れ」

今度は氏真も、うなずいたのだ。

氏真はこのあと、氏康の要請に応え、一万の援軍を北条へ送った。


永禄三年の北条と上杉・長尾連合軍との戦いは、八月下旬に関東管領上杉憲政を助ける名目で、越後の長尾景虎（上杉謙信）が八千の兵を率いて攻めてきたことに端を発した。景虎は、小川城、名胡桃城、明間城、沼田城、岩下城、白井城、厩橋城、那波城と次々に落としながら上野を侵略し、年を越した。

年が明けるとさらに武蔵、相模、鎌倉と侵攻し、小田原城を含む北条方諸城を包囲した。このときには、景虎に従う近隣諸将が馳せ参じ、十万を超える軍勢に膨れ上がっていた。

正直、武田の援軍も今川の援軍も焼け石に水の感があった。氏康は無駄な衝突は避け、小田原城に籠城《ろうじょう》し、じっと我慢の時を過ごした。景虎はこの出陣の最中に、上杉憲政の養子上杉政虎となって山内上杉家を継ぎ、関東管領に就任した。

一方、武田信玄は北条を助けるため上杉軍の背後、北信濃へ侵攻し、政虎の危機感を煽った。信玄と政虎はすでに三回、川中島でぶつかっている。このまま小田原攻略にかまけていると、次に川中島の戦いを制するは信玄ということになる。

さらに長期化した戦に、烏合の衆ともいえる上杉連合軍の諸将からは不満の声が上がり始めた。小田原城は落ちそうにないのだ。このままでは兵站が続かない。戦場から離脱する国衆も出始め、最後は政虎が撤退する形で小田原の戦いは終わった。

この報を受けたとき、志寿が泣いて喜んだ。

「北条は強いな」

と言う氏真に何度もうなずいた。

だが、むしろ今度の一件で氏真の目に武田が脅威に映ったのは間違いない。武田の協力がなければ、北条家は今頃なくなっていたかもしれない。それに比べ、昨年と今年と二回にわたって派兵した今川軍は何の役に立ったろうか。実力の差を見せつけられた形となった。それは、氏真だけでなく、信玄自身も感じたのではないか。

武田、北条、今川は、もはや並び立ってなどいないと。それは同盟の危機を意味する。

四　章

一

桶狭間の戦いの翌年――永禄四年は、氏真にとって戦に明け暮れる年となった。

あちらこちらで反今川の火の手が上がり、一時も休まる日はない。

後に氏真自身が「三州錯乱」と呼んだ、このあと数年にわたって今川家を苦しめる、松平元康の裏切りが招いた三河反乱の始まりである。

桶狭間の戦いの直後から、つまりは永禄三年内から、元康は安堵状《あんどじょう》の発給を大量に行うことで、自身が領主であることを三河の国衆に主張した。そういう元康のわかりやすい態度を前に、岡崎城のある西三河の国衆たちは、こぞって松平の傘下に入りたがった。その機微を捉えて元康は調略を行い、次々に今川離反を誘《さそ》ったが、表立って軍事行動に出ることはなかった。

だが、永禄四年に入ってすぐに織田方と和睦し、西の憂いを無くした元康は、氏真に対して大胆な動きを見せた。

四月。

十一日に三河国渥美半島の付け根に位置する、牧野成定《なりさだ》の守る牛久保城を夜襲で攻めた。

松平が今川と手切れになったことを、これ以上なくわかりやすいやり方で表明してみせたのだ。こうすることで、東三河の国衆たちも松平方に付くよう、誘《いざな》ってみせたのである。

このため、牛久保城攻略の軍勢は、松平方にすでに与《くみ》していた東三河の国衆が中心となった。この者たちに続けと暗に呼びかけたのだ。

裏切るにしてもこのあまりのやり口に、氏真から東三河の統制を任されていた吉田城主小原鎮実《おはらしずざね》が、東三河の国衆らから差し出されて城内に預かっていた人質十三人を、見せしめとして龍拈寺《りゅうねんじ》口で皆殺しにした。が、これは悪手で、家族を殺され怒り狂った東三河の国衆の団結を逆に誘った。

知らせを受けた氏真は啞然《あぜん》とした。人質とはこういうときに殺すためにいるのだから、その非情さをどうこう言っても始まらない。

（されど皆殺しにしてどうする……）

殺さずにすめばそれにこしたことはないというのが本音だが、こんなことを口にすれば、「惣領の器ではない惰弱者よ」と見下されるだろう。殺したら殺したで、「非道な男」と忌み嫌われる。

これが同じことをしても「素晴らしい」「さすが」と感嘆される類の人間がいることも、氏真はよく知っている。だが、残念なことに、自分は逆に何をしても低く評価されがちの種類の人間だった。

どちらに転んでも支持は得られぬのだから、もう迷わずに殺すべき時には淡々と殺すのだと決めている。だが、今度のことは悪手すぎる。

(同じ殺すなら、ひとりずつ殺せばよいものを)

これ以上逆らえば残りの者も串刺しにするがそれでもよいのか、という脅しに使わなくてどうするのだろう。預かっている者をみな殺せば、こちらの言うことを訊く必要などなくなるのだから、反今川へといっそう熱を帯びるのは目に見えている。見せしめというのは、同じように殺せる人質を抱えていて初めて意味を為すものだ。

いずれにしても、殺してしまったものは仕方がない。

「氏真様は惨いお人じゃ」

とこのときから酷薄さが口の端にのぼるようになった。

(今川の無能な馬鹿息子という評に、残虐非道が加わったぞ)

もうなんとでも言ってくれという気分だ。

急襲されたとき、城主牧野成定は西尾城に入っていたため、牛久保城は手薄であった。城を守るべき城代の稲垣重宗は間が悪いことに、自領に戻って留守だった。ほとんど人数も将もいない中に夜襲をかけた松平方の手際は、城内の事情を知っていたとしか思えない動きだ。

氏真は牛久保城襲撃の知らせに、直ちに援軍を送り込んだが、果たしてまだ城が持ちこたえているのか覚束なかった。

やがて牧野成定のいる西尾城も猛撃を受け、動きが取れないとの報が飛び込んでくる。間違いない。手薄と知って襲い、成定を足止めしているうちに牛久保城を落とすつもりだ。城内に内通者がいるということか。

なんとしても成定を無事に西尾城から抜けさせ、牛久保城へ入城させねばならない。氏真は、西三河の東条城を守る吉良義昭と連絡を取り、松平方の城を攻めるよう伝えた。東条城は、西尾城のすぐそばにある城だ。兄の義安は、桶狭間の戦いの混乱に紛れて駿府を抜け、元康の庇護《ひご》下に入った。が、義昭は今も氏真のために働いてくれている。

岡崎城から南南西にわずか二里強（十六キロ）の地点。さらに、守りの堅さで知られた城だ。元康も無視はできまい。兵力を分散せざるを得なくなる。

吉良義昭の配下に、富永伴五郎忠元という男がいる。勇猛果敢で名を馳せ、戦場の雄姿はさながら阿修羅王の如しといわれている。

（伴五郎よ、頼んだぞ）

氏真の意図を承諾した義昭は、富永忠元に別動隊を預け、松平方酒井忠尚の守る上野城を攻めさせた。

これに元康は素早く対応し、中島城の松平伊忠《これただ》の軍勢を上野城に援軍として向かわせた。

が、手薄となった中島城を、今度は義昭率いる本隊が襲い掛かり、奪い取る。

そこで元康は、東条城の東側正面に位置する深溝城の城主で、伊忠の父松平好景《よしかげ》を、中島城奪回に差し向けた。

好景勢が五十人の手勢を引き連れ、中島城に追い迫ると、義昭軍は崩れ立ち、敗走を開始する。

追撃する好景らは、善明堤近くの山に挟まれた狭隘《きょうあい》の地で義昭らに追いついた。

この地形に、

（謀《はか》られた）

好景はハッとなったがもう遅い。道の両側の山中に伏せていた義昭の軍勢が喊声《かんせい》を上げ、一斉に頭上から襲い掛かった。

「引き揚げろ」

好景はすぐさま退却を決断した。引き返そうと身を翻したその日に、しかし、今来た道の松林の中から、ワッと躍り出る敵勢の姿が飛び込んでくる。

「おのれ」

背後を断たれ、好景の軍勢は獣のように槍を揮って戦ったが、ひとりも生きて戻ることは叶わなかった。

この戦いは今川方の圧勝に終わった。

一方、牛久保城は、いったん落城しかけたが、城を離れていた城代の稲垣重宗が戻って奮戦し、氏真の寄越した援軍到達まで、なんとかぎりぎり持ちこたえた。

西尾城に入っていた牧野成定も、西尾城は城代に任せて手勢を連れて馳せ参じ、奮戦の末、無事に入城を果たした。

氏真も、すぐに牛久保城を訪ねる。わずかな人数で守り通し、最後は討ち死にした真木兵庫助定安の遺児に感状を渡すためだ。

「よくぞ守ってくれた。この氏真、兵庫助の働きは一生忘れぬぞ」

言葉をかけるとその場に居合わせた者たちは、遺児らと共にみな涙を滲《にじ》ませた。

本当は一時期、氏真は定安の裏切りを疑ったのだ。あまりに人を信じられなくなっている自分を、牛久保城内の男たちの涙を前に恥じた。

その後、牛久保城から二十町の距離にある吉田城にも氏真は兵を駐屯させ、自身も何度か足を運び東三河の拠点とした。周囲には砦《とりで》を築かせ、成定に堅牢に守らせたのだ。

牛久保城は落ちなかったが、争いは収まらなかった。

七月、元康は岡崎城から東南に二里強（十五キロ）の地点に位置する登屋《とや》ヶ根《ね》城を攻めた。

松平方の主将は松平信一で、守る今川方の城将は粕谷善兵衛と小原鎮宗だ。この戦いは一方的に松平方の勝利に終わった。

後の徳川四天王本多平八郎忠勝が、十四歳で初首を挙げたことで有名になった戦いだ。叔父忠真が槍で敵を刺し、忠勝に首を取るよう促したが、

「叔父貴よ、侮ってもらっちゃァ困る。ほかの者の手を借りて、なんの武功が立てられようか」

言うや否や敵勢の中に飛び込み、自ら敵の首を掻き切って戻ってきたという。

この敵ながら天晴《あっぱ》れな噂を伝え聞いたとき、氏真は心底忠勝が羨《うらや》ましかった。自分もあのくらいの家柄に生まれていれば、武芸は人一倍できるのだから、「勇猛な」などと、生まれてこの方一度も言われたことのない称賛を、もしかしたら浴びていたかもしれない。用兵のことなど何も考えずに下知のままに敵陣に突っ込んでいける身だ

ったら、どれほどの武功が立てられたろう。

氏真は優美な所作で誤解を受けやすいが、刃の下に身を置き、命の遣り取りをするぞくりとした感覚は嫌いではない。死ぬかもしれぬ危うい瞬間でも、身が竦んだことは一度もなかった。

氏真にとって、恐怖はいつも別のところにある。駿府を、今川を自分は守り通すことができるのか――このことを考えると夜も眠れないほど怖かった。

七月末、元康に付いて今川を裏切った菅沼定盈《すがぬまさだみち》の守る野田城を、氏真の命で小原鎮実が攻略した。野田城はすぐに陥落し、鎮実はそのまま大谷城を狙ったが、こちらは落城に至らなかった。

九月十三日。松平方が例の東条城に攻めてきた。城を守っていた猛将富永伴五郎忠元は、すわとばかりに城を飛び出す。単騎打って出たが、その素早い行動に他の者が追いつかず、突出してしまった。そこを松平方に囲まれる。首を取ろうと追いすがる敵兵を、忠元は薙《な》ぎ払い串刺しする。敵を次々と返り討ちにする姿は、伝説の武蔵坊弁慶さながらだ。が、最後は力つき、松平方に討ち取られた。

城主吉良義昭は、頼みの忠元の死に絶望し、そのまま降伏して元康へ城を明け渡してしまった。

駿府で、富永伴五郎忠元討ち死にの知らせを受けた氏真の衝撃は、凄《すさ》まじいものがあった。忠元とは年齢が一つ違いで氏真が下である。身分が違うため、ほとんど語り合うことなどなかったが、勇猛果敢な男として義元の覚えもめでたく、なにごとかの折には駿府に呼び寄せたがった。忠元が来府するそのたびに、どちらからともなく、剣と槍の手合わせをするのが、氏真と忠元二人の常となっていた。互いの得物が共鳴するというのだろうか。二人とも強すぎて、手近なところに本気で当たれる手合わせの相手がいなかったのも理由の一つだ。

口ではなく、刃を交わして語り合った仲だ。立場上、表に出すことはできなかったが、氏真は忠元のことを慕っていた。

この苦しい状況の最中、どれほど頼みにしていたことか。

(なぜだ。なぜだれも伴五郎に続かなかったのだ。囲まれてすぐに討ち取られたならまだしも、奮戦する間、城の者どもは何をしていたのだ。見殺しにしたというのか)

そうして、忠元が敵を引きつけての戦いぶりをまるで生かせず、忠元の死に奮起するどころか、城をあっけなく松平の手に渡してしまったというのか。

桶狭間のときもそうだった。義元はいの一番に殺されたかもしれぬが、その後、軍勢を立て直して反撃しようという者などだれもいなかった――それが今川勢なのだ。

それは譜代の旗本の数が、軍勢の規模に対して少ないことに原因があるのだろう。城を明け渡した吉良義昭も今川方に与して十二年しか経っていない新参者だ。むしろ今日までよく戦ってくれたというべきか。

家臣の前ではどれほどの知らせを受けようと冷静でおらねば、と肝に銘じていたはずだった。が、忠元討ち死にの報に、気付けばすさまじい形相となっていたのだろう。その場に居合わせた者だれもが息を呑んでこちらを見ている。ことに、元康を娘婿に持つ関口氏純の顔は、蒼白だった。目と目が合った。氏純が息を呑むのがわかったが、氏真は黙して視線を外した。

ぐっと、丹田に力を入れる。

「さすが伴五郎よ。天晴れな最期であった」

大声で忠元の雄姿を称えた。

この日、今川館内の竹林の中、颪に撓《しな》う青竹のぶつかる甲高い音の渦に紛らせ、氏真は吠えるように泣いた。

こうして、戦いに明け暮れた永禄四年は終わった。

二

永禄五（一五六二）年正月。松平元康は、かつて祖父や父が激しく干戈《かんか》を交え、幼き自分を奪い捕らえて軟禁した織田の本拠地、信長の住まう清洲城へと赴いた。

ていた。


織田信長と手を結ぶためだ。

元康は、桶狭間の激突の直後から、織田と結ぶため、今川家人質時代から仕えてくれている石川与七郎数正に、織田方の水野信元を介して信長へ働きかけるよう指示していた。

すんなりとことは運ばなかった。互いに領土の侵略はしないとする「和睦」にこぎつけるのにも、昨年の二月までかかった。今日という日を迎えるまでに、さらに一年を費やした。

元康が肝心の西三河を平定しきれていなかったからだ。岡崎城に入ったからといって、西三河が自ずと手中に転がり込んでくるわけではない。

元康はあらゆる手を使って国衆たちを調略し、味方に引き込み、ことを起こせば付いてくることを確信できるまでは堪え、一年かけて準備したうえで決起した。

しかも、ほとんど同時にあちこちで火の手を上げた。あとはずるずると戦場を増やし、広めていった。

氏真は、「裏切り者めが」と怒り狂ったという話だが、その報を受けたとき、元康はこの旧主を馬鹿な男よと失笑した。

(俺は当たり前のことをしておるだけよ。こんな好機を逃す者がおろうか。もし、五郎が俺の立場なら、あの男も同じ道を選ぶだろう)

雪斎に教えを請うて以来、自分はどうかしていたのだ。まんまと老師に誑《たら》し込まれていたとしか思えない。今、振り返ると、夢の中に住んでいたかのように毒気を抜かれ、和やかな心持ちにさせられていた。おそらくは、すべては義元の策略だったのだろう。懐柔されていたのだ。

正気に戻った今となっては虫唾《むしず》の走る思い出だ。なぜ、ああも氏真に心を赦してしまったのか。

（盟友だと？　お前は、馬鹿か）

過去の己を思い切り詰《なじ》る。

惰弱者になってしまったおかげで、自分の生まれてきた意味さえ忘れ、いとも簡単に死を選ぼうとしたのだ。

――あの、二年前に桶狭間で繰り広げられた戦のあとのことだ。

義元が討たれたとき大高城にいた元康は、その信じがたい知らせを味方からではなく、敵方の水野信元が送り込んだ密使から聞いた。水野信元は、母於大の方の異母兄に当たる男だ。元康がわずか三歳で母と別れなければならなくなった原因を作った男でもある。

桶狭間の戦いが起こった当時、大高城を守っていたのは義元の甥、鵜殿長照だったが、元康の入城を機に配置換えとなり城を抜けた。このため、城はどこか置いてけぼりのような様相を呈していた。もし、信元が手を差し伸べてくれなければ、自分は取り残されたに違いないと元康は思う。

戦地となった桶狭間は信元の掌握する土地だ。元康は運が良かった。

その夜、闇に紛れて城を抜けたが、大高城から二里（十三キロ）の地、池鯉鮒《ちりゅう》で織田勢に行く手を阻まれた。もう駄目だと観念しかけたそのとき、伯父の遣わした使者が敵軍勢に追いついた。

「上総介《かずさのすけ》（信長）様からのお達しじゃ。深追いをして一兵も損じることなかれ」

そうはいっても、松平勢という〝馳走〟を前に手を付けずに軍を引くには、相当の意志の力がいったはずだ。が、この追討軍の連中は〝上総介〟という名を耳にしたとたん、畏《おそ》れ蒼褪《あおざ》め歪んだ顔を見せ、元康らには指一本触れずに引き返したのだ。おかげで元康は命拾いをした。織田領を無事に通過しながら、いったい信長とは、どれほどの男に育ったのだと、元康は恐怖心を覚えた。

今川義元を討ち取ったのは偶然ではなかったのだ。

途中、落ち武者狩りの土民に追われた。幾人かを犠牲にしつつ、なんとか松平家の菩提寺大樹寺へと逃げ込んだ。そのときの手勢はわずか十八人になっていた。

寺の外にはまだ落ち武者狩りの連中がうろついている。よもや僧兵のいる寺の門を破ってはこないだろうが、土民を相手にしたここまでの惨めな敗走で、元康の心は打ちのめされていた。

（死のう）

今夜は寺も匿《かくま》ってくれるかもしれないが、いつまでもというわけにはいかないだろう。今更駿府には戻りたくない。義元に大恩を受け、散々優遇された男が、その敵も討たず、一矢も報いず、わずかな手勢で命からがら逃げてきたなど、どれほどの笑いものになることか。

駿府には戻れないが、だからといって岡崎城には今川の者がいる。どこにも帰る場所がない。自身の境遇を思い知ったとき、元康を救うのは、もう自刃しかなかった。場所はおあつらえ向きの菩提寺だ。先祖代々の墓が立ち並ぶ中で、腹を切って終わりにしよう。そして自分の亡骸《なきがら》は、これらの片隅にでも葬ってくれればよい。

いざ、死のうとしたとき、

（なぜ五郎は……）

元康はふと思った。

あの男は駿府を出てこないのだろう。手勢をかき集め、こうして逃げ戻る家臣らを、なぜあの男は迎えに来ないのか。なぜ、土民を掃討しないのか。たまたま織田は追手を出さずに引き揚げたが、通常は掃討戦が行われる。深追いしてきたかもしれぬ織田軍を、叩き返そうとは思わなかったのか。

落ち着いて考えれば、今川は二万五千もの大軍を擁していたのだ。それにもかかわらず、その数に見合う働きを何一つ見せずに全軍が総崩れで散り散りに逃げ戻るなどと、氏真は考えていなかったのだろう。正しい状況を把握するには、もう少し時間が必要だったのかもしれない。

だが、理屈ではなかった。もし駆け付けていれば、その後のすべてが違った。少なくとも自分は……。そこまで思い、やはり元康は首を横に振る。五郎がそこまでしたとしても、自分は今川を裏切ったろう、と。

元康が介錯人《かいしゃくにん》を決めて腹を掻き切ろうとしたとき、住職の登誉天室《とうよてんしつ》上人が駆けてきて、

「お待ちなされい」

止めた。傍らには、いつ皆の輪の中から抜けたのか、弥八郎の姿があった。寺の者を呼びにいっていたのだ。弥八郎の目は、きつく元康の行いを咎《とが》めていた。

(なりませぬ、殿)

登誉天室上人が、

「なにを死ぬことがありましょうや」

穏やかな口調で諭した。

「されどそれがしには、帰る場所なぞありませぬ」

「この地上、どこもが貴方様の生きる場所でございますよ」

「すべてがそれがしの生きる場所だと……」

「さよう。天命があればどこであろうと生かされ、天命なければ金楼玉殿に暮らす者も、死なねばならぬのです」

義元のように、とは上人は言わなかったが、元康にはそう聞こえてすとんと自分の中に落ちた。自分は、生きてここまで辿り着いたではないか。ならば天命があるのだ。

それから、いつか雪斎のもとで氏真と弥八郎とで語り合った、争いのない世の中のことが頭に浮かんだ。ちょうどこのとき、登誉天室上人が、こちらの心中を読んだかのように次のことを口にした。

「己のために生きるのが辛いのなら、人のために生きなされ」

「人のために」

「厭離穢土《えんりえど》　欣求浄土《ごんぐじょうど》という言葉がございます。ここで一度は死んだ身。ならば、この争いが満ちた世を終わらせ、汚れなき浄土をこの世に生み出してみる気はありませぬかな」

「厭離穢土　欣求浄土のために、この元康に生きよと言われるか」

頭の中にふと浮かんだ同じことを上人に言われ、これは偶然などではないと元康は信じた。そう何者かが自分に命じているのだと。

何者かとは何だ。

それは天だ。

天が命じている。

争いのない世を創るのだと。

そのためには、この地上でだれよりも強い男にならねばならない。その第一歩として、岡崎城はなんとしても取り戻さねば――。

元康は、僧兵を貸してくれるよう頼んだ。上人は、五百人を用意してくれた。

「厭離穢土　欣求浄土」と大書した旗を十八旗作り、この場にいるすべての生き残った家臣らに持たせる。

「岡崎城を攻めるのでございますか」

誰かが訊いたが、そうではない。ざっと見渡すと、弥八郎だけがこちらの意に気付いているようだ。念のため、元康は弥八郎に説明させた。

「岡崎城には、敵兵が迫ってきていると空言を伝え、我が方は、僧兵と共に大声を上げながら進軍いたします。これ以上ない大敗のあと、見たこともない旗がはためいて近づいていけば、それは実際よりも大きな恐怖を相手に与えることになりましょう。城兵はさほど多くござらねば、あるいは戦わずして逃げてくれるやもしれませぬ」

まるで事前に打ち合わせたかのように、見事なまでに弥八郎はこちらの意を汲んでいた。

「うむ。こたびはその策を採ろう」

元康はさも弥八郎の案を採用するかのような態でうなずき、直ちに実行に移した。

そして、ことは思惑通りに進んだ。元康は、実に十三年ぶりに岡崎城の本丸に入ったのだ。

これ以降、元康の馬印は「厭離穢土 欣求浄土」の字を染め抜いたものとなった。

その馬印を見るたびに決意を繰り返す。もう甘い夢の中には戻らない。そしてそのたびに思い知らされるのだ。今川の生み出した駿府は、自分にとって儚《はかな》くも美しい甘い夢の国だったのだと。命を脅かされることもなく、衣食住の心配もなく、存分に好きなことを学べ、絹のような肌をした美しい女を宛がわれた。友と呼べるどこまでも優しく優美な男と好きなだけ語り合い、賤機山から眺める景色には、この世のすべての青色が揃っていた。

あれこそが浄土だと。だが、あの浄土は、多くの者の穢土の上に立つ浄土だ。幻の、小さな浄土である。元康は、日本中に大きな浄土を打ち立てるつもりだ。

――だから許せ、五郎。貴様の国も貴様自身も、この元康が今より木っ端微塵《こっぱみじん》にしてくれるわい。

そのための織田との同盟である。

清洲城に着くとひとりで部屋に通るよう、仲立ちをした水野信元に伝えられた。

「何を言う。ひとりでなど、承服できようか」

同行していた石川数正が顔を真っ赤にして反対したが、

「かまわぬ」

元康は言われるまま単身で信長の待つ部屋に入った。ほうと感心したのは、向こうもひとりだったからだ。互いに一対一の会見だ。ただ、立会人はひとり在席する。織田に従属してはいるが、元康の伯父にあたる信元がその役を担った。ほぼ公平な会談といっていい。

久しぶりに会った大うつけ信長は、憂鬱《ゆううつ》そうな顔をしていた。以前のどこか抜けるような明るさを持った男は、もういなかった。

「よう参られた。ここまでさぞや遠い道のりであったろう」

相変わらず甲高い声である。

和睦してから、さらに一年かかったのだから、遠い道のりに違いなかった。

主な理由は二つある。松平家と織田家の互いの家中の憎しみが、深すぎたことが一つだ。

ことに松平家は、若くして家臣に殺された先代と先々代の死は、裏で織田が手を引いたからではないかと疑っている。

そういう憎悪と疑念の感情を押さえつけ、織田と手を組む以外にすみやかな独立の道はないと納得させるのに、それなりの時間を要した。

もう一つは、織田家と松平家の規模の違いが、元康の中で引っかかったからだ。相手は尾張国の大名なのに、三河を平定できていない松平家は、三河の中では少し目立つ程度の国衆に過ぎない。せめて西三河をほぼ収めるまでは、同盟には成り得ない。それは従属になる。

同盟を結ぶにあたって、松平家の価値を出来得る限り高めて清洲まで来た。

今は、ぎりぎり同盟を組めるところまで体裁が調ったと、元康自身は見立てている。ここまで持ち込むのに、和睦から一年、桶狭間の敗北からは二年かかったのだ。

今でも対等というには無理があるが、この同盟は対等でなければならなかった。そうでなければ、家臣どもが納得しない。無能者よと見限られれば、父と同じ運命を辿ることになる。

無茶を通さねばならないから、元康自身がわざわざ清洲まで出向いた。途中、討たれる危険があったが、死地を踏まねば、信長はうなずくまい。

信長にしても、こうして元康を迎え入れたのだから、同盟の意志はあるのだ。あとは、対等な同盟にうなずくかどうか。それは、今日のこれからの話し合いで決まる。

元康は、信長が対等であることを諾としない限り、同盟を結ばぬまま引き揚げる覚悟でいる。

この二年の間に、両者に従属した国衆同士の間で小さな戦がいくつか起きている。

和睦とは、こうした戦を止めることができぬほどの意味合いでしかない。美濃を攻略したい信長にとって、さぞ煩わしい状況だろう。同盟が成れば、その煩わしさから解き放たれる。その一点に、元康は交渉の突破口を見ている。

これらの事情をすべて見透かした信長の言葉である。

「いかにも遠い道のりでござったが、果たして、それがし、弾正忠《だんじょうのじょう》(信長)どのまで到達いたしておるのやら」

これから自分はどう試されるのか。元康は緊張した。

ふっと信長が笑う。

「竹千代どのは幾つになられた」

昔の名前で呼ばれ、元康はどきりとした。

「二十一でござる」

答えたとたん、信長が大笑した。

「竹千代どのじゃ。生まれたのであろう」

「あっ」

元康の顔が恥ずかしさで熱くなった。どんなことを言われても冷静に対処するつもりが、思わぬ事態に狼狽《うろた》える。

「四歳でございます」

「わしの五徳も同じ齢よ。どうじゃ」

は？　と思ったが、こういう受け答えを信長が好まぬことは、さんざん信元に事前に聞かされている。息子に娘を「どうじゃ」と言われれば婚姻の話に決まっている。

そう思考が追いついたとき、元康の鼓動は早鳴った。

（婚姻だと？）

「竹千代は、今川に人質としてとられてござるゆえ……」

信長のこめかみがぴくりと震えた。

「であるな」

だからどうしたとその顔に書いてある。当たり前だ。人質にとられていることなど、信長ほどの男が事前に調べていないはずがない。だから、「ゆえ」に続く言葉は間違えてはならない。

「東三河も平定し、三河統一を成し遂げ、さらに人質を奪い返したあとでよろしいか」

「それまでには五徳の年齢も追いつこう」

四歳では幾ら婚約が調っても、渡すには幼すぎる。三河に寄越してもよい年齢になるまでにすべてを片付ければそれでよいと、信長はうなずいた。

これで同盟は決まった。実子同士の婚姻の約束を交わしたのであるから対等同盟である。しかも織田から松平へと姫が送られてくるのだから、松平衆からの不満も抑えられるだろう。もちろん信長はすみやかにことが運ぶようそこまで考えて、元康に姫を寄越せというのではなく、こちらから送り出そうと言ったのだ。実際に姫が三河へ来るのは数年後になるのだから、織田方も今のところ痛みは無い。信長の外交力は卓越している。

さらにそれらのことを、ぐずぐずとこちらを試すことなく、信長主導で進めてくれた。有難かった。元康の中に感動が広がった。

信長の見せた度量の大きさに応えるには、一刻も早く東三河攻略を成し遂げなければならない。

まず手始めに、三河に戻り次第、元康は自ら出馬して今川方の城を攻めることを決めた。宝飯《ほい》郡の上ノ郷城を守る鵜殿長照を攻めることを決めている。周囲はすでにほとんどが松平方に靡《なび》いていたが、長照は義元の妹の子であったため、ひとり今川方に与して踏ん張っていた。この長照自身か、その子を生け捕ることができれば、氏真と人質交換の交渉に持っていける。我が子竹千代を早々に取り戻したい。

三

二月に入ってすぐ、元康によって上ノ郷城が攻め落とされた。長照が討ち死にし、その遺児氏長、氏次兄弟が生け捕られたとの知らせが、氏真のもとに入った。

元康の放った甲賀者が城内に潜伏し、城の内側から火を放って混乱させ、落城に持ち込んだらしい。その様を元康は岩に座ってのうのうと眺めていたという。

「次郎三郎、お前だけは許せぬわい」

この世の誰のことを赦したとしても、元康だけにはこの憎しみが解けることはないと氏真は思った。

元康は、長照の遺児二人と、我が子竹千代と妹姫（亀姫）、そして夕の身柄の交換を要求した。

（なにゆえ於夕も？）

氏真は訝《いぶか》しんだ。

妻子の身柄を返して欲しいという要求は、一見当たり前のようだが、実はそうではない。

国を隔てた政略結婚の場合、手切れになれば女は親元へ無事に送り返すのが慣例だ。

だから、今度の松平と今川の手切れの場合、たとえ手切れの瞬間に夕が元康の傍にいたとしても、今川方に送り届けるものなのだ。それをわざわざ渡せという。

夕とその二人の子らの身柄を、氏真は「大方殿」と呼ばれる祖母の寿桂尼に預けている。

寿桂尼は義元の生母に当たり、北条氏康に嫁いだ志寿の母、於芳（瑞渓院）の方の生母でもある。寿桂尼にとって氏真、志寿夫婦は、孫同士の結婚だった。

夫今川氏親の御代から、十年以上病床にあった伴侶を助け、政治に携わっており、「尼御台」「女大名」とも呼ばれている。義元の時代は控えていたが、氏真の代になると、なにかと口を出し、文書の発給なども行うようになった。

氏真自身は祖母を愛していたし、見かねて手助けしてくれることは有難かったが、いっそ沈黙していて欲しいというのが本音である。女大名に支えられなければ何もできないという評価が蔓延《まんえん》するからだ。頼りないのはわかるが、自分が闘っているのはあの松平元康なのだ。

ただの凡人が、天与の支配者としての資質を持って生まれてきた者へ挑む日々なのだ。ただでさえ見劣りする。それを、祖母に支えられれば、自分は凡人以下と見做《みな》される。

言えればいいが、八十歳を目前とした祖母に強い物言いはできない。じんわりと話してみたが、そういう小さなことに反発する性質が駄目なのだと窘められて終わった。

　そうではない、と情けない思いをしたものだが、それでも氏真は寿桂尼が好きだっ
た。

　祖母に元康の妻子を預けたのは、自分では、元康への憎しみが強過ぎて、夕をいた
ずらに傷つけるからだ。寿桂尼なら、当人にはどうしようもない定めに呑まれたひと
りの女として、夕を労わってくれるだろうとの判断である。

　元康が裏切ってすぐに会いにいったあの日以来、氏真は初めて夕を訪ねた。

　まだ人質交換の一件は伝えていない。いったい何の用があってきたのだろうと、警
戒の目で夕が氏真を見上げる。子どもたちの姿は部屋の中になかった。今度は前触れ
の後に来たから、氏真の目から隠したのだろう。夕にしてみれば、何をされるかわか
らないからだ。逆らえば腹の子を殺すと言い渡したことが、忘れられないのだろう。

「久しいな。お痩せになられたようじゃ」

　昔と同様の物静かな氏真の様子に、夕が幾分緊張を解いた。

「あの時は身重でしたゆえ」

　微笑を作る。

「そうであったな。於夕どのによく似て美しい姫が生まれたそうな」

「はい。名はまだございませぬ……」

夫の元康に付けて欲しいと願っているのだろう。その願いはもうすぐ叶う。
「その件であるが」
「えっ」
「次郎三郎どのが、子を返して欲しいそうな」
氏真はそんな伝え方をした。本当は夕もだが、できるなら行ってほしくなかった。
敵国の姫として松平家に行ったとして、夕にどれほどの仕合せが待っているだろう。
確かに敵国に留まる姫もいる。だが、それは特別に夫婦の絆が強い者たちであったし、
家臣らも女主人のことを敬愛してこそ初めて成り立つことだ。
夕はどうなのか。本当に元康は夕をそこまで愛しているのか。まだ絆が生まれるほ
どの時間を共に過ごしていないではないか。家臣たちはどうなのか。夕はほとんどの
松平衆とは会ったことがない。そしてあの者たちにとっては憎い今川の女である。
今、この瞬間も今川と松平は戦いを続けているのだ。誰かが死んでいる。その恨み
を受け止める強さが夕にあるだろうか。
「子らを……殿が……」
夕は、氏真の言葉に唇を震わせた。その濡れたような黒い瞳が、しばし泳いだ。が、
最後は氏真をきっと睨《にら》みつける。
「わらわから子らを取り上げげに参ったのでござりまするか」

氏真はため息と共に首を左右に振った。

「次郎三郎どのは、その方も一緒にと申しておる」

あっ、と夕の目に光が宿る。

「わらわも……」

戸惑いと喜びが入り混じった顔で、やはりどこか不安げに氏真を見た。

「わしは敵となった松平家へ、そなたが行くことには反対じゃ。刑部少輔（夕の父関口氏純）は、人質を取られたに等しくなろう。もう松平とはまともに戦えまいて」

「……けれど……次郎三郎様は、わらわもと……わらわのことも求めてくだされたのでござりましょう」

「おかしな話とは思わぬか」

「大切に……想うてくだされているのかと……」

「本当にそう思うか。元康を信じて敵地へ行くと言うのか。一度、行ってしまえば、もう戻れぬぞ」

夕が手を突く。

「お屋形様、愚かなわらわをどうぞ、お許し為されてくださりませ」

「再嫁せよなどとはもう言わぬ。幽閉も終わりじゃ。今川に残れば、余生はその方の好きにして構わぬ。のう、於夕どの、これまで辛い思いをしたのじゃ。これからは、この駿府で仕合せになるがよかろう」

「お気持ちは、ありがたく、うれしゅうござります。されど、わらわの仕合せは、次郎三郎様と共にございます」

「父君と母君を苦しませてもか」

「ああっ」

夕は父母のことを言われ、小さな肩を震わせた。

「今は気が高ぶっておるのじゃ。明日までにもう一度、考えるがよかろう。父君と母君を後でこちらに寄越すゆえ、一晩共に過ごし、よくよく考えよ」

そうは言ったが、夕の決意が変わるとは思われなかった。説得のために関口氏純夫妻を行かせるが、実質は親子の別れのための時間になりそうだった。

これほど諭して変わらぬのなら、岡崎に渡す方がいいのだろうか。

この日、氏真は志寿に女の心を訊いてみた。

「そうでございますなあ。例えば、わらわの母上は嫁ぎ先の北条と実家の今川が手切れになっても、父上と共に歩む道を選びましたけれど、こたびはそれとはずいぶんと事情が違ってございます」

「うむ。そこよ。そなたの母御の例であれば、わからぬこともない。わしは北条と手切れになっても、そなたには傍にいて欲しいと思うておる」

ぱっと志寿の顔が華やいだ。

「嬉しゅうございます。わらわもそのときが参りましても殿と共に参ります」

「ならば、於夕どのの例ならどうじゃ」

「行くべきではないと存じます……けれど、それは理屈に過ぎませぬ。もし、わらわが於夕どのでも、その先に死が待っていたとしても、殿に殺されるのであれば、殿の御手自ら斬られるのであれば、わらわは五郎様の許に参りとうございます」

「志寿……」

愛おしさが胸に広がり、氏真は志寿を抱き寄せた。

そうだな、と氏真は思い直した。もし、明日になっても夕の決意が変わらぬのなら、もう何も言うまいと。


夕の決意は変わらなかった。

こちらが三人渡すので、氏長、氏次兄弟だけでは人数が合わない。松平側に人数を合わせるよう要求すると、元康の生母於大の方が再婚先で生んだ子を人質に出すという。

（そこまでするのか。そこまでしても、於夕どのが欲しいのか）

愛しているということだろうか。そうだとしても、家臣らは反発するだろう。それでも私情を通し、自分の父親違いの兄弟を寄越してまで妻を取り戻すなど、元康の気質から考えにくい。氏真は混乱した。

（いったい、どういう裏があるのだ……）

夕親子を船に乗せ、岡崎まで運んだ。氏真は直接は見送らなかったが、志寿と一緒に賤機山から出ていく船を眺めた。

船が瑠璃色《るりいろ》の海面を滑り出すと、隣に立つ志寿が、氏真の手をそっと握った。

「於夕さまが、仕合せになるとようございますなあ」

朗らかな声で言う。

二年前の、夕に当たり散らした己の行いを恥じつつ、氏真も志寿の柔らかな手を握り返す。

「まこと仕合せになるといい」

今は心から夕のために氏真は祈った。

だが、二人の願いは元康によって踏みにじられたのだ。

岡崎に送られた夕に、元康との甘い再会は待っていなかった。

船から下りた夕は、元康の家臣に囲まれ、手に抱いた幼い姫と袖に縋《すが》る竹千代を取り上げられた。そして、城下に入ることすら許されず、尼寺に隣接する屋敷に、今度はたったひとり押し込められた。駿府から覚悟を決めて敵国へ付いてきた侍女は送り返された。夕の世話をするのは、元康の用意した女ばかりである。

「なんだと」

送り返された侍女からその話を聞いた氏真の驚きは、尋常ではなかった。

「理由を言い含めてくださる様子もなく、何もかもが突然でござりました。松平蔵《まつだいらくら》人佐《んどのすけ》（元康）どのは、お迎えに上がられることもなく、御方様があれほどお会いすることを待ちわびてござりましたのに、お姿もお見せくださらなかったのでございます」

「おのれ、元康めが！」

泣きはらした顔で、元康の夕への仕打ちを訴える侍女らの前で、氏真はつい怒声を上げた。

（なんのために、なんのためにあやつは於夕どのを引き取ったのじゃ）

わけがわからない。

駿府で幽閉されていた時は、子らの存在が夕の心を支えていると、寿桂尼が教えてくれた。

その子どもさえ、元康は奪ったという。

（今川が憎いのはわかる。されど、於夕どのが何をした。二家の争いに巻き込まれただけではないか。憎いなら俺を憎め）

なによりわざわざ呼び寄せて甚振《いたぶ》る心がわからない。

悲劇はそれだけで終わらなかった。夕の両親が屋敷で自害したというのだ。氏真が駆け付けたとき、部屋の中には元康からの裏切りを誘う手紙が、わかりやすく置いてあった。中を読むと、今川方の部将らに寝がえりの工作をしていくよう依頼してある。

脅しのような言葉は一切書かれていないが、幽閉の場所から今は築山殿と呼ばれている愛娘夕の暮らしぶりが、ほんの少し綴られていた。

(元康の奴、このために於夕どのを!)

依頼を呑まねば娘はどうなるかわからないと、関口氏純が思い詰めたとしてもおかしくない。娘のために、いつ裏切るか知れぬ心を抱いてしまったとしたら……。今川は裏切れない。されど娘を見殺しにもできない。天秤にかけざるを得ず、なおどちらも選べなければ、人はいったいどういう行動を取るのだろう。

自ら死を選ぶ者もいるに違いない。

それでもなお、と氏真は思う。

(馬鹿なことをしたものだ)

頼りにしていたのだ。これからも嵐の続く今川家を、共に支えて欲しかった。

「これからが大変なのじゃ。これからがだぞ。……それをわしを置き去りに、いたずらに死んでいったというのか……」

片腕をもがれたように、氏真の全身が哀しみに軋んだ。

この関口夫妻の死は、驚くほどの勢いで駿河、遠江、三河に広がった。

忠臣を氏真が信じきれず、婿が元康だったというだけで腹を切るよう命じたと尾ひれもついた。言葉を換えれば、御一門様でもかように惨く扱う惣領……という噂である。

馬鹿な、と氏真は思う。そんな理由で殺すなら、もうとっくの昔に殺している。また、腹を切れと命じれば、関口家ほどの家柄の者が、言われるままに腹を切るのか。押さえつけて殺すか、不意打ちでもせぬ限り、求心力のない領主が、力ある家臣を理不尽な理由で殺せるものではない。

そんなことをすれば、いずれはこちらが家臣のだれかに殺される。

第一、関口夫妻を殺すほど元康との関係を疑っているのであれば、人質交換のときに夕だけは応じないこともできたではないか。こちらが絶対に交換に応じねばならない人物を、元康は二人しか用意できていなかったのだから。鵜殿家の二人の子息を引き取るには、子ども二人を元康に渡せばそれで済む。

噂とは、ひどいものだなと氏真は愕然《がくぜん》としながら、確実に自分は元康によって追い詰められているのを感じずにはいられなかった。

一つ一つ氏真の評判を落としていく。そのたびに国衆が離反する。時が経つほどに元康に有利になる。

去年の戦は幾分、今川方に勝機があったが、今年はどうなるか。少しずつ少しずつ戦力を削られていく。踏ん張っても足元がぐらつく。

（こんなことで膝を突いてどうする。俺は今川の惣領ぞ。俺が潰れればお家が潰れるのだ。しっかりせい、しっかりするのだ、五郎）

氏真は折れそうな心を懸命に保とうと、自身を叱り付けた。

氏真はこの同じ月、一万の兵を率いて三河牛久保へ出陣した。佐脇と八幡の二つの砦に兵を入れ、残りは自身と共に野営する。牛久保城から見て北方にある一宮砦に松平勢が五、六百人ほどで籠っているのを攻略するつもりだ。

まず、端城の二城を手勢一千を率いて電光石火で攻め入った。馬上の氏真目掛けて、敵が群がってくる。槍で払いながら氏真は先頭を突き進んでいく。

「殿、お戻り下され。孤立いたします」

背後で小姓の怒鳴り声が聞こえた。体中の血が滾《たぎ》っている氏真が止まるはずもない。

「遅いぞ。わしを死なす気無くば追いついてみせよ。進め、進めぇ」

吠える氏真に、

「ええいっ」

鬼小姓の異名で知られる朝比奈弥太郎泰勝が、汗だくになって馬を責め、やっとのことで追いついた。

「おうっ、来たか、弥太郎」

声をかけてやると、紅い顔でにっと笑った。この日の戦いは、氏真の鼓舞に煽られ、今川軍が大勝した。

氏真は、一宮砦を孤立させると、大軍でぐるりと取り囲む。

これを岡崎で聞いた元康が、自ら三千の兵を率いて救出に出てきた。佐脇砦と八幡砦の間に布陣する。

「元康めが来ておるのか」

氏真の心は高鳴った。あの元康と、直接対決できるのだ。一度は叩きのめしておかねば、自分は一生涯、あの男への劣等感が拭えない。一勝、たった一勝でもすれば、これからの自分の何かが変わる気がする。

それに、氏純の仇が討てる。

ところが――。

「殿、不穏な噂が立っております」

寝耳に水の知らせが飛び込んできた。祖父であり、信玄の父でもある信虎が、武田と通じ駿府にて謀反《むほん》を起こすつもりでいるというのだ。

「全軍が動揺しております」

「お屋形様、いかがなされますか」

目前には元康率いる松平勢三千。駿府では百戦錬磨の信虎が乗っ取りを図っているという。

対応を迫られ、氏真は断腸の思いで戦場を後にすることを決めた。悔しさに体が打ち震えるが致し方ない。

信虎の裏切りはまだ噂に過ぎないが、万が一真実だったら、取り返しがつかない。この戦場を手放すのは惜しいが、一万近い兵を残していくのだ。必ずしも指揮は自分でなくてもよい。

「駿府へ引き揚げる」

戦場全体の指揮を吉田城の小原鎮実に任せ、氏真は手勢一千を連れて急ぎ駿府に戻った。

駿府は静かであった。だが、いつもとは違う。妙に緊迫している。急に戻った氏真に、留守居は縋り付くように、

「お屋形様、妙な噂が……」

牛久保で聞いたものと同じ噂を語った。

「ゆえにわしが戻ってまいった」

「無人斎様（信虎）のお屋敷は、ただいま人数をつけて見張ってございます」

「うむ。良い判断じゃ。これよりわしが直に話を聞こう」

氏真は信虎とその子信友を今川館の一室に呼び出した。

氏真の前に座した二人の態度には明らかな違いがあった。なにごとだ、と信虎は腑《ふ》に落ちぬ様子でいたが、信友は落ち着かなげにそわそわしている。

（これは……）

あぐらをかいていた氏真は、ダンッと足を踏み鳴らして立ったと思うや、ふいに小姓に預けた刀を取り上げ抜き放つ。

「謀反の噂があるが、真実は如何」

問い質した。傍に控えていた鬼小姓泰勝が息を呑むほど、この時の氏真は激しかった。

さすが信虎というべきか。切っ先を向けられても、怯《ひる》む様子もなく、

「わしを疑うのか」

一喝し、素手で氏真の刀を振り払う。むろん、祖父の老いた手が傷つかぬよう、氏真は刃の角度を変えて振り払われてやった。その横で、信友が異様に恐怖に歪んだ目を宙に泳がせたのだ。

（こやつ、裏切りおったな）

信虎は白だが、信友は黒だ。

信虎謀反の噂は、元康の手のものが今川陣営に紛れ込み流したやもしれぬとも考えていたが、信友の視線の乱れ方が雄弁にすべてを物語っている。

武田に通じた信友が、信玄の指示で、今川を攪乱《かくらん》させるために流したのだ。まんまと踊らされた氏真は、三河攻略の途中で引き返してしまったというわけだ。

このとき、氏真は確信した。信玄は駿河を狙っている。こちらが弱みを見せたとたん、同盟を破って攻め入るつもりだと。

信虎もそうと気付いたようだ。息子に眼差しを送ったその顔が、見る間に蒼褪めていく。

「おのれ、裏切り者めが、申し開きはあるか」

氏真は信友に向かい、大喝した。とたんに、信友が脱兎の如く走り出す。そこを小姓の泰勝が立ちはだかった。

氏真は手にした刀を、逃げ道を塞がれた信友に向けて振るった。

「ま、待て」

信虎が氏真と息子の間に身を投げ出し、全身で庇《かば》う。もし、氏真の剣技が並程度だったら、信虎は死んでいただろう。氏真の刀は、信虎の着物に軽く触れたところでぴたりと止まった。

それにしても、信虎が哀れであった。信虎謀反の噂で窮地に陥れられたのは、この老人も同じではないか。だのに、陥れた当人を、息子というだけで命を捨てて庇っている。いつの間に、これほど弱い男になったのか。かつては甲斐の虎と呼ばれ、一日に三十六城を落とした男が、この様なのか。

年を取ると人はかほどに変わるものか。それとも、駿河の気風に信虎が染まったのか。

駿河人の気質かもしれない。一度削がれた殺意は、もう容易には湧いてこない。

「爺様に免じて命までは取らぬ。即刻出ていけ」

氏真はその場で、信友の駿河追放を言い渡した。案の定というべきか、信友はその後、甲斐を頼り、武田方の部将になった。

一方、一宮の戦場は、あれだけの兵力差があったにもかかわらず松平方が圧勝した。三千の兵を率いて布陣した元康が、一万の今川の囲みをものともせずに味方の籠もる砦に向かって突き進むと、今川の兵は戦うことなく道を空けたという。

氏真は信じられなかった。

（だれも戦わなかっただと？）

同じことが桶狭間の時も起きた。義元の首が獲られた後は、ほとんどの者が戦わずして戦場を我先にと逃げ出した。圧倒的な兵力があったにもかかわらずだ。今度もそうだ。氏真が在陣している間はよく戦ったが、いなくなったとたんこの様である。

(これが今川軍か。わしはこの軍勢を率いてこれからも戦っていかねばならぬのか)

なんという絶望感だろう。それでも、勝たねば後がない。

(どうやったら、強くなるのだ。どうやったら踏ん張れる軍勢が作れるのだ)

根本的に変えていかねばならないが、そんな時間はない。

挽回せねばと焦る中、北条氏康から、再度の援軍要請が届いた。北条、今川、武田の連合軍で、上杉を叩くというのだ。同盟を結んでいる以上、よほどのことがなければこの要請は断れない。ことに武田が出るなら今川が出ないわけにいかない。十月、氏真は関東に兵を送った。

三河攻略にのみ力を注げぬことへの焦りは尋常ではなかったが、そうこうするうちに、三州だけでなく遠州からも火の手が上がり始めたではないか。

永禄五年も戦い通しであったが、翌永禄六年には、「遠州忩劇《えんしゅうそうげき》」と呼ばれる大規模な反乱が勃発《ぼっぱつ》した。

それだけではない。

一門の反乱も起こった。義元の代でも二度背いた見附《みつけ》端城《はじょう》主遠江今川氏堀越氏延が再び烽火《のろし》を上げ、氏真を討ち取って自らが今川家を継承する動きを見せたのだ。

報せを受けた氏真は、怒号した。

「氏延ごときが、今の今川を継いで何ができるのじゃ。もしもわしより捌《さば》けると申すなら、このわしの屍《しかばね》を遠州にて踏みつけ、駿河の地を踏むがいい」

かつて義元はこの愚か者の謀反を許したが、氏真は直ちに自ら出陣し、氏延を自害へと追い込んだ。

そして、この年も、再び関東出兵の要請が届いたのだ。

同盟国からの援軍の要請は、対等の三国同盟を維持するために、弱った今川の立場では断れない。

氏真は窮地の中で、自ら関東へ兵を率い、対上杉戦に当たる厩橋城の攻防に参戦した。今川方の疲弊は甚だしかったが、弱みを見せれば、松平だけでなく、近隣のこれらの諸国から、たとえ同盟国でも、たちまち侵され食らいつくされるだろう。

四

永禄八年。氏真は二十八歳、志寿は十九歳になった。この年の十二月、氏真が鬼と化そうとしている。

三州錯乱、遠州忩劇が始まって以降、志寿が初めて出会った頃からは考えられないほど、氏真は残酷な所業を重ねてきた。

時に人質を殺したし、裏切り者も殺した。しかし、それは戦国の世に惣領となった者なら、家の大小にかかわらず、やっていかねばならないことの一つであり、いわば務めのようなものだ。志寿も北条氏康の娘である。よくわかっているつもりだ。

だから、非情なことなどやれそうになかった氏真が、人が変わったように冷酷になったとしても、そういう夫の一面もまるごと受け止めて、寄り添っていきたいと思っていた。

だが、今度のことは少し違う。

遠州忩劇の中心ともいえる飯尾連龍《いのおつらたつ》の引馬城《ひくま》が、数年にわたって攻めても落ちず、いたずらに多くの優れた家臣らを失う羽目になった。氏真が「じい」と呼んで頼りにしていた傅役の三浦正俊も討ち死にした。氏真にどこまでも忠誠を誓ってくれた新野《にいの》左馬助《さまのすけ》親矩《ちかのり》も失った。

早々に片を付けることができなかった氏真の采配に、不満と疑念と不安を抱いた遠州の国衆たちの間で、常に争いが起こっている。

この状況に終止符を打つため、氏真はとうとう連龍に和睦を申し入れた。これ以上長引けば、今川崩壊の危機に発展しないとも限らない。

今がどういう状態か――。

東三河の拠点としていた吉田城は、元康によって攻め取られてしまった。隣に位置する牛久保城を守る牧野成定は病に侵され、指揮が執れない状態だ。このため、牛久保衆のことは宿老の稲垣重宗が掌握し、生き残りに向けて今川から離れる動きを見せている。それがわかっていても、今の氏真には為す術もない。

同盟を結んでいたはずの武田も不穏な動きを見せ、今川から離反して内通する者を受け入れているという。

実際に、周智郡犬居城の天野景泰、元景父子が、今川から離反して武田に付く動きを見せた。犬居城は、遠江と信濃、駿河を結ぶ要衝の地にある城だ。武田、松平、共に喉から手が出るほど欲しいに違いなかった。むろん今川にとっても渡すわけにいかぬ地だ。

武田に盗られれば、駿河への入り口を渡したに等しい。そうならぬため、氏真は井伊谷の井伊直平に天野父子の討伐を命じた。ところが、直平が討伐に行く途上で、天野父子と同じく武田に通じている飯尾連龍に、毒殺されてしまったのだ。

その後、氏真は、景泰、元景父子を武力でもって追放し、犬居城には分家の天野景貫を入れて宗家を継がせ、安堵した。

こうして犬居城はなんとか死守したものの、氏真にとって武田は信用できない相手と化していた。そもそも飯尾氏の反乱自体、武田が陰で糸を引いていると言う者さえいる。ことの真偽をはかる意味でも、氏真は何度か同盟国として武田方へ援軍の要請を出した。信玄は、のらりくらりと躱《かわ》し、決して出てこようとはしない。やはり、という思いが氏真の中で確信に変わっていった。

そして信玄は、今年に入ってからは、反今川への動きを隠さなくなっていた。氏真にとって憎い織田と同盟を結んだのだ。信玄四男の諏訪勝頼と、信長の養女の婚姻が約束された。養女は、武田と織田の懸け橋となった遠山直廉の娘である。

この甲尾同盟に、武田方の者でもっとも反発したのが、今川から嫁いだ日奈の夫義信であった。やがて信玄暗殺を企てたとの咎により、義信が廃嫡、幽閉される事件が起きた。義信廃嫡後に新たに信玄の後を継ぐことが決まったのは、信長の養女を娶《めと》った諏訪勝頼だ。

まだ表向き、今川と武田は同盟関係を継続しているので、今のところ日奈の身柄は無事だったが、妹を想う氏真の心労は計り知れない。

こういう状況下で、氏真は連龍仕置きを決断した。飯尾連龍に和睦を持ち掛け、駿府に誘い出して謀殺する——と。

志寿は、これまでずっと氏真の政策に口出ししたことはなかったが、今度ばかりはなんとしても思いとどまって欲しかった。

騙して呼び寄せ、不意打ちを喰らわせて殺してしまう手口は、他の領主たちにもたびたび選択された。珍しくないといえばそれまでだ。だが、その者たちの評判はどうなったろう。
一度、この手を使えば、そういう男だという目で見られる。信用を失えば、あとは力で制圧するしかなくなるが、その力が氏真にはない。決して、取ってはならぬ手であった。
国衆たちの離反が進む。ことに飯尾氏の拠点、遠江の国衆は、今川派だった者たち
も心を揺らすきっかけとなるだろう。
氏真もそのくらいのことはわかっている。それでも飯尾氏の反乱を直ちに鎮めねば、
やはり離反が進み、譜代の臣の命までひとり、またひとりと削られていく。
けれど、と志寿は思う。
(かようなことをして、平気でいられる人ではない……)
このまま指を咥えて見ていれば、もう志寿の慕った氏真は、完全に消えてなくなっ
てしまう。今でも心が壊れかけているのだから。
連龍は、すでに駿府に向かっている。到着すれば、志寿が氏真と語り合う時間もな
いまま、殺されてしまうだろう。
(お止めせねば)
志寿は氏真に会いたい旨を、侍女を通して近習に伝えた。だが、今はまたいつもの
ように賤機山に登って、館にはいないという。そうなのだ。いつもどんな時も、氏真

は賤機山に登る。そこでいろいろなことを思索し、あるいは諦め、あるいは怒り、あるいは嘆き、最後は本当の自分を押し込めて下りてくる。山だけが、真の氏真を知っている。

志寿は、氏真を追って山に向かった。晩冬の風が吹き荒れているが、この地の地面は滅多に凍らない。

館から山の下まで駕籠《かご》を使い、

「御方様、私たちもお連れくださいまし」

付いてきたがる侍女を、

「ならぬ。こたびは、わらわひとりでいかねばならぬ」

厳しく制し、先を急いだ。

(自ら謀殺を御決意なさるほどに、殿のお心は死んでおられる……おいたわしい)

息を切らし、身を震わせながら、煤《すす》けた色の地面を蹴るように志寿は登った。

いつもの場所までくると、佇《たたず》む氏真の背が見えた。下から吹き上がる風に煽られ、髪も衣服も乱れるに任せている。それでもこの男の佇まいは、相変わらず磨き上げられた姿勢で、隙がなく美しかった。

気配でこちらの存在には気付いているはずだが、氏真は振り返らない。志寿が、手を伸ばせば届く位置まで近づいても、やはりぴくりとも動かなかった。

ただ、何かをぶつぶつと呟《つぶや》いている。

(いったい、五郎様は何を?)

志寿が耳を傾ける。

(あっ)

呟きが、意味のある言葉となって聞こえたとたん、志寿の胸がぎゅっと見えぬ手に摑《つか》まれたように痛みを覚えた。

――わしは非情であらねばならぬ、わしは非情であらねばならぬ、わしは……

しばし、志寿は息をするのを忘れた。

(殿はもう半ば壊れておられる……)

「五郎様」

志寿は声を掛け、たまらない気持ちのまま後ろから抱きしめた。氷のように冷たい背だ。いったい、どのくらいつぶやき続けていたのだろう。

初めて人がいることに気付いたように、びくりと身を竦ませ、氏真は顔だけで振り返った。恐怖に歪んだ目が、ああ、この女は、連龍のことを止めに来たのだなと言っている。そのことに触れられるのをひどく恐れている顔だ。

志寿は息を吞んだ。二人の間が、瞬く間に緊張した。

(いけない、このお方のなさることを、お諫《いさ》めしてはならない)

そんなことをすれば、半ば壊れた氏真は、このまま完全に壊れてしまうのではないかと思われた。今が、その分岐点なのだと志寿にはわかった。

なんとしても止めるつもりでここまできたが、それは口にしてはいけないのだ。

（ならばどうすればいい。……どうすれば）

この男を卑怯者《ひきょうもの》と呼ばせたくなかった。どれほど失敗をしてもいい。情けなくてもいい。けれど、人生にそういう汚点をつけてほしくなかった。

（されど……）

「五郎様」

志寿はもう一度、名を呟く。それ以上の言葉は出てこない。

氏真を抱く手に力を込めながら、

（もういい。卑怯者でもいい）

志寿は連龍殺害を止めるのをやめた。評判がどんなに落ちようと、どんな結果を招こうと、すべてを受け入れようと決意した。

「五郎様」

とまた名を呼ぶ。

（この人と、どこまでも寄り添って歩んでいこう。共に汚名も被ろう。共に地獄にも落ちよう）

そういう思いを込めて名を呼んだ。

そして、ああと合点する。氏真も、今川のためなら地獄の果てまで落ちようと、もうとっくの昔に決めていたのだ――。

志寿はこの瞬間、氏真の気持ちが痛いほどわかった。今の自分のような気持ちで、今川になにもかもを捧げていたのだ。

(志寿も共に参ります。どこまでも連れていってくださりませ)

「志寿、どうしたのじゃ」

志寿が何も賢《さか》しいことを言ってこないので、少しほっとした面持ちで、氏真は今度は身体ごと振り返った。

「冬の山は寒かろう」

「寒うございますので、こうして、五郎様を風よけに使うております」

「そうなのか。……なぜ参った」

「急に会いとうなりました。こうして手を繋《つな》いで……」

と志寿は氏真の背から離れて手を握る。

「一緒に山を下りたくてここまで参りました」

氏真は目を見開いて、すぐに微笑した。

「そうか。ならば共に下りるかの」

二人は手を握り合ったまま、後は何も語らず山を下りた。

この後、氏真は駿府にやってきた連龍、辰之助父子二人を夕刻が近づく賤機山に誘った。

「この世でもっとも美しい景色を、見せてやろう」

連龍父子の近習が付いてくるのは許し、自身の家臣は山の下に待たせ、自ら先導して案内した。

氏真は、山上の城ではなく、景色のもっともよく見える高台に連れていき、霊峰富士の方角を指した。

「ほう」

連龍が目を見開き感嘆する。辰之助も父の横で息を吞んでいる。

黄昏《たそがれ》の少し前、紺瑠璃の天辺から富士の稜線《りょうせん》に近付くほどに岩群青に発光する空が、見渡す限り広がっている。その空の下、一点の曇りもない青色の富士が、ぼうっと浮かび上がり、銀色に煌《きらめ》く粒のような星が散らばり始める瞬間は、この時刻にしか見られぬものだ。駿府に暮らす者もほとんど知らぬ刹那《せつな》の姿だ。もしかしたら義元も、知らぬまま死んだかもしれぬ景色である。

「今日が晴れて良かった」

氏真は呟いた。それから、

「腰のものを抜くがいい」

静かに言った。

少し離れて見守っていた連龍の近習ら五人が、すぐさま反応して抜刀したのは、腕利きの者を揃えてきたからだろう。やはり警戒していたのだ。

連龍と辰之助は飛び退き、氏真から距離を取ると、確かめるように辺りを見た。氏真の手の者に囲まれているのかと疑ったようだ。が、もとよりそんな人数は用意していない。ここには正真正銘、氏真ひとりである。

「何の御冗談を……」

連龍はほっとしたような言い方をした。

「冗談と思うか」

「……それは……おひとりで、七人を相手にされるなど、冗談としか……」

「わしは騙し討ちをするような卑怯な男ゆえ、遠慮は無用じゃ。手向かわぬ者は斬りにくい。抜いてもらえるとありがたい」

氏真は、刀を抜くよう重ねて乞うた。笑わぬ氏真に、見る間に連龍の眦《まなじり》が上がる。

「おのれ、たばかったか」

連龍が吠える。

このころにはもう、夜が降りかけ、まだ暗くはないが、さっき見た青はすでにどこにもなくなっていた。富士の影も鈍色に沈んでいる。逢魔《おうま》が時がやってきたのだ。

「殿、お逃げくだされ」

近習のひとりが叫んだのが合図となった。どっと五人が氏真に襲い掛かる。同時に、連龍と辰之助が道を取って返す。

斬り掛かる男の呼吸に合わせ、氏真は抜いた。

重心を落とし、上半身の力を抜くと、あとは舞いを舞うよう、溜を作らず流れる手際で刀を振るった。

縦一文字から体を反転させて横一文字、右袈裟、左袈裟《けさ》、半身に下がって下段から斬り上げたときには、五人が死体になっている。五つ数えるほどの間の出来事だ。

そこからふわりと飛ぶように駆け、逃げる連龍の首を氏真は刎《は》ねた。

「父上！」

悲痛な叫びと共に向かってきた辰之助の刀を摺り上げて弾くと、返す刀でやはり首を水平に切り落とした。

どさりと背後で音がして、氏真は振り返った。およそ生きている者などいなくなったはずのそこに、小姓の海老江弥三郎里勝が信じられないものを見た顔で、尻もちをついている。よほど驚いたらしい。

「下で控えているよう命じたはずじゃが」

「お屋形様が心配のあまり……」

「心配……」

「お手打ち覚悟で参った次第でござります」

「わしは、味方は斬らぬ」

「敵も……次からはわれらに御命じくだされ」

里勝は主君に膝でにじり寄ると、懐紙を取り出し、氏真がまだ手に提げたままの刀の血を拭った。

氏真はその後、飯尾連龍家臣江間氏の籠もる引馬城を再び攻撃し、ようよう落城に追い込むことで、おおよそ三年にわたって今川氏を苦しめた遠州忩劇の幕を引いた。

五章

一

永禄九年は、悪夢のような義元の死以降、他の年よりはいくぶん息のつける年となった。

氏真は、内政の見直しに取り組み、富士大宮に楽市を実施した。富士大宮では、毎月六度の市が開かれていたが、この市を日の本中の商人に開放したのだ。こうすることで、富士大宮を有数の商業都市に育て上げることができないか、模索している最中である。もちろん既得権益を失った地の商人や被官らの反発は大きい。が、そもそも新しいことを行えば、反発は付きものなのだ。怯《ひる》んでいてはなにもできない。

他にも、徳政令を出し、借金に苦しむ者に手を差し伸べるだけでなく、金を貸した方にも商いにおいて優遇した。水問題に苦しんでいる土地には池や用水路を造った。

仕える主を戦乱で亡くして行き場を失った薬師や医者を積極的に駿府に呼び寄せ、保護することで医療の発展を促した。新たな薬を持ち込んだ者がいれば、自ら煎《せん》じてみる熱心さを見せた。

また、昨年から冷泉為益《れいぜいためます》が駿府に滞在しているため、連歌の会をたびたび催し、今川復活を喧伝《けんでん》した。

義元が死んで以来、氏真が意欲も新たに取り組んでいることの一つに、海賊奉行の創設がある。後の世でいう水軍の設立だ。雪斎のいるころは、雪斎の母方の興津氏が近海の海賊衆を掌握していた。だが、これは有事のときに力を借りる協力者的存在で、今川軍の中に家臣団として組み込まれていたわけではない。幾つもある海賊衆を取りまとめていたにすぎない。

氏真は、父義元に気に入られて永禄元年から同朋衆として取り立てられた流れ者の津阿弥こと伊丹雅勝《いたみまさかつ》（後の康直）が、船についての知識に優れていることに注目し、大胆にも海賊（水軍）奉行に抜擢した。

雅勝は、今川氏の下で船大将を務める岡部忠兵衛貞綱《おかべちゅうべえさだつな》と同族の岡部常慶の娘を娶《めと》ることで、駿河、遠江の海賊衆に受け入れられ、数年がかりで今川家臣団としての今川海賊衆（今川水軍）をつくり上げたのだ。今は関船《せきぶね》十七艘の規模だが、氏真はこれから少しずつ大きくしていき、いずれは日本一の海賊衆を束ねることで、軍事面と商業面をいっそう充実させていくつもりだ。

そしてめでたいことに、志寿が懐妊した。氏真にとって齢三十で授かる初めての子だ。

「体をいとえよ」

と声をかけるだけで、志寿はとても嬉しそうな顔をする。志寿の笑顔を見るたびに、この女が傍にいてくれて良かったと、氏真はしみじみ感謝した。

この日は、懸川城から朝比奈泰朝が今後のことについて相談にきた。兄弟のように気心の知れた仲だ。

今日も氏真の顔を見るなり、

「お屋形様よ、思ったより顔色もよく、安心いたしましたぞ」

主君に対してややあけすけな物言いをした。

気のいい男だが、少し突っ走るところが玉に瑕《きず》だ。裏切り疑惑のあった井伊直親《いいなおちか》が陳情のため駿府に来る途中、懸川を通過するときに、この泰朝が攻め殺したこともあった。

永禄三年の尾張出兵の折は、大高城の付け砦《とりで》を一つ陥落させたものの、義元が討ちとられた後は何もできずに逃げ戻ったことを今も悔やんでいる。この男の才覚と気性なら、一矢も織田に報いずいたずらに退却するなど、本来あり得ないことだ。が、あの当時は未だ若く、家督も継いだばかりの若輩者で、他の部将への遠慮が前に出た。

「われらが馬鹿でござった」

と今も時おり悔しさを滲《にじ》ませる。

この日は武田の動きと対策についての密談に、わざわざ駿府まできてくれたのだ。二人は城外で馬を走らせ、しばらくすると馬首を寄せてゆったりと歩ませながら話をした。

それぞれの小姓と近習を、少し距離をとって付いてこさせている。義元の時代は単騎駆けさえ平気なほど安寧《あんねい》であったが、もうそれも昔のことだ。今、氏真が死ねば、今川家は後がない。

氏真から口を開いた。

「武田と手切れになるようなら、上杉と組んで対抗するしかあるまい。ちょうど北条との戦も休息に向かっておる最中ゆえ、不義理とはならぬだろう。備中（泰朝）よ、ひそかに動いてくれるか」

「むろんでござる。上杉との交渉はわれらにお任せくだされ」

「うむ。心強いぞ」

「ところで土筆《つくし》様はいかがなされておられます」

武田信虎のことだ。見た目が少し土筆に似ているので、泰朝はいつも「土筆様」と呼んでいる。

(失礼ではないか。仮にもわしのお爺様だぞ)

氏真は思うが、泰朝から見れば氏真の祖父というよりは、どこまでもあの狡猾《こうかつ》な信玄の父ということなのだろう。

家臣の中にもそういう目で見る者が多い。永禄五年の例の事件で子の信友を追放して以来、特に信虎への風当たりは強くなっていた。

今は駿府にいない。二年前、京を掌握していた三好長慶《みよしながよし》が亡くなった後の都の様子や、将軍家の状態、あるいは諸大名の反応を探りに上洛したからだ。

その後、将軍義輝の暗殺などで京が荒れたため、志摩の知人の家に逗留《とうりゅう》したり、時おりひょっこり駿府に戻ってきては西方の様子を氏真に伝えてくれたりする。信虎の屋敷も手付かずのまま置いてある。

信虎は、公卿《くぎょう》の間でも顔が広く、朝廷に口利きもでき、存外便利な男であった。血のつながりがなくても、邪険にはしなかったろう。ああ、こういう生き方もあるのだと思ったものだ。

だから、この時も少し羨《うらや》ましげに、

「相変わらず思うがままに生きておるようじゃ」

　氏真は泰朝に答えた。

「あまりお心を許されませぬよう。すでにお聞きおよびとは存ずるが、御一門の堀越どの謀反《むほん》の折は、信玄めが背後で糸を引いていたともっぱらの噂でござる」

　泰朝が顰《しか》め面で忠告する。

　堀越と聞いて氏真の中に苦い思いが蘇った。本来なら苦境に陥ったときこそ、力を合わせていかねばならぬ一門だ。それが、遠江の押さえとなるどころか、牙を剝いて反乱を煽った。

「馬鹿な男よ。信玄の力を借りて駿河を盗ったところで、本当に己が支配を許されると思うておったなど。信玄にいいように転がされ、用済みになれば殺されよう。海を持たぬ武田は、喉から手が出るほど、今川の持つ海が欲しいのじゃ。湊だけではない。我が今川の海賊衆を含めて狙《ねろ》うておるに違いあるまい。自ら欲しいものを、なにゆえ堀越ごときに渡すと思うたか」

「なにもかもわかっておいでしたか」

「今川は豊かじゃ。周囲が飢饉《ききん》の折でさえ、今川だけは豊かさを失わぬ。さぞ、美味そうな果実に見えよう。かぶりついてもみたかろう。されど、その豊かさは、先代とこのわしゆえ保てる豊かさじゃ。堀越に、武田にそれができようか」

　花開かせた京風文化を最大限に生かし、華やいだ城下を演出し、自治を任せることで商人を呼び込み、軍事面だけでなく海運に秀でた海賊衆を掌握して組織することで、物も金も大河の流れのように流通させている。そういう手腕は、義元よりむしろ氏真の方が優れていたし、信玄では足元にも及ぶまい。

ふと黒い影が地面を過《よぎ》るのに誘われ、氏真は頭上を見上げた。大空に白鷹が旋回している。

泰朝も気付いて水浅葱《みずあさぎ》にくすむ天を見た。

「あれは」

「ああ、風丸じゃな」

ちくりと胸の奥の古傷が痛んだ。

義元から授かった偏諱《へんき》「元」の字を捨て、家康と名を変えたあの男に置き去りにされた風丸は、あのあと氏真が野に返したのだ。ちょうどそういう年齢だった。時折こうして姿を見かける。風丸も自由だなと、氏真は眩しげに目を細めた。

(俺の人生は……鷹にも劣っているやもしれぬ……)

「のう、備中、その方ゆえ訊くのじゃが……父上が亡くなり六年、わしは裏切られ続けてきた。なにがこうも足りぬ男なのであろうか」

主君の思わぬ問いに、泰朝は答えにつまった。戸惑いが顔に滲《にじ》む。

氏真は、弱音に近い問いかけをしてしまったことを後悔した。そもそも、こういうことを気のおけぬ相手とはいえ、訊いてしまうところが足りぬのだ。

泰朝が何か言葉にする前に、

「……つまらぬことを訊いた。忘れてくれ」

突然馬を駆った。疾駆する氏真に、泰朝はぴたりと付いてくる。氏真が本気で疾走させた馬に、付いて走れる者は多くない。

泰朝は、風の唸りに負けぬ大声を上げた。

「お屋形様よ、覚えておかれませい。他の者のことなぞ知りはせぬが、それがしは最後のひとりになっても、我が殿をお守りいたすゆえ、ゆめ懸川をお忘れ召さるな」

もうあまり他者には過度な期待はせぬつもりでいたが、泰朝の率直な言葉は氏真の乾いた胸懐を揺さぶった。

それだけに氏真の中で警鐘が鳴る。

(期待などやめておけ。次郎三郎のときのような思いはもう御免だ)

だのに、

「備中、まことか」

口をついて出た。

「この泰朝、二言ござらぬ」

「ならば、懸川を最後の砦と致そう」

「ありがたき仕合せ」

「五年じゃ、五年分の兵糧と武器を蓄えておけ」

「承知。されどすでに、出来ておりますわいな」

「なんじゃと」

「先代様の御代より、この泰朝、備えを怠ったことはござりませぬわい」

氏真は少しずつ馬の速度を緩めていき、再び歩ませると泰朝を見た。

「わしには過ぎたる家臣じゃな」

「それがしがかような男なら、それはお屋形様の側衆をしたときに身についたものでござる。後ろを振り返ってござりませ」

「後ろだと」

氏真が振り返ると、少し前まで鬼小姓として仕え、今は近習を務める朝比奈泰勝が、生真面目な顔で距離を取って付いてきている。その横を、小姓の海老江里勝が、付いてくるのに必死だったのか顔を真っ赤にさせて呼吸を整えている。泰朝の側衆らに至っては、少し遅れてようよう追いついた態だ。

「御覧あれ。ちゃんと育っている。弥太郎（泰勝）と弥三郎（里勝）の面魂は、至誠のお人に仕えた者にしか得ることの叶わぬもの。こうしてお屋形様の姿勢を直に見て育った者が増えれば、今川衆として強固な守りとなりましょう」

氏真は改めて泰勝と里勝を見た。二人は主君の視線に気付くと、頬を紅潮させ、憧憬の滲む目を輝かせた。どちらも日ごろから、確かに誠実であろうと努め、少しずつ良い男に育ってきている。

「うむ。そうであるな。わしが育てるのか」

「今の今川衆は、お屋形様より直に恩を受けた者が少ないのでござる。先代様への御恩の、いわば残り火のようなもので仕えているにすぎませぬ。それに甘えるようでは、離反は今後も続きましょう」

泰朝の言は厳しいが、その通りだと氏真は納得した。

（そうだな。裏切ったのではなく、元よりわしとは繫《つな》がっていなかったのじゃ）

繫がっていないことをどこかで知っていたからこそ、氏真も力で押し切ろうとした六年だったのではないのか。

間違っていたのだ。

ならばこれからは家臣団を、今川とではなく氏真自身と繫げていかねばならない。果たして間に合うだろうか。

だが――。

この年、松平家康は、三河をほぼ平定し終え、姓を徳川へと改めた。徳川家康の誕生である。

二

翌年の八月。氏真のもとに一つの知らせが飛び込んできた。信玄が嫡男の義信を殺すという。義信は氏真の妹日奈の夫である。謀反のかどでずっと幽閉されていた。それをついに自害させるというのだ。しかも、今川領と国境を接する国衆以外の全軍を信濃に集めてから、告知に及んだらしい。

「殿、これは我が今川に攻め入ると触れたに等しゅうございますぞ」

近習の泰勝が、眉を吊り上げて憤った。

「まさにその通りじゃ。今川との国境を警戒させたうえで、同盟の絆である太郎（義信）どのの命を絶つ腹であろう」

いよいよ裏工作などではなく、今川へ直に牙を剝く日が近いということか。

氏真はすぐさま武田方への抗議の意味を込め、塩留を実施した。信玄の治める領土は海に面していない。塩は自国領内で生産することができない重要物資であった。今川だけでは効果が限られるため、北条と上杉にも武田領へ塩を送らぬよう依頼した。

北条方は承知したが、上杉輝虎（謙信）は突っぱねてきた。「信玄の首を絞めるのはかまわぬが、苦しむのはむしろ領民たちであろう。罪もない領民をいたずらに苦しめることはできぬ」というのだ。結局、足並みはそろわず、制裁はさほどの効力を発揮しなかった。

妹の婿が殺されるとわかっているのに氏真には喰い止める術《すべ》もない。ここでも氏真は己の無力さを嫌というほど味わった。父義元の時代には、今川の発言には重みがあった。武田も、義元の意見を無視することなど一度もなかった。だが、氏真が何を吠えたところで、武田は痛くもかゆくもないのだ。

十月、何一つまともな手を打てぬまま、運命の日はやってきた。

武田義信自害――。

享年三十である。これで三国同盟の三人の婿のうち、ひとりが死んだのだ。

義信は三人の中では一番優秀だったのではないかと、氏真などは思う。武人としての誉も高かった。

あのとき――。

三国同盟が決まったことを告げられたとき、三国が力を合わせて百年先までも続く和平が保たれたらと、願ったものだ。それも信玄が欲にまみれたせいで、霧散しようとしている。

（なぜだ。なぜ信玄にはわからぬのだ。なぜあの男には将来《さき》が見えぬ。確かにこの今川領は武田にとっては魅力ある領国に映るだろう。されどそこを侵し奪ったとして、目先の利益に過ぎぬ。なぜなら駿河の繁栄は、今川がもたらしているものだからだ。武田が支配してもとうてい同じものは望めまい。我が今川と武田と北条の結んだ同盟の継続は、長い目でみればそれ以上の恩恵を武田にもたらすことだろう。長き三国の殷賑《いんしん》という形でだ)

義信は最後まで今川に味方し、織田と組む信玄と闘ってくれた。そして敗れて死んだのだ。戦いの化身のような猛将だったと聞いているが、その根底には平和を好む心が隠れていたのだろう。少なくとも同盟に関しては、氏真に近い考えを、義信は抱いてくれていたことになる。

(一度も語り合ったことはないが、義信どのの代になれば、武田とはきっとよき関係を築いていけたろうに)

他国がどれほど修羅の国を造り出していたとしても、三国の中には極楽がある、そんな国造りが可能だったのではないか。確かに今は今川の力が弱まり、今川だけが若輩者が支配する国となり、著しく均衡を崩している。だが、信玄もいつか死ぬ。氏康も然り。強い支配者が死んだときには必ず国は揺らぐものだ。すると他国に喰われやすくなる。一時的に弱まることは、互いに避けられない。

だからこその三国同盟ではなかったか。

今川も今は内政に着手できるようになり、少しずつではあるが持ち直してきている。

それを、信玄がなにもかもぶち壊していく。

氏真は、会うことの叶わなかった義弟に手を合わせた。

だが、感傷に浸ってばかりはいられない。甲斐には妹の日奈がひとり残されている。どれほど不安で心細い思いをしていることか。いつ殺されるかしれぬ、もはや敵国に、ひとり置き去りにされているのだ。夫を殺した男の側に。

氏真は、妹の日奈を今川家へ帰すよう、武田方に要求した。信玄の答えは「否」であった。

「武田と今川の同盟の絆ともいえる姫じゃ。大切に武田にて預からせていただいておるゆえ、ご安心召されよ」

と言うのだ。嘘だろう、と氏真は動揺した。

「日奈を人質に使う気か」

近習たちの前では物事に動じない男を演じている氏真だが、共に手を繋いで賤機山を下りて以来、志寿の前では本当の自分を晒せるようになっていた。この世でただひとり、志寿だけに見せることのできる己自身だ。

志寿は今年生まれた娘の菊をあやしていたが、下がらせるよう指示し、二人きりになると氏真の前に座した。

「父を、北条をお使いくださりませ」

「されどかようなことでわざわざ太清軒（氏康）どのに出ていただくのは、あまりにも……」

「いいえ。上杉との争いでは、殿は何度も北条のために出兵してくだされたではありませぬか。父は、殿を信頼してございます」

「有難いことよ」

「父も、ことに永禄四年の危機に際しての殿のご出陣には、感謝したはずでござります。わらわも身に沁《し》みて有難くございました。受けた恩は返さねばなりますまい」

「そう言うてくれるのか」

「それだけではござりませぬ。武田は表向き同盟の崩壊を厭《いと》うて於日奈様を返さぬと申しているのですから、ここで北条に仲立ちを頼んでおけば、武田も早々今川と手を切るわけにはいきますまい。もし、このうえで裏切れば、北条の顔を潰したことになりましょう。父は、何より顔を潰されるのを嫌う男でございます」

ああ、と氏真は志寿の顔をまじまじと見た。やはり志寿は、あの相模の獅子と呼ばれる北条氏康の娘なのだ。

「なるほど。こたびの依頼が、武田と今川が手切れとなった折、北条がどちらに付くかを左右するやもしれぬのじゃな」

「はい。今は武田も今川も北条から見れば条件は同じ。何れも北条に上杉が攻めてきた危機の折、援軍を出しております。もっとも、上杉は武田にとっても敵でございますれば、今川からの援軍の方がより有難きものでございますけれども」

「いや、甘い考えは捨てねばならぬ。武田・北条連合軍に今川が援軍を出したような派兵であったが、それだけに戦場での働きは武田の方が上であった。北条の感じた有難みは、武田の方がむしろ上であったと考えるのがよかろう」

氏真は志寿の言いにくい部分を自ら言葉にした。志寿が信頼の籠もった目で氏真を見つめる。

「そして、今川にはわらわと御大方様（寿桂尼・娘が氏康の妻）がおりますが、武田からは北条の兄のもとへ南殿（氏政の妻・後の黄梅院）が嫁いでございます。されば、どちらにも御恩があり、縁者もおります以上、何れへの加担も今のままではできますまい」

「それがこたび、仲立ちを頼むことで、武田が今川を攻めれば顔を潰されたことになる北条は、義理を欠く形ではなく武田と手を切る口実を得るということか。後は、左京太夫どの（氏政）の縁をとるか、そなたや御大方様との縁をとるか」

志寿は強い目をしてうなずいた。

氏真は氏康に、武田との交渉の仲立ちを頼むことにした。氏康は、快く引き受けてくれた。

信玄は北条が出てきたことで、これ以上ごねることはできぬと判断したか、日奈を返すことに了承した。ただし、これが武田と今川の手切れを意味するものではないという起請文を氏真が書いて寄越すよう、強く求めてきた。起請文と引き換えに、日奈を返そうと。

厚かましい男だな、と氏真は不快に感じた。今川方から武田を切り捨てようとしたことは、一度たりとない。今後もこちらから攻め入ったりはしない。向こうがこちらが弱まれば牙を剝こうとしているだけでなく、時が経つごとにその本音を隠さなくなってきているのだ。

屈辱ではあったが、妹を取り戻すために氏真は起請文を送り、北条が迎えに行くことでようやく信玄は日奈を手放した。

日奈が駿府の地を踏んだのは、年をまたぎ、永禄十一年の二月になってからである。

「兄上様……」

輿《こし》から降り立った日奈は、出迎えた氏真の顔を見るなり、叫ぶような声を上げた。げっそりとやつれていたが、存外大きな声を妹が発したことに、氏真はほっとした。

「十五年、いや、十六年ぶりか」

「はい。お久しゅうございます。会いとうございました」

「今川のために、大儀であった」

「いいえ。太郎（義信）様と共に歩んだ日々は、仕合せでございました」

ああ、この妹は過酷な運命を辿った後でさえ「仕合せだった」と言ってのけることができる女だったと、氏真は懐かしく思い出した。嫁ぐ前、自分自身が不安のどん底にいたのに、北条から嫁いでくる志寿を思いやっていた。

大きすぎる父をふいに亡くし、自分が失意の中でもがいていた時、日奈の手紙が支えてくれた。

今度は兄である氏真が支える番であった。

「よう無事に戻って参った」

氏真は日奈を、懐かしいであろう今川館の中へと導いた。

座敷で対座すると、日奈は手を突いて挨拶を述べたあと、

「今川と武田の懸け橋の御役目を全うできず、お許し為されてくださりませ」

出戻ることになったことを詫びた。

「言うな。すべてはわしの力不足じゃ」

氏真は妹の手を取って顔を上げさせ、労わった。それから、日奈の側にぴったりと付いて、自分を不安げに見る少女に目をやった。

「そなたの子か」

「はい。初と申します」

「幾つじゃな」

氏真は初に訊ねる。

「十一でございまする」

昔の日奈のように、存外はきはきと初は答えた。

「良い子じゃ。わしにも昨年生まれた娘がおる。菊という名じゃ」

「於菊様」

「うむ。のう、於初、姉様として可愛がってくれるか」

「はい。嬉しゅうございます」

「そうじゃ。於初、お婆様が会いたがっておったのじゃ」

初は小首を傾げる。

「初のお婆様でございますか」

「正しくは、母《かか》さまのお婆様じゃのう。於初のひいばあ様じゃ。普段はここではのうて遠くの寺に住んでおるが、母さまが於初を連れて戻ってくるというから、わざわざ訪ねてきてくれたのじゃぞ」

「まあ」と初の顔がぱっと明るくなった。自分を歓迎してくれていることが、嬉しかったようだ。

寿桂尼は、ここ最近は病勝ちで、今川館を離れた沓谷の龍雲寺に隠居していた。今日は、氏真が初に話した通り、母子を迎え入れるために病を押してやってきたのだ。今体に障るゆえ、日奈母子の方を龍雲寺に寄越すようにしたいと伝えたが、強いて自分が来ると言ってきかなかった。日奈のした苦労に比べれば、なんということもないというのだ。義信が殺されてから今日まで、寿桂尼の心労がどれほどのものだったかを想うと、氏真もうなずかざるを得なかった。おそらく祈願のために体を酷使し、あげく壊してしまったに違いなかった。

「母様は後から参るゆえ、於初は先に挨拶に行って参れ。ひとりで行けるかのう」

「はい。大丈夫でございます」

氏真の目くばせで、

「さあ、初姫さまこちらへ」

侍女が初を寿桂尼が待つ部屋へ連れていく。小さな後ろ姿を見送りながら、あの姫も近い将来、今川家のためにだれかのもとへ嫁ぐことになるのかと思うと、氏真の気は重かった。取り決めるのも命じるのも自分の役目なのだ。

（今川家のためか……いったい、今川家とはだれのためにあるものなのか。みなが、お家存続のために犠牲になっておる。いったい、だれを満足させるために、この家は存在するというのか）

「日奈よ、於初はそなたとは違う眼差しの娘じゃ。きっと太郎殿に似たのであろうな」

「そうでございますなあ。まことよく似てございます」

「酒の一つも酌み交わしてみたかったが、そうか、太郎殿は於初の中に生きておるのか」

「兄上様」

日奈の目に涙が滲んだ。

「なによりの忘れ形見、大切に致せ。そのためにわしももうひと踏ん張りじゃ。おぬしのいぬ間に、三河はすっかり次郎三郎めに盗られたわ。されど駿河と遠江は守らねばならぬ。せめて綿々と子らの命を繋いでいけるようにのう」

日奈を元気づけるための言葉を口にするうちに、そうだなと氏真は思う。一族や家臣らの命を繋いでいくためには、後ろ盾となる「家」が確かなものでなければならない。

(蹂躙《じゅうりん》され、搾取されぬために、「家」というのは、あるのであろうな。そのためにはより大きな家でなければならぬ。弱く小さな家は、どこかに従属し、荒波に揉まれる舟の如く生きていくしかない)

おかしな話だと氏真は思うのだ。こんな世の中はおかしいと。だが、己にそれを正す力がないのなら、おかしかろうが何であろうが、その中で生きていくしかない。

昔、家康とこんな話をしたことを思い出した。まだお互い十代で若かった。あの頃から家康は父を亡くして苦労していたが、自分は義元の庇護《ひご》の下ぬくぬくと暮らしていた。

（そうか、あやつは今の於初よりずっと幼いころに、松平家を背負ったのだな。さぞ、辛かったであろう。俺は何もわかっていなかった……）

争いのない、だれもが他人に侵されぬ平和な世がくればいいと願ったが、同じ言葉を口にしながら、自分と家康とではその言葉の重みも、切実さも、願いの虚しさも、すべてが違っていたのだ。

「さて、日奈よ、そなたにとっては辛いことを訊かねばならぬが……」

日奈には気が重いだろうが、武田の様子を訊かねばならない。日奈は心得ていて、わかる限りを丁寧に語った。だが、最後の二年は夫であり日奈を唯一守ってくれるはずの義信が幽閉され、自身も屋敷の中に軟禁されていたのだ。肝心な動きはほとんど見聞きしていないようだった。

信玄は、川中島でもすさまじい働きを見せた戦上手で猛将に育った義信が、「今川狂い」なのが、許せなかったのだという。信玄に言わせれば、今川にはどこにも良いところがない。

「ことに今川の京文化を嫌うてございました。父上が亡くなり、戦ずくめの中にあっても、京の文化にひたり、茶会や歌会、蹴鞠《けまり》の会を催す兄上が信じられぬと。太郎様はあれは遊びではないと言うて、兄上様を庇《かば》ってくだされておりました」

「さようか……」

確かにあれは遊びではない。朝廷との繋がりの上で欠かせぬ社交の一つだ。いわば、氏真の中では仕事の一つだ。あの織田信秀でさえ、やっていたことである。

駿府に人を集めることにも役立っている。政治の一環といってもいい。こういう時期だからこそやらねば、今川はよほど苦しいのだと京での評判が落ちるだろう。さらに公卿の来訪が止めば、あらゆる情報が遮断されてしまう。損失も大きい。

社交の「裏」を知らねば、華やかな京文化に溺れているように見えるだろう。惰弱者に見えるかもしれない。だが、信玄ほどの男が知らぬはずもない。なにより自身も、公卿を招き、連歌の会を盛んに行っているではないか。漢詩にも傾倒していると聞く。

わかっているのにあえて非難するのは何のためか。

信玄ほどの男が、「氏真は惰弱者よ」と謗《そし》れば、多くの者にそう見えてしまうに違いない。ならば、あの男はわざと率先して氏真を貶《おとし》めているのだ。

「それに、こちらでは風流踊りが流行っているのだとか……」

日奈が妙なことを言う。

「風流踊りじゃと」

確かに所領のあちらこちらで妙な踊りをする者が出てきているという話は、氏真の耳に入っている。

「それでそのう、兄上様が興じて踊り狂っているとか。お太鼓も叩くそうでございます。武田では、兄上様はそうとうの馬鹿な殿様だと……」

言いにくそうにしていたが、はっきりと「馬鹿な殿様」という言葉を使って日奈が教えてくれた。

「……太鼓も踊りも得意ではあるが……さすがにそれは……噂の中のわしはどれだけ阿呆なのじゃ」

風流踊りに興じるなど、身に覚えがないことだ。いったい、どこにそんな暇があったというのか。

もはやこうなると、「あらゆる手を使って貶めている」というのが実態ではないのか。おそらくその風流踊りも、信玄の手の者が今川領に入り込み、領民に「踊れ踊れ」と煽ったのだろう。信玄のことだから、氏真の偽物くらい用意したかもしれない。民衆は、殿様の姿などよく知らないのだから、少しよい着物を着て「予は氏真じゃ」と名乗れば、納得するだろう。

その姿を想像し、氏真は眩暈《めまい》がした。

(なんという恥さらしな)

実の息子を殺してまで、信玄は自身の今川愚弄《ぐろう》の方針を変えなかった。世間は、今川に傾倒した嫡男を成敗した信玄の姿勢に、より氏真の堕落ぶりを感じ取ったことだろう。

なんのためにあの男はそこまでするのだ。

この駿河を盗るためだ。

ぞくりと背筋に怖気が走った。

家康を相手にするだけでも押されているのに、このうえ信玄とも本格的に対峙《たいじ》する日が近づいているというのか。

三

日奈が戻っておおよそひと月。今川一族の偉大なる母ともいえる存在の寿桂尼が逝こうとしている。

今の駿府の美しい街並みは、寿桂尼の理想が形になって生まれたものだった。氏真の祖父氏親や義元の兄氏輝の時代は、彼女自身が辣腕《らつわん》を振るった。それを義元が引き継ぎ、昇華させ、より大きく豊かにした。

氏真は、駿府こそを父の形見と思い定め、永禄三年に一度、衰退しかけたものを盛り返し、いっそうの発展に気を配ってきた。駿府は、これからは祖母の形見にもなるのだ。

寿桂尼は、

「最後に於日奈どのと於初どのに会えて嬉しゅうございました。無事に連れ戻してくだされたお屋形様には、どれほどの感謝の言葉を述べても足りませぬなあ」

氏真がなんとしても日奈を取り戻すよう動いたことに繰り返し礼を述べた。

「於日奈はわれらにとって大切な妹なれば、当然のことをしたまで。されど、本当にお婆様に会わせることができて、ようござった」

二人の遣り取りを聞きながら寿桂尼に縋りつき、

「お婆様、お婆様」

日奈は子どものように声を上げて泣いた。あれから髪を下ろし、今日までずっと寿桂尼の側で、娘の初と一緒に世話をしてきた。それはあまりに短かったが互いにとってどれほど大切な時間となったか。それだけに、もっと早く信玄が妹を返してくれていれば、と氏真にはあの男への憎しみが募った。

寿桂尼は優しく日奈の頭を撫でる。あんなに手を動かしたら疲れるだろうに、と氏真ははらはらしたが、一切口は挟まなかった。

いよいよもう、というときになって寿桂尼が、

「お屋形様、お屋形様」

氏真の方に手を伸ばした。

「五郎はここにございます」

氏真は慌ててにじり寄る。祖母のやせ細って皺《しわ》だらけになった柔らかい手を握り締めた。とたんに氏真の中にも熱い感情がどっと溢《あふ》れ出た。涙を堪えると手が小さく震えた。そんな労わりと哀しみの籠もった孫の手を、もう片方の手で、寿桂尼は日奈の時と同じように優しく撫でた。

「優しいお人じゃ。ほんにお屋形様は優しいお人じゃ」

氏真は首を左右に振った。

「優しいのではのうて未熟なのでございます。このために、どれほど御大方様のお気を揉ませてしまったことか」

「いいえ。よう聞いてくださりませ。一番大変な中、今川家の惣領になられ、今日までお家をよう守り通してくださいました。未熟者に出来ようはずもございません。婆は感謝いたしております」

掠《かす》れた声でとぎれとぎれに寿桂尼が謝意を述べる。苦し気な姿に、もう喋らぬ方がいいのではないかと氏真は気がかりだったが、やはり言いたいことを全部言ってもら

う方がいいのだと思い直した。どうしたら婆様は安らかに眠れるのだろう。今生への寿桂尼の心残りが、まさに自分のことなのだと思うだに慚愧《ざんき》に堪えず、焦燥に似た気持ちで氏真は答えた。

「当然の務めでございますれば、この氏真、今後とも今川家に身を捧げ尽くしてまいるつもりでございます」

　寿桂尼が目を細めてうなずく。

「五郎どの、ここからは、婆と孫という立場で話がしたいがよろしいか」

「その方が嬉しゅうございます」

「のう、五郎どの、そなたは婆の目から見ても、優れたお人じゃ」

「いいえ」

　そんなことを言う者なぞいないことは氏真が一番よく知っている。あえて、死に際の祖母にそんなことを言わせてしまう自分が、氏真は情けなかった。寿桂尼はどこまでも温かな目で、氏真を見つめる。

「……そなた自身は己を厳しく評する癖があるようじゃが、ここ数年の今川の苦しさは他に類がなかったこと。よう、逃げずに応じてこられた。よう、捌《さば》いてこられた。お辛いことも多い中、御心を狂わせることもなく、すべてのことを誠実に真正面から受け止め続けるなぞ、誰にでもできることではございませぬ。中でも内政と改革において、五郎どのは優れた才をお持ちじゃ。こんな時期に継いだのでなければ、一番良いお屋形様となられたことであろうて。四代のお屋形様にお仕えした婆が言うのじゃから間違いない。どうかこれからは、自信を持ってお進みなされ」

氏真は懸命にうなずいた。

「これからはお婆様の御言葉を支えに、己を信じて歩んでまいります」

氏真の誓いに、寿桂尼は嬉しそうに笑った。

「婆の身は、どうか鬼門に埋めてくだされよ。たとえこの身が屍となろうとも、お屋形様の、そして今川の守りとならんことを」

「お婆様の御心、氏真がしかと承りました」

「うんうん。公家の家に生まれ、今川に嫁いで、夢のようによき人生であったことよ。そろそろ眠ろうかのう。あの人が向こうで呼んでいなさる」

寿桂尼はみなに微笑んでゆっくりと目を閉じた。まさに眠るような最期であった。

「鬼門に」などと厳しいことを口にしながらも、どこかほっこりとした、実に寿桂尼らしい臨終だ。

氏真は遺言通り、〝婆様〟の亡骸《なきがら》を龍雲寺に葬った。

寿桂尼の喪が明けると同時に、いつ何時、だれが攻めてきてもすぐに飛び出せるよう、常に戦の準備をしておけと氏真は触れを出した。

駿府にはまだ知らせが入っていなかったが、この少し前、信長の手引きで、武田と徳川は軍事同盟を結び、今川領へ同時侵攻することが決まっていた。

武田と徳川で同時に今川領へ攻め入り、この侵攻が成功した暁には、駿河を武田が、遠江を徳川が領するという約定を、信長を証人として交わしたのだ。もちろん内々に行われたことで、氏真の知らぬことだ。

その一方で信玄は氏真にも手紙を送り、

「家康に渡してしまうくらいなら、東三河を武田がもらってもよいか、さすれば、亡父の弔い合戦を手伝ってやる」

と言ってきた。

なぜこんな時期にこんな手紙が送られてくるのか、氏真には信玄という男がまるでわからなかった。理解の範囲を超えている。どこか頭がおかしいのではないかとさえ思った。

氏真はとりあえず、

「信玄よりは家康に盗られる方が数倍ましだ、亡父の仇と婚姻関係を結んで半ば敵のようになっていながら、いったい何を言っているのか。二度と、妙な書状をよこさないでほしい」

と返信した。ついでに自分のことを甥と呼ぶなと付け加えておいた。

それから信玄の手紙の意味を熟思する。

こちらの反応を試したかったのだろうか。それともことさら、こんなふうに書くことで、織田や徳川とは手を組んでいないと主張したかったのか。

（ああ、手を組んだのだな）

氏真は逆に確信した。

この様子では、信玄が駿河に攻め入ってくることは、もはや避けられぬことのようだ。氏真も腰を据えて相応の戦の準備に取り掛からねばならない。相手はかの信玄であり、家康だ。

さらに、近頃天下布武を掲げて勢いを増す信長も絡んでいるのだ。

十一月には、駿河と甲州の行き来ができぬよう、国境を封鎖した。この年ずっと駿河は緊張状態にあった。決して氏真が油断していたわけではない。

永禄十一年十二月六日、信玄が動いた。一万二千の兵を率い、甲斐を出陣した。甲斐と駿河を結ぶ最短の富士川西岸沿いの街道、身延道を南下し、駿河領内に攻め込んだ。

この報に触れたとき、覚悟していたとはいえ、氏真は胸をぎゅっと締め付けられるような息苦しさを味わった。

「松野城落城、大宮城は今のところ持ちこたえてございます」

使者の言葉が、対面所に響く。

近習の者たちが、じっとこちらを見ている。

「信玄め、いよいよ来たか」

氏真は立ち上がった。

「迎え撃つ。直ちに出陣の準備にかかれ！」

咆哮《ほうこう》する。

ザッとほかの者も立ち上がった。

信玄より先に、なんとしても薩埵《さった》山周辺を押さえねばならない。

薩埵峠は海上にそそり立つが如き山肌に、かろうじて道が取り付いた狭隘《きょうあい》の地だ。どれほど大軍で攻めてきても、一度に通れる人数は限られている。薩埵山に回り込めぬよう、頭上に当たる山を取り、峠に誘い込めば、幾ら戦慣れした武田軍といえど、簡単には通過できぬはずだ。

氏真がすぐさま差し向けることができる軍勢が二万五千。

まずは薩埵峠にほど近い庵原城主庵原忠胤《いはらただたね》に先発するよう早馬を差し向け、在府していた新野新五郎にも兵を預ける。さらに武田が別働隊を薩埵山から西北方面にある興津川沿いの八幡平側に迂回させる可能性も考え、小倉内蔵助資久《おぐらくらのすけすけひさ》を彼の地に送り込んだ。

本陣はその両道が交わる興津に定める。

氏真自身は、陣触によって駿府から出軍させる軍勢が整う間に、すぐさま北条に向けて援軍要請の書状をしためた。北条方には、武田からの援軍要請が、今頃すでに着いているに違いない。北条がどちらに付くか、氏真にはまったく予想がつかない。が、上杉とも、武田が今川領へ攻め込めば、背後を攪乱《かくらん》する約束を取り付けている。この季節では豪雪に阻まれ、輝虎（謙信）は出てこられない。信玄も、わざとそういう時期を選んだのだろう。あの男にぬかりがあろうはずがない。まずは援軍のことは頭から払い、今川軍のみで薩埵峠を守り抜くことが肝要であった。

さらに、氏真は西方についても考えておかねばならなかった。信玄と家康が手を組んだかは、確かなことはわからぬものの、たとえ組んでいなくとも武田が駿河に攻め入れば、この好機を家康ほどの男が逃すはずがない。必ずや遠江に侵攻してくる。氏真は懸川城の朝比奈泰朝にも早馬を差し向け、遠江の防備を厳重にするよう命じた。

もし、これで仮に北条が、傍観ならまだしも、武田に与《くみ》して攻めてくればどうなるだろう。それでもその都度、最良の道を模索して行くしかない。

氏真は自分がこういう最中でも案外落ち着いていることが不思議であった。永禄三年の父の死の知らせの時を思い浮かべ、

（あの時以上のことなぞ、もうそうそう起こるまい）

と嘆息した。

出陣の儀式の前に、氏真は志寿のもとを鎧姿《よろい》で訪ねた。すでになにがこの今川に起こっているのかは伝えてあったから、志寿は穏やかだが覚悟の決まった深い目で氏真を迎え入れた。

用意していた湯漬けを差し出してくる。氏真は無言で掻きこんだ。

――このとき、氏真の予想通り、すでに北条には信玄から書状が届いていた。それには、信玄の敵と定める上杉に氏真が近づいたのは、武田を敵とみなしているからであり、武田は致し方なく攻め入るのだという内容と、いかに氏真が愚将で惣領として国を統《す》べる器量がないかを挙げ連ねている。決して両家の仲立ちに心を尽くした北条の顔を潰すわけではなく、悪いのはみな愚かな氏真だから、今度の一件は了承し、武田に入魂して欲しいという内容だ。

氏康は一読し、

「欲に目が眩んだ男の言い訳よ、見苦しいわ」

一笑に付した。

「氏真は愚将ではあるまいよ。桶狭間での敗戦、三州錯乱、遠州忩劇、あの最中にあって、我が北条のために、どれほどの援軍を送り続けてくれたことか。その義理をこそ愚かと言うなら、愚か者に違いあるまい。されど、北条だけは、あの婿をそう呼ばせてはならぬ」

氏康は一瞬の迷いも見せず、氏真方に味方することを決めた。息子の氏政に四万五千と号する兵を預け、駿河へ向けて出軍させたのだ。

同時に、上杉と徳川に連絡がつかぬか模索を始めた。武田を孤立させるため、派兵と同時に同盟へ向けて動き出したのだ。

これら北条の動きはこの時点で、氏真にも志寿にもわからぬことだ。

だが、志寿は、氏真の前で微塵《みじん》も不安を過《よぎ》らせなかった。そして、氏真も同じであった。

それは北条を信じていたからではなく、どちらに転んでもやるべきことをやるだけだと、思い定めていたからだ。心は湖面のように凪《な》いでいる。

湯漬けを食べ終えると、初めて氏真は声を発した。

「行って参る」

志寿が微笑みを浮かべてうなずく。

「御武運を」

氏真は集まった家臣団の前で、戦勝を祈願し、打ち鮑《あわび》、勝栗、昆布と酒で縁起を担ぐ三献の儀式を行った。

最後に、みなの前でかわらけを地面に叩きつけて割った。

わっと鬨《とき》の声が上がる。

「敵は信玄ぞ」

叫んで馬上の人となり、

「出陣！」

采配を振る。たちまち法螺貝が鳴り響き、濛々《もうもう》と立ち込める土煙の中、人馬の踏み鳴らす音が地鳴りを呼んだ。

四

駿河に攻め入った信玄は、庵原郡内房と松野を占拠し、富士大宮を襲った。そうする間にも、由比までの道を軍事路へと整備し、大軍の速やかな移動を可能にしていく。大宮城は武田の軍勢の前に激しく抵抗し、陥落せずに持ちこたえたが、信玄はかまわず軍を前へ進め川入城を攻め立てた。川入城が落城すると、十二日には由比に布陣した。

一方、氏真も同日、武田軍と睨《にら》み合う形で予定通り興津に本陣を布き、薩埵峠を前衛とし、頭上に当たる薩埵山を押さえ、山を中心に八幡平をはじめ周辺の要所に兵を配置した。自身は、興津の清見寺に入る。前線には庵原氏と小倉氏を出した。

あまりに思い通りの布陣が、なんの障害もなくすんなり終わったことに、どこか氏真は違和感を覚えた。本来なら武田勢も死に物狂いで薩埵山を取りにきてもいいはずだが、そういう動きではなかった。

（おかしい）

いや、おかしいのはそれだけではない。自軍の、大軍を前にしたときの、いつものどこか突き抜けた興奮状態とは違う、ぴりぴりとした緊張を感じ取った。

全軍が互いを窺い見るような、息を潜めるような、だれかの動きをじっと待っているような、嫌な空気が流れている。

氏真は、馬廻りに就いた朝比奈泰勝に命じ、前衛の様子を見てくるよう命じた。泰勝も、おかしいと感じているようだ。

正午を契機に矢合（開戦）に持ち込みたい氏真だったが、太陽が南天を差すのを合図に、陣触れ無く兵が動いた。

「なにごとじゃ」

清見寺の建物から飛び出した氏真の目に、境内をまろぶように駆け戻る泰勝の姿が飛び込んできた。

「お屋形様、一大事でございます。朝比奈右兵衛太夫《あさひなうひょうたゆう》（信置《のぶおき》）どの、ご謀反」

「なんじゃと」

「だけではござりませぬ。瀬名陸奥守《せなむつのかみ》（氏詮《のぶてる》）、葛山備中守《かつらやまびっちゅうのかみ》（氏元《うじもと》）ら続々と戦場を去りつつございます」

氏真は息を呑んだ。みな一門や主力となる者たちだ。同時に、信玄のこたびの策のおおよそが理解できた気がした。調略がすでに済んでいたのだ。ほぼ戦わずして駿河を手に入れに出てきたのである。そうであれば、裏切りはまだまだ続くに違いない。

（なるほど。峠を越えることに固執しなかったのは、離反者がすでに峠のこちら側に多くいたからなのか……）

完全にしてやられたわけだ。氏真は薩埵山をとったつもりでいたが、自らの采配で「敵軍」をそこへ配置したかもしれないのだ。

（俺は今、この瞬間も、敵中にいるのと変わらぬのだな）

勝利どころの話ではない。無事に生きてこの地を離脱できるかどうかに、すでに問題は移っている。

笑い出したくなるような事態であった。いったい、古今、こんな目にあった大将というのはどのくらいいるのだろうか。敵と一戦も交えぬうちに、全軍が瓦解しようとしている。

(いや、待てよ。落ち着け、落ち着いて考えるのだ)

氏真は永禄三年のあの日を思い浮かべた。父の死と未曽有の敗退の知らせを受けたあの日を。

あのとき、氏真の頭の中は、嘘だ嘘だと埒《らち》もないただ一つの言葉だけがこだましていた。

今は、どうだ。あのときに比べ、今の方がよほど自分は危機の中にいる。しかし、まだ頭は働いていたし、呆然としてもいなかった。

氏真は目の前で蒼褪め、じっと主君の言葉を待つ泰勝を見た。この事態に仰天するような思いでいるに違いないが、土壇場で家臣らに欺かれるような主君のことを、今も信頼の目で見ている。

「その者どもは陣から引き揚げていっているのじゃな」

「左様でござります。我が陣は穴だらけになりつつあります」

「こちらに打ち掛かってくる者はおらぬのか」

「しかとしたことはわかりかねますが、今のところはまだ」

そう、まだ……まだに過ぎないが、だれも攻め寄せてくる者はなく、みな粛々と戦線から離脱していっているというのか。どの男も主君殺しにまで及ぼうとしていないということか。

それもいつ気が変わるか知れたものではない。

だがもし、寝返ったといえどもこのまま戦場から離脱するだけだとしたら、少々人数が減っても薩埵峠なら戦えるのではないか、という思いが氏真の胸を過った。

「どのくらいの者どもが離反したのか、調べて参れ」

氏真があまり驚きを面に現さなかったためか、泰勝も落ち着きを取り戻し、すぐさままた境内を飛び出していった。

氏真は馬廻りの者たち百騎ほどを本堂に集め、状況を端的に伝えた。みな、やせ我慢でことに当たるかと思っていたが、こちらが呆れるほど騒ぎ狼狽《うろた》え始めた。しばらくは収拾が付かないほどだ。中には、ああこいつは知っていたなと思える顔をしている者もいる。一族が寝返っているのだろう。いつ、自分自身もここから離脱するか、時宜《じぎ》を図っているような動きを見せている。

「佐太郎、顔色が悪いぞ」

氏真はその者に声を掛けた。

「そ、それは……」

「落ち着かぬか。有事の際の振舞いで、人の値打ちは決まるのだぞ」

氏真の叱責に、狼狽《ろうばい》していた一同は、ようよう己を律し、表向きは落ち着きを取り戻し始めた。だが、中にはぶるぶると震えながら、脂汗を流し、こちらを血走った目で見る者が何人かいる。

(刺客であるか)

あわよくば、氏真の首を取ってくるよう、申し渡されているのだろう。殺気立っている。

(ああ、あの家もこの家も、わしを欺き、裏切っておったか)

その者たちの顔を見ながら、氏真は落胆した。この様子では五家、六家といった数ではない。二けたに及ぶ者どもが武田と通じているとみていい。

「慌てるでない。今、詳しい状況を探りにいかせておる。事態がしかとわからねば手も打てぬ。今しばし待て」

氏真はどかりとあぐらをかいた。それからわざと隙をつくる。案の定、

「お屋形様、申し上げたき儀がございます」

目の血走った輩が、まるで策があるかのように寄ってきた。

「うむ、申してみよ」

氏真は、この男にしてはだらしなく、あぐらをかいた膝の上に片肘をついてみせた。

「かような事態を引き起こしたは、お屋形様の罪。潔うお腹を召しませ。われら介《かい》錯仕《しゃくつかまつ》る」

刀を抜くと、ワッと斬り掛かってきた。

あっ、と周りの者が止めようとしたが、その者が刀を振るう方が早い。武田に通じているると思われる者らが、刺客と止めようとする者たちの間に割って入る。

そのときには、刀は首目掛けて突き出されていたが、氏真は采配で剣尖を難なく弾き飛ばした。片膝を立てる形で腰を浮かしたときには抜刀し、刺客の首を刺し貫いた。

男は、血飛沫《ちしぶき》を上げて倒れる。

「なにゆえ、わしに敵《かな》うと思うたか」

聞えよがしに呟《つぶや》くと、氏真は怪しい者たちの名を上げ連ね、他の者どもに捕らえさせた。中には目をかけ、可愛がっていた者もいたが、たいした感情は湧き上がってこなかった。義元を失ってからのこの八年間が、欺きにまみれた日々だったのだ。今更だ。

「首を刎《は》ねよ」

淡々と命じると、境内に連れ出し、その場でみな成敗した。

清見寺の中は、血の臭いと重い空気に支配された。そうするうちにも、庵原忠胤らの守る前線から、鉄炮の鳴り響く音が木霊し始めた。戦闘が始まったのだ。

庵原氏は雪斎を輩出した一族だからか、こんな最中に氏真方として武田軍に抵抗してくれているようだ。その忠胤から使者が駆け付けた。自分が武田の侵入を抑えるうちに、氏真は駿府へ戻り、賤機山に籠もるようにという進言である。

結局、氏真は二十一人の部将から裏切られていた。古今東西、敵軍を眼前に捉え、これほどの人数に一度に裏切られた者の話など、聞いたことがない。

(俺は歴史に名を残すであろう。哀れな馬鹿者として、語り継がれるに違いない)

信玄などなにほどのものがあろうか、という気概でここまで来たが、赤子と大人ほどに差があったのだと痛感した。すでに勝利に王手を掛けた状態で、信玄は甲斐を出立してきたのだ。

多くの者がこんな事態に直面すれば、敵の手に掛かる前に腹を切り、首を隠させることだろう。あるいは、敵わぬまでも一矢報いようと、武田軍に向かって突っ込んでいくだろうか。そんなことをすれば、前線に出るまでに昨日までの己の家臣に討ち取られ、やはり武田勢とは干戈《かんか》を交えることもできないか。

氏真は退却を決断した。いざ退くとなると悔しさに身悶えしそうなほどの感情が全身を駆け巡った。途中で家臣に討たれてもいいから、自慢の刀を振り回し、雄叫びと共に我武者羅に突っ込んでいけたらどんなに胸がすくだろう。

死ぬより生きて後始末に奔走する方が何倍も大変だと、氏真は身に沁みて知っている。生きて戻れば、なぜ死ななかったのだという誹《そし》りも受けるだろう。

腹切りは今の氏真には、かなり魅力に映った。みなの見ている前で腹を掻っ捌き、腸を掴《つか》みだして床に投げつけたかった。が、こんな混乱の中で主君が死ねば、武田方に付かなかった家臣らの運命があまりに哀れである。今も戦ってくれている忠胤が哀れである。

さらにもし北条が援軍をこちらに出してきたとしたら、どうする。ここまで来て、一日持たずに氏真が死んだなど、笑い話にもならない。懸川城の朝比奈泰朝の落胆も激しいだろう。あれほど約束したではないかと、あの男のことだから、氏真に墓が立ったら、その墓石を蹴倒しにくるのではないか。

（それに、於志寿が、わしを信じて待っておる）

小倉資久が戦場を離脱し、氏真のもとに駆け付けると、

「われらが殿《しんがり》を致すゆえ、お屋形様は早う」

退却をせかした。

歯を食いしばるような思いで、氏真は清見寺で自分を警固していた旗本衆七、八十人を引き連れ、駿府へ向けて馬を駆った。

まずは賤機山城に立て籠もることを考えていたが、戻ってみると城下はてんやわんやの騒ぎになっていた。一刻も早く逃げ出そうとする者たちが、着の身着のままで飛び出してくる。家財道具を馬にくくりつけて逃げようとする者もいる。また、それら

を狙って身ぐるみを剝ごうと追い回す者まで出てきている。家族から逸《はぐ》れたのか、元々独り身だったのか、若い女が追剝に着物を剝ぎ取られそうになっていたところに氏真は行き当たり、無言で賊を斬り殺した。

この状況だけでも悲惨であったが、氏真が目を疑ったのは、頼みとしていた賤機山城の光景だ。

信じられないことに、賤機山城にすでに武田の旗が翻っている。

絶望というのは、もっとましな状態の時に使う言葉ではないのかと思えるほど、絶望を通り越したところに氏真はいた。あれは乱波衆だろうか。

（よもや、武田に寝返った今川のものではあるまいな）

今川館に入ることすら躊躇《ためら》われた。何者が現れるか知れたものではない。

（於志寿はどうした。無事なのか。於菊は、於日奈は、於初はどうなった）

氏真は馬から飛び降りると抜刀し、今川館の中へと飛び込んでいった。

「お屋形様、危のうございます。お戻りを、お屋形様。われらが先に確かめて参ります」

泰勝の叫び声が背に届いたが、氏真は聞こえないふりをした。館の中は土足で踏み荒らされた跡こそあったが、静まり返っている。氏真はまっすぐに志寿の住まう座敷へと駆けた。

「於志寿、於志寿！」

そこは蛻《もぬけ》の殻だ。だれもいない。代わりに座敷も踏み荒らされた跡があった。氏真の心の臓がひやりとした。

武田方に捕らえられたのだろうか。だとすれば、志寿と子の菊はどうなるのだ。四肢が引き裂かれるような痛みを覚える。

（いや、捕らえられたとて、無体なことは今はされるまい。北条がどちらに付くかまだわからぬうちに、そのような真似をすれば、武田と北条の戦になるわ）

それにしても賤機山まで盗られたのなら、もうここにも長くいられない。ぐっと丹田に力を入れると無理に笑みを浮かべ、追いついてきた泰勝を振り返った。

「懸川城へ入るぞ」

泰勝の顔がほっと明るくなった。同じく追いついてきた小姓の海老江里勝の目に涙が滲んだ。里勝はまだ十代だから、さぞこの事態は辛かろう。

夜を待ち、闇に紛れて懸川城へ向かうことを決めた氏真のもとに、志寿付きの侍で北条家家臣の大仙山城主西原源太家臣西原善右衛門が駆け付けてきた。

「賤機山に武田の手の者が入ったのを見て、御方さまと姫君は直ちに館を出、建穂寺《たきょうじ》に身を隠しておいでです」

氏真にとって泣きたくなるほど嬉しいことを告げた。建穂寺は安倍川を渡った先にある。

「それはまことか」

「はっ、お二人と、貞春尼（日奈）様とその姫君もご無事でございます」

あまりのことに、すぐには言葉が浮かばなかったほどだ。

「かたじけない」

ようようそれだけを告げると氏真は、続々と逃げ戻ってくる兵たちには懸川へ行くことを伝え、逃げ遅れていた公卿衆を保護し、馬廻衆らと建穂寺へ急いだ。

もし、ここを敵に嗅ぎ当てられたら、何もかもが終わる……建穂寺に身を隠した志寿は、そうしていても意味がないのに息を潜め、氏真の到着をひたすら待った。無事に合流できるとは限らない。いったい、今川に何が起こったのかもわからない。

ふいに城下が騒がしくなり、自分付の侍善右衛門に様子を見にいってもらったところ、血相を変えて戻ってきた。

「御方様、急いでここをお逃げくだされ」

賤機山に、武田の旗が立ったという。

「ここにいるのは危険でございます。すぐに人質として、武田の者が捕らえに参るはずでございます」

騒ぎ惑い始めた侍女たちを叱り付け、

「わかりました」

志寿は立ち上がった。このままの姿で外に出れば、目立って仕方がない。日奈ら母子らとも合流し、持っている着物の中でも質素なものを侍女に借り、素早く着替えた。裏口から徒歩で、そっと抜けた。

侍女たちを入れるとかなりな人数になって目立つので、幾つかの組にわかれ、建穂寺で落ち合うことを決めた。

輿は使えなかった。高貴な身分の者がここにいると知らせているようなものだからだ。

幸運だったのは、城下が逃げ出す者たちで芋の子を洗うような様子になっていたことだ。これなら、完全に紛れてしまうだろう。

案の定、だれに咎《とが》められることなく、寺まで逃げおおせた。待っているといったんばらけた侍女たちが、一組、また一組と寺に逃げ込んでくる。だが、ずいぶん時が経ったのに、とうとうやってこなかった者たちもいた。

（どうしたのじゃ）

嫌な想像しか浮かばない。

やがて、志寿付の侍たちが駆けまわって集めた話によると、どうやら裏切り者が出たことで、今川軍が総崩れになったということだった。

（また寝がえりが……）

氏真の心中を想うといたわしかった。どんな思いで崩れていく自軍を見たのだろう。

（絶望で腹を召してなければいいけれど）

無事を祈りながら再び会えるのを待った。

時間が経つごとに、少しずつ状況がわかりはじめる。どうやら、引き連れた軍勢の多くが離反して氏真を置き去りに戦場を去ったらしいということを知った。志寿の胸はきりきりと痛んだ。

そんな過酷な状況にいったいどれほどの者が耐えられるというのか。

（もう殿はお戻りにならぬかもしれぬ）

この寺が自分の最期の地となるだろうことを志寿は半ば覚悟した。日奈も同じことを想っているようだ。娘の初をぎゅっと抱きしめたまま、

「長く生きすぎたのでございます」

呟いた。

志寿はまだ赤子の我が子を見つめた。

（何も知らぬうちに死ねるなら、それはそれで仕合せなのかもしれない）

ところが、氏真は自分たちの許に戻ってきてくれたのだ。

数十騎の馬が地を踏み鳴らす音が聞こえてきたときには、とうとう敵勢に露見したかと、志寿は身構えた。

だが、

「於志寿、於志寿はいるか」

聞きなれた夫の声が自分を探しているのを耳にしたときには、志寿の目から涙が溢れ出た。

「お屋形様」

志寿は娘の菊姫を抱いて、走り出た。

「於志寿か」

氏真が志寿の姿を見つけ、早足に寄ってくる。志寿も駆け寄る。

「ようご無事で」

志寿が眩し気に氏真を見上げると、存外力を失っていない目を細め、

「於志寿こそ、よう無事であった」

満足げにうなずいてくれた。

「わしは二十一人から背かれたのじゃ」

氏真は少し自慢げに「二十一人じゃぞ」とその信じられぬ数を繰り返した。

それで志寿も少し笑った。

もちろん、笑い事ではないのだが、

（ああ、このお方はお強い）

と氏真のことが嬉しくなった。

こんな時に絶望せずに、軽口まで言い、無事に妻の許へ戻ってきてくれる男などそういないだろう。志寿は氏真という男が誇らしかった。真に強い人間でなければ、できる業ではないからだ。

氏真は、

「少し寝る。一刻ほどで起こせ」

志寿の膝を枕に、そのまま眠った。

これから、敵勢だけでなく、落ち武者狩りを行う野伏らからも身を守りながらの、過酷な逃避行が始まる。疲れていては身体が思うように動かない。わかってはいても、こんなときに一刻も早く逃げ去るのではなく、英気を養うために仮眠を取るなぞ、そうそうできることではない。

氏真は未来を少しも諦めていないのだ。襲ってくる者がいれば、ひとりでも多く斬り伏せ、なんとしても懸川城へと行き着くつもりでいる。

志寿には氏真の寝顔が、心強かった。

六　章

一

氏真ら一行は、山路を通って地蔵峠を越え、無事に懸川城へと入った。歩くのに慣れぬ公卿《くぎょう》や女連れということもあり、ほぼ丸一日かかってようよう辿り着いたのだ。

懸川城は、東海道と信濃への道が交わる要衝に築かれた遠江における今川の牙城で、本城の周囲だけでなく外城の堀さえ峻《しゅん》峻《しゅん》と深く、鉄のように硬い土居が巡らされ、堅牢な造りを誇っていた。本丸南方には内堀の役目を果たす大きな池があり、いつもなみなみと水を湛《たた》えている。外城の中には小山が森を作っており、材木がいつでも調達できた。いつ見ても惚れぼれする城である。

初めて目にした志寿は、

「素晴らしゅうございます」

明るい声を上げた。

（於志寿の奴、もうくたくたの癖に……）

空元気に違いないが、有難かった。

志寿の白くて艶やかだった足は、歩きづめで血塗れになっている。大丈夫でないことは見ればわかるから、「大丈夫か」と声を掛けることも躊躇《ためら》われる。

志寿だけではない。日奈や初、そして侍女ら女たちには、さぞ辛い行程だったことだろう。ことに十一歳の初は可哀そうだった。時々、氏真自身が背負ってやったが、ずっとというわけにはいかない。果ては口をぐっと引き結んでついてきた。涙を流しながらも泣き言は言わず、痛みにじっと耐える姿は、健気であった。

（俺のせいだ。俺が負けたせいでこうなっておる。氏真よ、よく見ておくがいい。お前のやったことが何をもたらしたか。守りたい者たちを守るために、男は戦わねばならぬのだ）

この逃避行は、今までの自分の甘さを痛感した道のりでもあった。

五十人ほどの侍に守られていたものの、女連れということもあり、途中野伏が木々の間から、山道を行くこちらを窺いながらずっと付いてくる姿は不気味であった。しかもその数が徐々に多くなっていった。氏真はもちろん、供をする近習たちも腕に覚えのある者が多かったから恐怖心は湧かなかったが、少しでも隙を見せれば喰らい付いてきただろう。

（どこも程度こそ違え、この世の有りようというものは変わらぬものよ。弱者は常に貪られる）

武田や徳川から見れば、今川は弱者だった。氏真は、美味そうな獲物に過ぎなかったというわけだ。

それはこの世の「理《ことわり》」のようなものだ。信玄が狡猾《こうかつ》だったわけでも、家康が薄情だったわけでもない。彼らは理に則って、隙を見せた氏真を貪った。それだけの話だったのだ。

懸川城では朝比奈泰朝が、

「ようご無事で」

涙を滲《にじ》ませ、氏真ら一行を迎え入れてくれた。

「散々にやられたよ。面目ないな」

氏真は泰朝だけに聞こえる声で告げた。

「なあに、これからでござるよ。お屋形様とわれらがいれば百人力。戦なんぞ、何回負けようと最後に勝てばそれですべて上手く行くように出来てござる」

ああ、そうだなと氏真はうなずく。

城兵は、後から駆け付けた者も併せて二千人ばかりになった。

その者たちの話では、あの美しかった駿府は武田の手によって、焦土と化したそうだ。

（そうか、すべて失ってしまったのか）

父の形見であり、婆様の形見であり、今川の象徴だった駿府が灰燼《かいじん》に帰した。この事実は、想像していた以上に氏真を打ちのめした。

本音を言えば、もうなにもかも投げ出してしまいたかった。だが、この城だけで二千人が自分と運命を共にしようとしてくれている。さらに、懸川城外でも今川復興に望みを繋《つな》ぎ、武田と徳川の侵攻を目前にしてさえ氏真に味方して籠城《ろうじょう》する国衆たちが、存外いる。

浜松にある堀江城の大沢基胤《もとたね》、中安豊種。同じく浜松引馬城の江馬時成《ときなり》に従弟の泰《やす》顕《あき》。浜松刑部城の庵原忠良《いはらただよし》、長谷川秀匡。浜名湖西岸宇津山城の小原鎮実。浜松犬居城の天野藤秀。駿河国益頭郡花沢城の大原資良《すけよし》。藤枝田中城の長谷川正長。また、異色なのが百姓による一揆《いっき》勢が新田友作ら土豪にまざり、今川勢に呼応する形で奥浜名湖北岸の堀川城にこもったことだ。

さらに氏政率いる北条軍が、十四日には薩埵山周辺に姿を現し、今川勢の味方として武田と対峙《たいじ》したという。北条方は蒲原城を中心に、武田方との交戦に突入した。

この状況下で、どうしてその中心にいる氏真が弱音を吐けるだろう。だが――。父義元が死んで以来、ずっと気を張って、今川家惣領を演じ、踏ん張って生きてきたのだ。その結果、なんとしても守りたかった駿府を廃墟に変えてしまった。今川家も風前の灯だ。

（もう疲れた。休みたい）

と心の中で思うことくらい許されてもいいのではないか。

（いや、許されるものか。俺は未だやれる。やらねばならぬ。そうでなければ、泰朝らが哀れではないか）

泰朝の案内で武器庫や食糧庫を確認すると、本当に数年分戦えるだけのものが備蓄してあった。

「さすが、泰朝。鉄炮も火薬も矢も、溢《あふ》れかえっておるな」

「我が懸川城は、これより伝説の不落の城と呼ばれるようになりましょうぞ」

「心強いぞ」

「何を言われます。呼ばせるのはそれがしでのうて、お屋形様でござる」

「わしか」

「お屋形様はお気付きではないのかもしれませぬが」

「ふむ？」

「お屋形様が直に兵を率いて干戈《かんか》を交えた戦で、負け戦はただの一度もござらぬぞ」

（何を言う）

氏真はおかしかった。確かに泰朝の言う通りではある。永禄三年以降、もうずいぶんと出陣してきたが、氏真が直に兵を率いた戦いで敗退したのは、信玄と対峙した薩埵山の戦いのみ。あれも干戈を交えたわけではないから、泰朝は嘘は言っていない。

（だからといって、武田に追われてここまで来た者に、それを言うか）

と思うものの、泰朝が嬉しげな顔をしていたから、氏真は呑み込んだ。

（まあ、いいか。そういうことにしておこう。どうせ殿様なぞ、家臣を喜ばせるために存在するのだ）

「我が殿は不敗の将」

と城内で囁かれ始めたのは、この直後からだ。泰朝が広めたのだろう。

あれだけの敗戦の後に、よくこれだけの噂が立てられるなと氏真は呆れたが、城兵がみな生き生きしている。

（これが希望の力か）

氏真は驚いた。なるほど、あれだけの敗戦の後だからこそ、みな泰朝の言葉に縋《すが》りついたのだ。人は自分の信じたい言葉しか耳に入らぬ生き物だ。

やがて、

「家康がやってくる」

城内で第二の噂が立ち始めた。

武田勢が北条軍によって蒲原手前で足止めされている現状、懸川城攻めに乗り出してくるのは、やはりこの男しかいないだろう。徳川家康が、刑部城、引馬城を電光石火で攻め落とし、手に入れた引馬城に布陣したのが十二月十八日。

懸川城を落とすのが第一の目的といえど、まずは周囲の城から手をつけていく。宇津山城は落城したが、堀江城と犬居城は堅牢で陥落する気配がない。

そうこうするうちに、思いもよらぬことが懸川城に起こった。北条軍が大量の物資を船で運び込んできたのだ。さらに、氏康傅役《もりやく》の子の清水新七郎を筆頭に、大藤《だいとう》政信、太田十郎、板部岡康雄《いたべおかやすかつ》ら名のある部将が送り込まれてくる。北条氏政からの書状では、氏真さえ差し支えなければ、北条軍千人を送り込みたいとのことだ。

もちろん異論はない。だが、過剰なまでの北条の支援は決して親切心だけではない。このまま北条の力で駿河を恢復《かいふく》すれば、今川の力で城主に返り咲いた松平広忠と同じ運命を辿ることになるだろう。

(今は今川家が存続できるかどうかの瀬戸際、背に腹は代えられぬ……か)

まだ少年だったころ、広忠がいったいどんな気持ちでいるのかと、思い巡らせたことがあった。あの男も今の自分のように、あらゆることを呑み込んで生きたのだ。

氏真が了承したため、懸川城には北条軍一千人も加わった。

同じころ、家康が懸川城を七千の大軍で包囲し、周囲に複数の向かい城を築き始めた。

「いかがいたしましょう」

軍議で采配を求められたが、

「本格的に仕掛けてくるまで待て」

氏真は自重させた。徳川方から仕掛けてわずかな攻防はあったものの、氏真はぐっと堪え、決戦には持ち込まなかった。このため、家康は城下に火を放ち、城兵が出てくるのを誘ったが、氏真はそれにも応じなかった。

徳川方も布陣したばかりで元気がいい。気力も漲《みなぎ》っている。もう少し、気が緩むのを待ちたいではないか。家康がどれほど交通の要衝を押さえたとしても、制海権はこちら側にある。船での連絡が北条と付く以上、焦ることはない。

それに、直に干戈を交えるのは遅い方がいい。家康が焦れるからだ。今はまだあの男も気持ちに余裕があるだろう。じっくりと囲んで兵糧攻めを行い、こちらが追い詰められるのを待っている。だが、懸川城は堅牢で、水も兵糧も武器も家康が思いもよらぬほどあるのだから、負けさえしなければ最後に悲鳴を上げるのはあの男だ。

そうするうちに北条と武田の争いの行方が見えてくるだろう。その戦況に合わせてこちらの取る道も臨機応変に選んでいけばいい。

だが、本音を言えば、だれより打って出たいのは、氏真自身であった。冷静な振りをしていたが、

（あの男が近くにいる）

そう思うだけで武者震いがする。今だ、という機が見えれば、采を振るつもりだ。

（待っているがいい、家康。必ずやこの氏真自ら出軍し、泡を吹かせてくれる）


こうして、今川家最大の危機となった永禄十一年は終わった。氏真は、懸川城で新しい年を迎えた。この頃までに家康は、十に近い砦《とりで》に兵を配置し、懸川城の包囲を完成させた。不安の声も聞こえたが、氏真に焦りはない。

元旦は城内の者から祝辞を受けるのに忙しかった。狭い場所に数千の男たちがひしめいていると、不平不満が吹き上がりやすい。食料が豊富なうえ、北条方から補充があるので、外城に詰める雑兵らにまで酒と餅をふるまい、氏真はみなを労った。

数千の命を預かっているのだ。氏真はずっと忙しかった。懸川城だけでなく、味方となって徳川に歯向かっている近隣の城のことも把握せねばならない。そうしたうえで密に連絡を取り合い、時に足りぬ物を補充してやる。援軍も出す。

だから、志寿とゆっくり語らえたのは、正月に入ってずいぶん経ってからだった。

入城するときの粗末な着物をそのまま身に着け、紅一つ引かぬ化粧気のない顔で、志寿が迎えてくれた。着物も紅も志寿付きの西原源太に頼めば、入手できないこともないのだろうが、そうしないのは志寿の流儀なのだろう。氏真が口出しすることではない。

ちなみに、兵の士気にかかわるから、氏真自身は清潔で質の良いものを今も身に着けている。

志寿は相変わらず、駿府時代と変わらぬ笑みを満面に湛えていた。氏真はほっと息を吐いた。

「五郎様、明けましておめでとうございます」

「うむ。なにやらめでたそうな良い笑顔であるな。於志寿がおると、どんな場所も華やぐぞ」

「はい。秘技、笑顔の術でございます」

氏真はうっ、と吹き出しそうになった。

「素晴らしい術じゃ。かような奥義を使いこなせる於志寿を、わしは誇りに思うぞ」

「ははあ。有難き幸せにござります。ところで五郎様、聞いてくださいまし。私たち……」

と志寿は侍女をぐるっと見渡す。釣られて氏真も見渡す。いつもの志寿の側近たち

だが、化粧をしていない顔は初めて見たので、ずいぶんと違和感がある。その方は誰じゃ、と言いたくなる者までいて、

(これでは不審者が混ざっても俺にはわからぬぞ)

などと思っていると、志寿が同じようなことを言った。

「出会って十数年になりますのに、お互いに化粧をせぬ顔を見せ合うことが無かったのでござります。わらわはこの者たちの手で化粧を施されておりますゆえ、素顔も見せていたのですが、侍女たちは化粧をしたあとでお勤めに入りますから」

くすくすと志寿が笑う。

「みんなで改めて名乗り合いましたのじゃ」

どっと皆から笑いが起きた。

「お屋形様、だれがだれか、当ててくださりませ」

などと言う者がいて、氏真が言葉に詰まる。それでまた皆で笑った。

志寿は気を遣ってか、戦の話をしてこなかった。あえてここだけは明るい場にしようと努めてくれているのだろう。

氏真から振った。

「御義父上(氏康)はわれらにお味方されるために、武田との同盟を破棄してくださされた。有難いことである。礼を申すぞ」

「いえ、もったいのうございます」

「これで、三国同盟は完全に崩壊してしもうた」

「はい……残念なことにござります」

「それにしても、於志寿は御父君に愛されておるのじゃなあ。なんでも懸川に移る際に輿《こし》に乗ることもできなかったことを、これ以上ない恥辱と言うて、同盟国の姫をかような目に遭わせた武田にずいぶんと憤慨しておるそうな」

　志寿は少し赤くなった。

「さようでございますか。そのように父上が表立ってお怒りになられますと、私が歩いたことがいっそう広まってしまいますので、かえって恥ずかしゅうございます」

「それもそうじゃな」

「あのう、北条と武田が手切れになったということは……南（黄梅院）どのは今はいかがいたしておられるのでしょう」

　氏政の妻のことを、志寿が気にした。

　氏真もそこまではわからない。仲の良い夫婦だと伝え聞いている。氏政と志寿の両親、氏康と於芳の方（瑞渓院）は、北条と今川が手切れになっても別れなかったのだから、今度もそうするのではないかと氏真は信じていたが、実際は離縁となってすでに南どのは武田に戻された後だった。

そしてこの半年後に失意のうちに二十七歳で亡くなるのである。氏政はこのことを嘆き悲しみ、後に信玄に乞うて分骨してもらい、北条領内にもこの薄幸の妻を葬り、その御霊を慰めた。武田との手切れは北条自身が決めたことだが、氏政にとって氏真は、それ以後、憎しみに近い存在になっていくのである。

自身の進退が、周囲の人間たちの運命を巻き込んで大きく掻きまわしていっていることは、氏真も身に沁みて辛く感じていたことだ。だからといって、氏真自身も運命に呑み込まれた身だ。どうしようもない。

二

懸川城だけにかまけているわけにいかぬ家康は、いったん戦線を離脱したようだが、大掛かりな城攻めを仕掛けてくるつもりでいるのは、二重、三重の包囲の様で知れるというものだ。決戦のときには戻ってくるだろう。

(よもや付け城を、この氏真のために十近くも築いてくれようとは……ぞくぞくするぞ、次郎三郎)

これだけの舞台を用意してくれたことに、氏真は内心、歓喜していた。あの家康が、総力を挙げて潰しにくるのだ。

正月十六日。大軍で囲まれて久しいが、その陣容が動いたのを氏真は悟った。いよいよ「その時」が近付いている。まだ、家康の馬印は見えないが、今日、明日中には戦場入りをするはずだ。

（来い、早く来い、次郎三郎）

氏真は直ちに城内の部将を招集し、軍議を開く。

状況をざっと泰朝に説明させた。

「徳川勢は本陣を、我が城から鬼門に位置する龍尾神社のある天王山に築きもうした」

懸川城からは八町（九百メートル）ほど離れた標高およそ十七丈（五十三メートル）、比高およそ八丈（二十六メートル）の小山に、今度の戦に合わせて家康が築いた砦の一つで天王山砦という。日根野弘成《ひねのひろなり》の守る今川方の出城、天王山城と呼ばれる懸川古城の目と鼻の先である。二つは同じ名でややこしいが、徳川方を外天王山、今川方を天王山、あるいは内天王山と呼び分けている。

「新たに築いた向かい城で要となるのは、南東の杉谷城およびその隣の青田山砦、東南東の笠町砦、西南西の金丸山砦であろう」

図を示して、泰朝が砦の位置と距離を全員にあらためて確認させた。杉谷城と青田山砦のみ二十町（二キロ）ほど距離があるが、ほかの三つの砦はほぼみな八町ほどだ。

「旗を見るに、このうちの二つの砦は今川を裏切った者どもが詰めているようでござる」

と泰朝は付け足した。今川方だったはずの高天神城の小笠原衆の旗が、青田山砦にはためいている。金丸山砦にも、今川方だった久野宗能《くのうむねよし》の旗が初春の風に舞い踊っている。

こちらの心を揺さぶろうという狙いもあるのだろう。もちろん、戦地で二十一人に裏切られた氏真が、今更この程度で動揺するはずがない。

北条方の部将は一様に籠城戦を主張した。このままこの堅牢な城を死守していれば、いずれは武田勢を押さえ込んだ北条の援軍が来ると信じているからだ。籠城は北条の得意とする戦い方だ。じっと耐えて城に籠り、敵方が退陣する動きを見せると一気に追尾する。

「家康は十に及ぶ付け城を築き、いかなる戦況であろうとあらゆる方角から後詰が送れるよう、戦場を組み立てた。この状況で堅固な城から打って出るのは愚策であろう」

というのだ。

むろん氏真は反対だ。北条が徳川軍を蹴散らすほどの人数を従えて駆け付けてくる保証はどこにもない。それを北条方の部将が当てにするのは自然な流れだが、今川惣領まであからさまに当てにすれば、家臣らから愛想をつかされる。

北条の力で勝ってはならないのだ。あくまで戦の主体は今川でなければならない。

「わし自ら打って出る」

氏真はみなを見渡し、当たり前のように宣言した。場がざわめく。

「何も御大将自ら出ずとも、城内には猛者が揃うております。お屋形様に万が一のことがあれば、それですべてが終わってしまいます。御自重召されよ」

泰朝が首を横に振った。

「いや、ここはわしが出ねばならぬ。勝機はある。これまで挑発にも乗らず、首を引っ込めた亀のように堪えていたのは何のためじゃ。向こうは、よもやこちらが打って出るとは思うておるまい。かような中、仕掛ければ機を作れよう。あくまで戦いの舵はこちらが握るのじゃ。初戦で家康から捥《も》ぎ取る一勝は、どんなものより皆への土産となろうぞ」

「それはいい」

さっきまで野戦は避けるべきだと主張していた北条の清水新七郎（後の太郎左衛門）が膝を打った。

「お屋形様自ら出られるなら、値打ちのある野戦となろう」

この男は、後に三方ヶ原の戦いで、敵の首を手で捩《ね》じり折り、「捩じ首太郎左衛門」

と呼ばれるようになる豪快な男だ。怪力は母親譲りで、嘘か真か、その母は女の力で牛を持ち上げたことがあるらしい。

北条勢の筆頭が賛同したのだ。

「よいな」

氏真はこれ以上泰朝に有無をいわせなかった。


十七日、徳川勢から何の前触れもなく、わっと鬨の声が上がった。まだ攻め掛かる様子はないが、ぴりぴりとした緊張が城内にも伝わってくる。

（とうとう来たか、家康が）

それと察し、物見櫓《やぐら》に氏真自ら上った。

「増えたな」

城外の徳川勢の数がぐっと増している。

「厭離穢土欣求浄土の馬印にござります」

近習の泰勝が指さす。今では見慣れた家康の旗だ。待っていた旗でもある。

（やはり来たか）

胸が疼《うず》く。心が逸る。

「わしを屠《ほふ》りに家康が来おったわ」

氏真は目を細め、口の端を上げた。

城の包囲を家臣に任せて懸川からいったん引き揚げていた家康が、自ら軍勢を引き連れて外天王山本陣に着陣したのだ。それだけで辺りの空気が重くなる。

（これが俺に足りぬものよ）

よく見ておけと氏真は己に言い聞かせた。

両軍が実際にぶつかり合ったのは、家康が着陣して三日後の二十日のことだ。

攻め寄せる徳川方七千。応じる今川方三千の戦いだ。

法螺貝が鳴り響いたと思うや、平地にいた徳川軍が、わっと懸川城へ取り付いた。

今川方は鉄炮で応戦しながら、巧みに隙を作り、徳川方の動きを誘う。城の北方をより激戦地に見せかけ、敵の目を引きつけた。

火薬は惜しまず使え、と事前に下知してある。城壁は火力を駆使し、人数を絞って守らせる。

じっと城に閉じこもって守りに徹すれば、七千の攻め手は決して多くない。だが、野戦に持ち込めば、兵力に差があるため、時間が経つほど不利になる。

氏真は初戦の的を、懸川城から見て西南西に位置する金丸山砦と東南東の笠町砦の二つに定めた。家康本陣へは、懸川古城の兵と氏真自身が率いる隊で当たるが、こち

ら は囮《おとり》だ。自分を餌《えさ》に徳川方の人数を北方に引きつけ、南方の二つの砦を狙う。どこまで徳川勢を攪乱《かくらん》できるか。

「砦を急襲するが、深追いはするな。戦は退く時が肝要である」

自分と共に打って出る部将らに、引き際を間違わぬよう氏真はよくよく言い含めた。城内には、後詰を待機させている。出軍した兵が背後を取られるようなら援兵を出し、退路を確保して迷わず引き揚げさせる。どう攻めるか以上にどう引くかが肝心なのだ。父の負け戦から氏真が身に沁みて学んだことである。

戦は今日、明日に決着がつくわけではない。長期戦は免れないのだから、緒戦に無理をする必要はない。ことに、守る側は自重が大切だ。

城に残る泰朝の肩を、信頼を込めて氏真は叩く。

「敵陣に突っ込む兵の生死は、後詰を出すそのほうの采配に掛かっておる。頼んだぞ」

「はっ、この泰朝、しかと承ってござる」

氏真は時宜を図り、城門を開かせる。

「かかれ！」

三つの軍の総大将として、氏真自ら懸川城を打って出た。

大将自らの出陣に今川方の士気はこれ以上ないほどに高まる。喊声《かんせい》を上げ、それぞれの砦に突進する。

よもや、いきなり城門から大軍が流れ出てくると思っていなかった徳川勢がどよめく。義元から受け継いだ氏真の赤鳥の馬印に、いっそうその声が大きくなる。

「治部（氏真）だ」

「大将が出たぞ」

「治部殿の首を取れ」

どっと寄ってこようとするが、氏真を固める馬廻り衆は、鬼の泰勝始め、命知らずの者ばかりだ。なにより一騎打ちを組めば、氏真自身が強い。あっと言う間に蹴散らしてしまう。

鉄炮を撃ちかけられたが、大立物を弾いただけで、氏真の身には当たらない。まるで弾が避けて通るかのようだ。

敵味方入り乱れ、乱戦になったため、鉄炮や矢の攻撃はすぐに止んだ。

母衣衆のひとりが南方から疾駆し、

「大六山砦より敵の後詰が到着いたしました」

氏真に告げた。大六山砦は、笠町砦の東方に並ぶように造られた砦だ。

北方の今川勢が上手く徳川方本陣の動きを封じているのを確認し、氏真はその場を日根野弘成に任せ、馬廻り衆や母衣衆らと共に騎馬で南方へと回り込んだ。笠町砦を攻める今川方を挟みこもうと大六山砦から駆け付けた徳川勢を、横撃する。

この想定外の騎馬隊の出現に、徳川勢は咄嗟《とっさ》に対処できない。崩れつつもなんとか態勢を整え始めたときには、

「退却！」

氏真が采を振った。それを櫓から確認した泰朝が、法螺貝を鳴り響かせる。その長く伸びる音を合図に、今川勢が退き始めた。

だが――。今度は短く法螺貝が三度立て続けに鳴った。氏真は城内の櫓を見上げた。赤い旗が、西南西を差している。金丸山砦からの退却が遅れているのだ。敵陣深く攻め進んでいたから、欲が出ているのだろう。

「金丸山攻めの主将は備中（日根野備中守弘就）か。猛将で名高いあの男なら勝利を目前に引くまいよ」

氏真は馬首を西へ向けた。

日根野氏は、元は斎藤氏の家臣で、主家が亡びたため、一昨年今川家に仕官したばかりの男だ。よそ者だけに、引けぬものがあるのだろう。

気持ちはわかるが、取り残されれば形勢はたちまち逆転し、全滅に至る。現に、懸川城に取り付いていた徳川勢が気付き、金丸山砦に駆け付ける動きを見せ始めている。

「備中らを見殺しにするな」

他の二地点の兵の退却の足を緩めさせ、金丸山砦に向かおうとする徳川勢を押しとどめる。その一方で、城内から一軍を新たに投入し、金丸山砦からの退路を確保させた。

「わしに続け！」

自身は、手勢を引き連れ、金丸山砦へと駆ける。

金丸山砦は、つい先日徳川方に寝返った久野宗能が守備している。旧主の登場に、兵は一気に混乱した。敵勢の中から、

「お屋形様、お屋形様じゃ」

氏真を慕う声さえ上がる。その中から、懐かしい声が聞こえた。

「お屋形様、宗政でござります」

宗能の叔父、久野弾正宗政だ。

「おう。弾正か。久しいの」

氏真が応じた。とたんに、宗政がどこからともなく転《まろ》ぶように飛び出て跪《ひざまず》き、額を土にこすりつける。泰勝らが警戒し、氏真を庇《かば》うように宗政の前に立ちはだかった。

宗政は構わず声を上げる。

「どうかわれらを共にお連れくだされい。宗能めが徳川へ寝返ったものの、われらお屋形様への忠誠を忘れてはおりませぬ」

　氏真はこのまったく予期せぬ展開に驚いた。

「久野にはおぬしのような者が他にもおるか」

「はっ。かなりの者が宗能の決断に不満かと」

「相分かったが、今はならぬ。後で密使を送るゆえ、わしの下知を待て」

「ははっ」

　宗政はまたどこへともなく消えた。

「真でありましょうか」

　泰勝は懐疑的であったが、まるで宗政の言葉を証明するかのように、旧主を前に戦意を失くした久野勢が、ひとり、またひとりと去っていく。

「わからぬな」

　されど、と氏真は思う。久野家を内部分裂させることができるかもしれない。

「お屋形様」

　氏真に気付いた日根野弘就が駆け寄ってきた。

「備中、見事な働きじゃ。砦に火を放て。炎が上がるのを合図に退却せよ」

「はっ」

　弘就の命で、今川勢は素早く砦に火を放ち、駆け付けてきた岡崎衆を蹴散らしながら、懸川城まで退いた。

氏真の凱旋《がいせん》に城内が沸く。

ただ、朝比奈泰朝だけは目を怒らせ、

「我が殿は、まったくもって無茶をなさる」

氏真に不平を述べた。

「言うな。わしとて鬱憤《うっぷん》が溜まっておったのじゃ。それより久野を調略せよ」

氏真は金丸山砦での出来事を泰朝に語って聞かせた。

「久野が呼応するなら、わしが家康のいる外天王山に夜討ちを掛けるゆえ、久野勢に背後を衝かせろ」

「危のうございます。久野が裏切れば策は家康に筒抜けになりましょう。その時は、敵の手中に飛び込むようなものですぞ」

「その時は飛び込まずに引くわい。案ずるな」

「敵の目を欺くためとはいえ、なにゆえ御大将自ら囮役を演じるのでござる。しかも夜討ちでござるか。どうしてもやると言うなら、それがしにその御役目、御申しつけくだされ」

「ならぬ」

「なぜでござる」

泰朝はこちらの腹に響く声で怒鳴るように食い下がる。今にも胸倉を摑《つか》まれそうな勢いだ。

「ほれ、かようにその方は、頭に血が上りやすいからのう、駄目じゃ」

「……は？　な、な……」

「この城内で、わしが一番、引き時を間違えぬ」

ほかの者は手柄を立てねばならぬうえ、今川勢と北条勢が入り混じっているからいつも以上に見栄を張る。引き際を誤れば全滅する。

「わしを殺したく無くば、久野衆をしかと調略せよ」

笑って泰朝の元を去る氏真の背後で、

「くそったれが」

友の吐き捨てる声が聞こえた。


久野方からは、宗能の弟宗益や、伯父の宗政、宗当らが氏真を慕い、徳川方から離反しようとした。が、宗能が首を縦に振らぬため、一族が二つに割れた。今川派の者たちは徳川派の宗能を謀殺しようとしたが、事前に露見し、家康から討伐の兵が出た。

この様子は懸川城内からも容易に知れたので、

「仲間割れをしておるぞ」

城内はおおいに盛り上がる。

これによって、久野衆の今川派の者は、宗益が死に、他は無事に落ちのびた。後に、今川勢に加わっている。

久野衆の勢力を、戦わずして半分削ぐことに成功したが、すべての策は家康に知れてしまった。

「夜討ちは無しですな」

泰朝は嬉しげだ。

「いや、出るぞ」

「敵は待ち伏せてござれば、返り討ちに遭いますぞ」

「討たれる前に引くと言うておる。それより、ここで無体ともいえる夜討ちを仕掛けておけば、これより先はいつ何時襲われるかと、徳川勢は気も休まらぬ夜を過ごすことになろう。存外、あ奴はかような攪乱には弱い男ぞ。利用せぬ手はない」

「あ奴とは」

「家康に決まっておる。だてに、幼き頃を共に過ごしたわけではないわ」

二十二日の夜、氏真は夜中に城を飛び出し、家康のいる天王山目掛けて強襲した。

当然、徳川方は兵を伏せて待ち構えていた。わずかに干戈を交えると、氏真は一陣の風が去るように兵を引いた。

思った通り、と言うべきか。翌日、本陣の家康の馬印が動いた。

「見ろ。家康自ら出てきおった。彼奴め、焦れたな」

ここで家康が動くのには、いろいろな意味がある。策が知れた状態でも夜襲をかけてくる今川勢に、思わぬ戦意の高さを感じたはずだ。罠が張ってあるとわかった状態で突っ込んでくる、いわば常識の通じない敵に、人の心理を読みたがる家康は嫌なものも感じたろう。

そしてなにより、懸川城が落ちぬどころか、たいした損害も受けぬことに、意外な思いを抱いているのではないか。武田が広く戦を展開し、北条と戦っている最中、懸川城一つ落とせぬことに、内心屈辱を覚えているはずだ。

（わしのことを小馬鹿にしておる家康にしてみれば、よもやあの氏真に……という気分でおろう。いや、気短の岡崎衆にしたところで同じであろう。見くびっていた分、懸川城一つに手間取れば、たちまち無能者の烙印を押されようぞ）

城外の徳川勢には、憤懣《ふんまん》が溜まり始めているはずだ。比して、懸川城内はいまだ活気に満ちている。

「早くも敵大将を引きずり出したぞ。実に愉快」

軍議上の氏真の言葉に、鼓舞された部将らの顔が輝く。

その顔を眺め回し、

「平地にて大軍に寡兵で挑むは愚策よ。されど家康が山を下りたこの機を逃すはもっと愚か。こたびも出軍する」

氏真は家康の首一つに絞って戦う旨を告げる。

「今日も御大将が出られるか」

北条勢の清水新七郎が訊ねる。

「むろん、わしが出る」

敵方の総大将が攻めてくるのだから、こちらもそうでなければ士気が落ちる。だれも反対しない。

「寡兵ゆえ我が方から仕掛け、徳川勢を家康の陣からなるべく遠ざかるよう誘導せよ。もっとも手薄になった時点で、一度のみ家康の陣を襲う。多勢に無勢だ。仕損じても、その一度きりで引き揚げる」

氏真の策に皆がうなずく。深入りすれば囲まれる。戦場に長居はできない。

圧倒的な人数差で今川勢が不利に違いないが、氏真の心は高鳴っていた。

(いよいよだな、次郎三郎。この日を待ちわびたぞ)

敵味方に分かれて以降、初めての直接対決である。

氏真は兜の緒を切ると、特別拵《ごしら》えの長刀を携え、馬にまたがった。

「城門を開け。行くぞ」

一千の兵と共に一気に雪崩出る。

手筈《てはず》通り、家康の陣に近いところに攻め入った兵は、わざと押され気味の態を装い、じりじりと後退していく。それに合わせて徳川勢も前進する。こうすることで、家康の周囲から人数が減る。

逆に、家康のいる場所から離れている左翼西方には、気強く攻め込んだ。

そうするうちにも別の城門から出た兵が、各砦の背後を衝くため迂回し、じわじわと忍び寄っていく。

さらに、西方敵勢の横っ腹を衝くため、別働隊が密かに西側へと回り込んだ。

城内からの合図で機微を合わせ、砦の背後と敵の右翼の腹を同時に襲うつもりだ。

瞬時、戦場は混乱する。この時、待機させた城兵数百を一気に城外に出せば、必ずや家康の周囲に隙ができる……と氏真は読んでいる。

それまでは自身は後方で指揮を執る。

そうそう思う通りに戦場が動いてくれるわけではないが、戦などというものは、いかに敵軍を自身の思うままに動かすかにかかっている。

そしてこの時は、面白いように氏真の意のままに動いた。

氏真の中で警鐘が鳴る。

(気を付けろ。こういう時はどこかに落とし穴があるものよ)

冷静になれと己を叱り付けるが、もしかしたら家康までこの剣が――と特に拵えた長刀を握りしめる。

（届くやも知れぬ）

そう思うと心の臓が跳ね上がりそうなほど、どくどくと鳴り響く。氏真は、自分の頭に血が上っていることを自覚しないわけにいかなかった。

（まずいな）

こういう時が一番、受け入れがたい結末を迎えやすい。

だが、いっそう氏真の心を煽るように横撃が成功し、西方の徳川軍が崩れた。救援するために、徳川勢が大河の流れのように西へと動き出す。

（今じゃ、泰朝）

氏真が思ったとたん、城内から泰朝によって七百人ほどの援軍が送り出された。

わあっと徳川勢が浮足立つ。

「お屋形様」

鬼泰勝の声が、家康と氏真の間の道が開いたことを告げる。

確かに、家康の旗印が、遠いはずなのにまるで眼前にはためいているかのように、氏真の目に飛び込んできた。

（家康めが！）

「わしに続けぇ」

吠えるや否や、轡《くつわ》取りから差し縄を取り上げ、氏真は一気に駆けだした。

「お屋形様、なりませぬ」

小姓の里勝の悲鳴のような声が上がる。

「お戻りくだされ」

泰勝も怒鳴る。

周りは母衣衆と馬廻衆が固め、その周囲をさらに弓隊と鉄炮隊が囲んでいたが、その輪を突き破り、氏真は突進した。

真っすぐに厭離穢土欣求浄土の文字を目指す。

（家康よ、待っていろ）

「殿をお守りせよ」

「殿を殺させるな」

いったん遠ざかっていた母衣衆と馬廻衆の声が、徐々に近づいてくる。

「殿、今しばらくお待ちを！」

あれは、鬼泰勝の声だ。

氏真は迫りくる敵を、三尺越えの長刀で薙《な》ぎ払いながら、敵中へと馬を乗りいれていく。一流といわれた馬術や剣技の鍛錬は、この日のためにあったのではないかと思えるほどだ。

まだ距離はあるが、馬上の家康も確かにこちらを見ている。

氏真の知っている家康はまだ十代の、全身が若さで漲《みなぎ》る、瑞々《みずみず》しさと生命力に溢れた男であった。今は色も濃くなり、水気が抜けた木彫りのような男がそこにいる。あの頃より頬骨が突き出た顔立ちにも苦労が滲み、

(ああ、あの男もこの九年間、戦い続けて来たのだな)

氏真の中に込み上がるものがあった。

家康も応じるように馬首をこちらに向け、歩を進めようとする。が、周囲を固めていた酒井忠次や本多忠勝《ほんだただかつ》らが引き留めた。

「敵大将の首を上げろ」

忠次が大喝する。

氏真の周りに徳川勢が芋の子のようにどっと集まり出す。氏真の馬も幾らも進まなくなった。

氏真は自分と家康の間に立ちはだかる者どもを幾人か串刺にしたが、きりがない。

「殿、これ以上は……お戻りを」

泰勝が、氏真の前に回り込み、叱責するような言い方をした。

氏真は混戦の中、もう一度家康の方を見た。家康もどこか呆然とまだ自分を見ている。

このとき――。

背後から自分と泰勝を避ける形で、鉄炮が撃たれた。氏真を守っている鉄炮隊の銃口が火を放ったのだ。

夢から覚めたように、氏真は正気に戻った。

「退却する」

馬首を返し、追いついてきた自軍の中に躍り込む。母衣衆が、馬廻衆に囲まれた氏真の盾となり、鉄炮隊が射撃をして追手の足を引き留める。

氏真はあとは振り返らずに、懸川城を目指した。

この日の決戦は、今川方が戦場を動かし、被害も徳川勢の方が多かった。

家康は仕留めそこねたが、緒戦は今川方の勝利で終わった。

三

懸川城の攻防は、この後も続いた。家康は新たに六つの付け城を築き、いっそう包囲を厳重にした。この頃には、物資を運び込もうとした北条軍が追い返されるようになっていた。それでも、攻める徳川勢にはこれといった決め手がないまま、三月にな った。力攻めでは落ちないのではないかと囁く者も出始め、実際に家康に建言した者もいた。

五日、家康はここで勝敗を決する覚悟で、総力を挙げて懸川城を攻めた。

この時も城側は打って出た。今川方の野戦の大将は朝比奈泰朝だ。氏真は城内から、戦場全体を見渡し、采配する。絶対に負けられぬ戦である。

家康は「焦れる」どころの騒ぎではなかった。懸川城を取る、取らぬは、もはや徳川家を揺るがす問題になっている。今のままでは武田にも、そして織田にも向ける顔がないだろう。

だが、家康はこの日も攻めきれず、懸川城側は大きな痛手もないまま終わった。

八日、業を煮やした家康は、とうとう氏真に対して和睦を求めてきたのである。

曰く——広忠、家康共に岡崎を取り戻すことができたのは、今川のおかげである。さらに、先代義元には烏帽子親《えぼしおや》となってもらい、今川家とは縁者にもなった。今の自分があるのは今川のおかげだと忘れたことはない。このように心ならずも敵対してしまったのは、間に讒言《ざんげん》を申す者がいたからだ——。

ひどいな、と氏真は思った。あ奴は何を言っているのだと唖然となった。人をさんざん苦しめた九年を「そんなつもりはありませんでした」と、どの面を下げて言ってきたのか。

さらに家康は、和睦を成立させ、自分に遠江をくれと言ってきたのだ。

曰く――このままでは信玄に遠江を盗られてしまう。それくらいならこの家康に渡してほしい――。

どのみちもう今川のものにはならないのだから、武田に渡すくらいなら、徳川にくれという言い分だが……。

（どこかで聞いた台詞だな）

氏真にしてみれば笑いしか出なかった。

その代わり、と家康は言う。

曰く――北条と共に武田を攻め、駿府を氏真のために取り戻してやる――。

声を上げてひとしきり笑いたいのを、氏真は抑え込んだ。

懸川城を落とすより、北条と組んで武田を駿府から追い出す方が容易《たやす》いという判断なのか。

それとも駿府を盗り返すこと自体が、そもそも口約束に過ぎぬのか。

（北条とはもう話がついているのか……それとも俺の返答次第で交渉を始めるつもりなのか）

今の段階ではわからぬことが多過ぎる。

交渉は徳川方の酒井忠次が、今川方の小倉内蔵助資久に申し入れて始まった。資久は徳川方の口上をそのまま朝比奈泰朝に伝えた。そして今、泰朝が氏真に具申している。

氏真が黙り込んでいるので、泰朝もあえて返答はせかさず、黙してじっと待ってい
る。こちらの複雑な内心をよくわかってくれているのだ。

「家康は武田と手を切るのじゃな」

氏真は確認した。泰朝は首を傾げる。

「しかとしたことは何もまだ。ただ、武田と徳川の関係はかなり悪化しているようでございます」

「欲深な信玄が、遠江にも手を出すからであろう」

信玄配下秋山虎繁《とらしげ》が遠江侵攻の動きを見せ、家康が激怒したという話を氏真は聞いている。

「それもござるが、他にも約定違反があったとかで、あのような約を違える男とは、これ以上はやっていけぬと家康が立腹しているとか。されど、直接その約を違える行いをしたのが、あの駿河を追い出された土筆の息子と、薩埵峠で今川を裏切った藤三郎（朝比奈信置《のぶおき》）めらでござるゆえ、それがしは愉快でござった」

泰朝が土筆と呼ぶのは信虎のことだ。その息子で駿河を追い出されたといえば、氏真が斬り損ねた信友のことだから、それが今になって徳川と武田の手切れを誘ったというのなら、当人の思わぬ形で氏真の役に立ってくれたということだ。確かに面白い因

縁だ。

（さて、どうするか）

元々は北条が武田も徳川も蹴散らして氏真に手を貸し、共に駿府を取り返すという話であった。そのための懸川籠城だ。だが、話がこう変わってしまったということは、それだけ北条にしてみても武田が手強かったということなのだろう。

（その手強い武田を、懸川城、ひいては遠江支配と引き換えに敵に回すというのか、家康は）

家康の思惑がどこにあろうと、氏真には自分に選択肢などないことは十分わかっている。

これは呑まざるを得ない案件だ。むしろ今の氏真にとっては、よくぞここまでと思えるほどに家康が譲歩している。

問題は北条の方だった。

（こたびの出兵の落としどころをどこに持っていくつもりでいるのか）

小田原を出てくるときはここまで武田と泥沼になるとは考えていなかったはずだ。

それは、今川があぁも簡単に薩埵山を放棄すると思っていなかったところに起因する。

これだけの損害を被ったのだから、それなりの利は手にして事態を収めねば、北条も納得しないだろう。

つまりはもうここら辺りで、北条の腹の内をきっぱりと聞いておく必要があるということだ。それを呑めるか呑めないかで、今後の行方が決まる。

自分は何を北条に差し出さねばならないのか。高い代償を払わねばならぬのは、子どもでもわかる話だ。

氏真は家康に返事をする前に、今後について北条と詳しい話を進めることにした。

「徳川には、この件が北条とどれほど詳《つまび》らかに話が進んでいるのか確かめるまでは、返答できぬと伝えておけ。また、徳川が武田と手切れになる由、あいまいな言葉ではのうて言質を取れ。駿府の件は起請文を家康が書く気でいるか確かめろ。起請文の提出が必須の条件であることは、今より伝えておけ」

「はっ」

開城の条件として提示されている駿府は、武田の手にある。懸川城を明け渡してしまえば、駿府が落ちるまで氏真の住まう場所がない。仮に駿府が徳川、北条によって奪い返されたとしても、焦土と化したまま武田は復興する様子がないと聞き及んでいたから、再建するまでの拠点が必要になる。

「内蔵助に次郎右衛門（岡部正綱）らと共に、大平の砦を戦える城に急ぎ改築させよ。北条には築城の由、伝えておけ。宛先は伊豆支配の氏規じゃ」

氏真は命じた。沼津にある今川守護領大平郷は北条の伊豆領と隣接している。伊豆は志寿の兄、氏規の支配地だ。変に警戒されぬよう、なにごとも相談しておくのが無難であった。

憂鬱な現実だが、氏規とは賤機山で顔ほどの握り飯を共に頬張った仲だ。気心が知れているのが救いである。

大平砦は、今までさほど省みられることはなかったが、武田の手に落ちていない氏真の直轄領で築城できそうな場所はそこしかない。

これから今川も自身もどうなっていくのか、氏真には先がまったく見えない。最善の手が何かもわからない。ただ、どう転んでも屈辱は免れぬだろう。そのうえで、選択を一つでも間違えば、死が待ち構えている。戦はやっている最中より、終わらせるときの方が難しい。


北条は、今後も今川に代わって武田と戦うことを約束した。徳川と共に駿府を取り返した暁には、今川のものとすることも保証した。ただし、それら支援と引き換えに、八歳になる氏政の嫡子国王丸（氏直）を養子に迎え、氏真は隠居して今川の家督を譲るよう伝えてきた。そうすることで駿河地方における武田との戦闘は、氏政が今川の家臣も掌握し、北条勢と共に指揮する腹積もりだという。

「承服できるか」

怒鳴り散らしたのは氏真ではなく泰朝だった。氏真も胸を抉られるような気分を味わったが、怒り狂う泰朝のおかげで正気がなんとか保てた。

「そっくりそのまま乗っ取るつもりだったとは」

泰朝がぎりぎりと歯ぎしりする。

「されど、国王丸には今川の血が元々流れておるゆえ、筋目は通しておる」

氏政の母が義元の妹だから、世継ぎの生まれていない氏真にしてみれば、順当な養子縁組といえなくもない。

「お屋形様に跡目がいない以上、御養子とするのはよろしかろう。なれど、お屋形様へ隠居を迫るのはどういった了見でござろう。われらはお屋形様の下知以外、承りとうござらぬ」

「わしの隠居は、この戦のけじめということであろう」

「殿がおいたわしゅうござる」

泰朝が男泣きするから、氏真から逆に肩の力が抜けた。

あれほど懸命に踏ん張ろうとした九年の結果がこれなのだ。自分さえ憤懣《ふんまん》も屈辱も呑み込めば、今川家は滅亡を免れる。

隠居か滅亡かの選択を突き付けられているのだから、答えは一つしかないではないか。

「北条に返事を致せ。氏真は承知したとな」

自分の体が真っ二つに引き裂かれるような痛みが心に走った。それでも狂ったりしそうにない自分が、氏真は不思議であった。

北条の本意はわかった。後は徳川方と開城に向けて具体的な話を詰めていかねばならない。

これらの交渉が進められる間にも、懸川城以外の今川方の城では、徳川との交戦が続けられていた。

大沢基胤の守る堀江城は、再度攻めても落ちなかったため、懸川城と同じく和議に向けての調略が始まった。徳川方が付きつけた条件は、城を開き、徳川へ仕えれば、本領を安堵《あんど》するというものだ。基胤は、主家がうなずくなら開城しようと返答し、懸川城へ今川を去る許可をいただきたいとわざわざ申し出てきた。

氏真のために今日まで四カ月の籠城に堪えてくれたのだ。感謝以外なんの言葉があろうか。

「そのほうの忠節、並ぶべきものもなく有難く思うておる。今まで大儀であった。徳川へ下ること、非難致す者がなきよう取り計らうゆえ、好きに致すがよい」

泰朝を通じ、主君としての最後の言葉を氏真は伝えた。

また、今川の動きに呼応して堀川城に立てこもった一揆勢は徳川勢に攻め落とされ、二千人が都田川の河原で首を落とされた。

五月に入って何もかも駆け足で進んだ。氏真は家康に懸川城を含む遠江の支配を譲り、代わりに駿府奪還を任せた。空約束とならぬよう、家康は氏真の要請通り起請文を用意した。

ここで、氏真は一つ我儘《わがまま》を言った。

家康に会いたい——と。

四

(わしに会いたいじゃと)

家康は眉根を寄せて氏真からの最後の要望をきいた。いったい、何のために? という疑問がまず浮かんだ。これは突っぱねてもいい要求だった。氏真も絶対にと言っているわけではない。できれば会ってみたいという程度らしい。

もし家康当人が出てくるのなら、懸川城開城に伴う和睦だけでなく、これまでのことすべてに対し、互いの行き違いを水に流したいと言ってきたのだ。

悪い話ではなかった。今度の遠江の戦で感じたことだが、氏真は存外人気がある。遠州忩劇で遠江は揺らいだから、もっとたやすく攻略できると思っていたのに、懸川城以外の城でも頑強な抵抗にあった。

　武田の調略で二十一人に離反されたときも、だれも氏真に向けて実際には弓を引かなかった。離反した部将らは戦場を離脱するに留め、氏真を謀殺しようとまではしなかった。通常では有り得ぬことだ。

　徳川家はすでに多くの今川家臣を抱えていたから、旧主氏真を粗略に扱わぬ方が、彼らの支配を容易にできる。

　会うのはかまわない。だが、戸惑いが先にくる。

　一月の戦場で迫り来た氏真の姿が脳裏に浮かんだ。もっと悲壮な風貌《ふうぼう》になっているかと思っていたが、馬上の氏真は相変わらず優雅で、あんな戦場の中でさえ所作の一つ一つが洗練されていた。

　九年間、裏切られ続けた日々を送った者にしては、容貌に何一つ辛苦が刻まれていなかった。少し年を取ったが、別れたときとほとんど変わらぬ姿がそこにあった。

　家康も手ひどい裏切りを体験した。永禄七年に発生した一向一揆に、心を許した家臣らの多くが加担したのだ。あの時の衝撃は今も忘れられない。いや、生涯忘れない。だれも信じてはならぬのだと思い知った。

　鷹匠《たかじょう》から取り立ててやった弥八郎も一揆側に付いた。身分を越えてあの男だけは盟友だと信じていただけに、足元が崩れ落ちるような気分を味わった。心が冷えると

いうのは、こういう時に使うのだろう。氏真が自分の裏切りを知って激怒していると聞いた時、「馬鹿な男よ」と思ったものだが、

（これは怒るわい）

家康の怒りも尋常ではなかった。それでも、一揆が終息したとき、家康は弥八郎を許したのだ。だのにあの男は、

「決して許されぬことを致しました。それがしにできることは、お屋形様の前から消えることのみにござります」

そう言い残し出奔《しゅっぽん》してしまった。家康は引き留めたかったが自尊心が許さなかった。

そのあと、弥八郎は松永久秀に仕え、時おり京近隣の情勢を大久保忠世《おおくぼただよ》を通じて手紙で伝えてくる。それは思いのほか、家康が世の中の動きを見誤らぬことに役立っていた。

（わしはあの一向一揆以降、面変わりしたといわれておるのに、五郎は変わらなかったのだな）

家康は氏真に訊いてみたかった。二十一人から裏切られたあと、何故まっすぐに懸川城を目指したのか。朝比奈泰朝も裏切るとは思わなかったのだろうか。

どれほど心を許し合ったように思えても、こんな時代だ。人は簡単に裏切る。泰朝を、ちらりとでも疑わなかったのだろうか。

訊けば、「絆」などという夢幻のようなものを信じたとでも答えるつもりだろうか。

そういえば、もうひとり、そんな泡沫のようなものを信じている馬鹿がいる。駿府で家康の館の隣に住んでいた北条氏規だ。氏真を攻めている最中、氏規は家康に妙な手紙を寄越してきた。

――信玄とは手を切って北条と結び、共に氏真支援に舵を切らぬか――

昔と少しも変わらず親しげで、どこか優しさのこもった手紙であった。何を馬鹿なことを言っているのだと、家康は腹立たしかった。北条と徳川の同盟を持ち掛けているのなら、もっと私情を殺した文を綴るべきで、こんな寝言のような言葉に応じられるかと、一度は知らぬふりをした。だが、効き目の遅い薬の如く、時間の経過と共に氏規の文面に家康の心はじわじわと囚われた。そして、魔が差したように「悪くない」と思ったのだ。

氏真を、あの腹立たしい男を、駿府で同じ人質だった氏規と共に助けてやるのも悪くない――。その方がよほど氏真は惨めだろう、と。

家康は氏真に会うことを決めた。

懸川城近くの寺に対面の場所を設け、互いが出向く体裁をとった。

家康が先に着いた。座敷から見える中庭には、藍や青が折り重なるように紫陽花《あじさい》が咲いていた。家康の嫌いな色だ。あれは苦しくなるくらい美しかった駿府でよく見た色だった。

近習が氏真の到着を告げ、しばらく待つと刻限ちょうどに想像通りの無駄のない所作で、氏真は所定の位置に座した。いや、以前よりずっと研ぎ澄まされている。静謐《せいひつ》という言葉がこれほど似合う男を家康は見たことがない。

氏真は確かに昔と違っていたが、こんなふうに変わったのかと、家康は胸を打たれた。北条方が氏真に付きつけた要求が徳川よりよほど厳しかっただけに、屈辱に身悶《みもだ》えしたのではないかと想像していた。卑屈になっているのではないかとも思ったし、それだけにこの会見の場では自身の卑小さを隠そうと、かつては主君だったことを家康に思い出させるような尊大な態度で臨むかもしれぬと考えていたが、それらすべてが覆された。

氏真は見事な男になったと、家康は悟った。

二人は向かい合い、しばし互いの顔を見た。氏真の姿をこうして対面で久しぶりに見た家康の中に、駿府で共に過ごした日々がどっと蘇った。自分でも思いがけぬことに、熱いものが込み上がった。

あの頃の自分は守られていたし、だれのことも侵してはいなかった。現実を何も知らず、再び三河を松平家が平定することを悲願としていた。今、ことは成ったが、ゆっくりと眠れる日など一日もない。戦国大名に仕合せなど必要ないが、駿府にいたころは仕合せだったのかもしれないと、不覚にも思わされる。振り払っても振り払ってもその考えが胸奥から這い上がってくる。

目に熱いものが滲みかけ、家康はそんな己にぞっとなった。自身の一番弱い部分を呼び覚ます氏真という男に憎悪が噴き上がりかけたそのとき、不意打ちのように氏真の目にも同じものが滲んだ。

家康はその目を凝視したが、氏真は逸らすように伏し目がちになり、

「徳川殿の許へ、我が旧家臣らがずいぶんと下っておるそうな。よろしくお頼み致す」

その流れですっと頭を下げた。

ああ、これを言うためにこの男はここへ来たのか、と家康は合点した。すべてを水に流すから、今川のものを引き継ぐなら、どうか大切にして欲しい――多くのものを奪った男に、そう託しに来たというのか。

これは重大なことだとしみじみ感じつつ、

「謹んでお引き受け致す」

家康も頭を下げた。刹那《せつな》、氏規の手紙の文面が、これまでとはまったく違う意味を持ち、鮮やかに匂った。

家康は持ってきた起請文を氏真に渡した。氏真は中身を確かめると、

「確かに。徳川殿の良き日に、城はお引き渡し致そう」

と答え、文箱に仕舞った。これで和睦は成立したのだ。

家康は酒井忠次を呼ぶと、

「御身が無事、北条方に渡るまで、この者を人質としてお預け致す」

氏真へと差し出した。

「お心遣い痛み入る」

型通りの挨拶をする。これで用件は終わった。氏真は、すっと立ち上がる。

「待たれよ。一つ……」

家康には訊きたいことがある。氏真は再び座した。

「なにか」

なぜ懸川城に入ったのか訊きたかったが、口を開いた時には家康は別のことを口走っていた。

「昔、弥八郎と三人で目指した世を覚えておられるか」

「むろん、覚えている」

「わしは今も目指しておる」

こんなことを氏真に言ってどうなるというのか。子どもじみたことをしたと家康は

後悔した。

氏真は微笑し、

「それは、見届けとうござるな」

大きくうなずいた。

これで、およそ九年ぶりの再会は終わった。

氏真は約束通り、五月十五日に懸川城を家康に明け渡し、迎えにきた氏規に導かれ、北条の船に乗って蒲原城へ移っていった。

一方の家康も、信玄が甲府に戻った隙を突き、この五月中に駿府を奪い返し、約束を守って氏真に渡したのである。

七章

一

懸川城を出た氏真と志寿は、ほとんど半年ぶりに駿府に戻り、かつて今川館のあった焼け跡に立った。

「ここが駿府……」

口にするつもりなどなかったというのに、志寿の口からつい、こぼれ出てしまった。はっと氏真の方を振り返ったが、聞こえていなかったのか、こちらは見ずに、ただただ一面の焼け野原を呆然と眺めている。

志寿の胸がきゅっと痛んだ。いったい、運命はどれほどこの人に過酷なのだろうと恨めしかった。

足利御所が絶えれば吉良が、その両方が絶えれば今川が将軍家を継ぐといわれるほどの名門に生まれ、惣領となった人。今川家断絶は免れたものの、氏真自身はすべてを北条に奪われ、今はその北条から来た妻を横に、あれほど愛した駿府の焦土に佇《たたず》んでいる。

　志寿は実家のしたことが申し訳なくて仕方がなかった。どれほど恨んでいるだろう。

だのに、その北条家に、ことあるごとに感謝の意を示しながら、指図を受けて生きていかねばならぬのだ。

　自分はもう、この男に愛される資格はないのだと志寿は思い悩んだ。だが、自分が側にいなければ、北条がどう扱うかしれないではないか。

　久しぶりに蒲原城で再会した氏政は、すっかり人が変わっていた。優しかったころの兄の姿しか知らない志寿は衝撃を受けた。自分は生木を裂くように南殿と引き離されたというのに、そのほうらは睦まじいのだな、と嫌味を言われた。

　ふつふつと氏政の全身から、氏真と志寿に対して憎しみが湧き上がっていた。父氏康の命があるから扱い自体は丁重だったが、あからさまに厄介者のような目で見られ、氏真もさぞ居心地の悪い思いをしただろう。

　志寿は何度も氏真に謝ったが、

「当然のことじゃ。於志寿が気に病むことではないぞ」

　そのたびに優しく諭された。少し前まで、自分の前では本音を語ってくれていた夫の姿はもうそこにはなかった。まるで仮面をかぶったように本心を押し隠し、「こうあるべき」という男を演じている。

志寿にはもう、氏真の心は見えなくなっていた。

氏真は何を思っているのか、志寿では入り込めぬ瓦礫《がれき》の中を無言で歩き回り始めた。ひょいひょいと巧みに残骸《ざんがい》を避け、焼け焦げて倒れた柱の上を渡る。それが舞いを舞っているかのようで、相変わらず体の軸は少しもぶれていなかった。とある場所に佇むと振り返り、「ここが於志寿の寝起きしていた場所じゃ」と言った。

氏真を焦土に立たせたすべてのものに対して、志寿の中で怒りが込み上がってきた。

「五郎様」

万感の思いで叫んだ。

こんなときに、上手く慰めることのできぬ自分を、志寿は一番憎んだ。

愛する男の横へ何とか行こうとする志寿を制し、

「待っておれ」

氏真はまるで宙に浮くことができるのではないかと思える身軽さで、戻ってきた。

泣き顔の志寿に、

「案ずるな。わしが再建してやろうほどに」

氏真は、まるで子どもをあやすように言うと、髪を撫でてくれる。

「優しくしないでくださりませ」

気が付けば、志寿は叫んでいた。どうしたのだと言いたげに氏真が目を見開く。

「どうか、冷たく扱ってくださりませ。北条の女に優しくなさらないで……」

後から後から涙が溢《あふ》れ出た。

「何を言うておるのじゃ。北条には感謝しておる。そなたのことも有難く思うておる」

「いいえ、いいえ」

「於志寿、北条がいなければわしの首は飛んでおった」

「……けれど」

「確かにわしの心は千々に乱れ、落ち着いてなどいられぬ。されど、すべて自身が選び取った道を進んだ結果ではないか。かような始末となったのは、氏真以外のだれのせいでもない。そのくらいの矜持《きょうじ》は持っておるつもりじゃ」

「はい……」

「なに、今日のことも、北条に名跡を渡したことも、薩埵山での裏切りも、いつか笑って語れる日が来よう」

この後、二人は賎機山に登った。もう二度とここからの景色は見ることが叶わぬと思ったこともあったから、感慨深く志寿は目に焼き付けるような思いで見つめた。やはりこの日も、目の覚めるような鮮やかな青色の空と、瑠璃色《るりいろ》の海が、焼け野原の向こう側に広がっている。

懐かしい景色を前に、志寿の乱れた心が少しずつ正気を取り戻していく。

氏真の手が、そんな志寿の手を包んだ。

「今日も手をつないで山を下りよう」

いつかそうした日を思い出し、ああ、あの日もやはり辛かったと志寿はこくりとうなずいた。

(そうじゃ、何があっても地獄までも、この人と共に歩んでいこうと、あのときわらわは覚悟したはずだったのじゃ)

志寿は氏真とつないだ手にきゅっと力を込める。

「のう、於志寿。改めて頼む。これからもわしと共に生きてくれ。わしの往く道は、これからもこの焦土のような途であろう。良い思いはさせてやれぬ。それでもそなたと共に往きたいのじゃ」

「なにより嬉しいお言葉でござります」

志寿は氏真の胸にそっと頰を寄せた。そんな志寿を氏真が抱きしめる。

駿河湾から渡る風が、二人を包むように吹き抜けていった。

二

氏真は沼津大平郷の大平城へ入った。戦地を通過するため、無事に入城できるよう、家康が兵を出してくれた。城に入るのは、戦える男たちだけではない。志寿と菊、それから妹の日奈とその娘の初、さらには義元の妹貴子らも一緒である。貴子の夫中御門宣綱は、懸川城籠城《ろうじょう》中に病を得て死んだ。心労が祟ったのだろう。駿府を追われていなければ、まだ生きていたかもしれない。傷心の叔母を、せめて大切に遇したいと氏真は思っている。

大平城は、東方から見ると三角握り飯のような小高い小さな山に建つように見えるが、大平山に峰続きに続く連郭式縄張りで東西に細長い。規模は小さく全長で一町余り（百二十メートル）ほどだが、賤機山城を彷彿《ほうふつ》とさせる城である。

この大平城で、今後は武田勢と対峙《たいじ》していくことになる。

ただ、今川家臣団はこれまでと違い、今川家がすでに北条国王丸の手に渡ったため、後見役を務める北条氏政の下知に従うことになる。氏真にはもう何の権限もなかった。采配出来るのは、わずかに大平城に共に入った近習のみなのだ。今後、どれほど戦えるか……。

駿府の修復作業のための奉行も、氏真が今川家臣の中から人選したものの、氏政が命ずる形をとって進められる。なにもかも今までと違って、氏真には不自由だった。

いったん、武田の力が弱まり、駿河一帯は北条の支配が強くなったものの、七月には大宮城が落城し、再び武田勢が活発に盛り返し始めた。

十月に信玄は北条領に攻め入り、小田原城を包囲した。が、北条方が籠城したまま誘い出されないとわかると、わずか四日で撤退し、翌月には再び駿河へ侵攻してきた。

それからの武田勢は破竹の勢いだ。十一月には薩埵山を占拠。十二月六日には、北条が駿河の拠点としていた蒲原城を攻め落とし、城兵一千人を全滅させた。

この知らせを大平城で受けた氏真は、改めて信玄という男に息を呑んだ。

強い。あまりに強い。

薩埵山を盗り、蒲原城を落とせば、次に狙われるのは駿府だろう。再建中の今川館は形を成しているようだったが、氏真は一度も様子を見に行ったことはなかった。あれは、国王丸のための館だ。

だが、武田が攻め寄せてくるなら、駆け付けて戦いたかった。今の氏真には、その権限もない。完全に蚊帳《かや》の外だ。

結局、北条軍は氏真にとって一年前のあの悪夢の日と同じ十二月十二日に駿河から撤退し、駿府を守っていた岡部正綱、長秋兄弟や久野宗政らは置き去りにされる形で建築途上の今川館に立て籠り、寡兵で武田と交戦した。今川の最後の意地を見せてくれた形になったが、支え切れるはずもない。最終的には正綱らは武田に降り、駿府はわずか七カ月ほどで再び武田の手に落ちた。

その後も信玄は手を緩めず、次々と城を攻め落とし、翌年の正月には駿河の旧今川領で残っているのは、元々の北条領と隣接する氏真の籠もる大平城など、駿東郡のごくわずかの城のみとなってしまった。

大平城は戦略的要衝ではなかったため、今はまだ手を付けられていないが、信玄にとって殺したい氏真がいるのだから、いつまでも無事なはずがない。

氏真は、このころから、志寿や日奈ら女たちを城から抜けさせなければと焦るようになっていた。大平城は懸川城に比べて堅牢ではなかったし、籠る人数も寡兵であった。北条方の駿河における主力が籠った蒲原城千人がみな討たれたことを思うと、大平城の運命もすでに見えているではないか。後はいかに華々しく最期を飾るか。

志寿は氏康の娘だから、北条へ返せばいい。悪いようにはしないだろう。だが、日奈と初と貴子はどうなる。志寿は優しい女だ。頼めばきっと日奈たちも連れていってくれるはずだ。

氏真は志寿と今後について話し合うことにした。それには満月の夜がいい。夫を失うことになるかもしれぬ志寿に、氏真は思い出を作ってやりたかった。

志寿の中には、氏真の第二子が宿っている。志寿の許を訪ねると、

「動きました、動きました。今、確かにお腹の中から母を蹴りました」

志寿が目を細めて氏真を手招いた。四歳になった娘の菊も、

「動いてござります」

幼い声で氏真を誘う。

「どれ」

氏真が志寿の腹に手を当てると、確かに元気のよい胎動が伝わってくる。今がどんな状況かもまるで知らず、ただ早く生まれてきたいと言いたげであった。氏真は愛おしく、腹を撫でた。

「のう、於志寿。わしの子を無事に産んでくれよ」

撫でながら頼む。

「もちろんでござります」

志寿は嬉しげに笑った。

「それにはこの城ではいろいろと不都合じゃ。わしから義父上に頼むゆえ、故郷に戻り、母君の側で産むがよかろう」

徐々に志寿の顔が強張り、笑顔が消えていく。

「けれど……」

「子らを守れるのは於志寿しかおらぬ。頼んだぞ」

「お待ちくださりませ」

「他にも頼みがあるのじゃ。伯母上や妹の日奈とその娘の初姫を、共に北条領に連れていってはもらえぬか。そなたの側においてやって欲しいのじゃ」

「五郎様！」

志寿の顔は、もはや蒼褪《あおざ》めている。

「頼む」

志寿は食い入るように氏真を見た。それから、侍女らに菊を連れてこの場を去るよう目くばせした。

二人きりになると、氏真の手を握りしめて訊く。

「殿は死ぬおつもりでございますか。今川に残ったこの最後の城で……」

「馬鹿なことを言うでない。わしは存分に武田と戦うつもりじゃ。初めから死のうなどと思うておらぬ。ただ戦うのじゃ」

されど、と言いたかったのだろう。志寿の唇の形がそんな動きを見せたが、ぐっと呑み込む。その続きの言葉があまりに恐ろしかったからだ。

されど、蒲原城の城兵を皆殺しにした武田がお相手でござります——。

志寿は項垂《うなだ》れてしまった。

「わらわも共に……」

小さな声で呟《つぶや》く。氏真は首を左右に振った。

「わしの血を継ぐ子がそなたに宿っておるのじゃぞ。のう、於志寿。あの焦土の中で共に生きてくれると約束したではないか。わしは子の中におる。於菊と生まれてくる子と共に生きよ」

「それはあまりにもずるい言いようでございます。そのように言われましては……うなずくしかないではございませぬか」

「すまぬ」

「ただ共に……それだけがわらわの願いでございます。だから、必ず迎えにくると約束してくださりませ」

「於志寿……」

氏真は戸惑った。実際は生き延びることができるとはとうてい思えない。叶わぬ約束をしてもいいものなのか。答えぬ氏真に、志寿が目の前で哀しげな顔をしている。

「五郎様は馬鹿でございます」

「なんじゃと」

「嘘でもいいから一言、必ず生きて戻ると言うてくだされば……それに縋って生きて参りますものを」

「わしはそなたには、嘘の約束に縛られるような愚かな生き方をして欲しゅうない」

志寿は小さな拳を使って、氏真の胸を叩いた。叩くたびに「馬鹿、馬鹿」と言われているようだ。それがたまらなく愛しい。

「わらわは愚か者でござります。なので一度だけ言うてはならぬことを申しても、お許しなされてくださりませ」

「うむ。言うてみよ」

「五郎様もご一緒に、小田原へは参られぬのでござりますか」

「………」

なるほど、それは言ってはならないことだった。この大平城は、焼けた駿府に入れなかったために築城した城で、対武田において戦略的な意味は何もない。伊豆半島の入り口に位置し、武田の伊豆侵攻に対する最前線といえなくもないが、近くにある北条の興国寺城に比べると、重要度に差があった。興国寺城は街道を中に通す形で造られており、要衝の城なのだ。このため、武田勢も蒲原城を落とした後、興国寺城の攻略にかかったが、持ちこたえた。

比べて大平城は、ここに氏真さえいなければ、武田にとっても取るに足らない城だった。武田が攻める理由は、氏真が在城しているという一点のみである。

そうである以上、ここに居座って討ち死にするのは、はたから見れば無駄死にに近い。だが、氏真にとっては意味のある戦いだった。もう今川の名跡は北条に渡り、家臣らへの下知の権限も失い、今川家としての戦への参加も許されていないのが、今の氏真の立場である。

その氏真が大平城に籠り、武田が喰らい付いてくるのを待っているのは、やはり信玄と一戦も交えぬままには終われないという矜持の問題なのだ。

意地のために、志寿や菊や生まれてくる子との別れを選んだというのが真実なのだ。志寿にはそれがわかっている。

氏真は志寿の体を離した。志寿は震える目で氏真を見た。口にしてしまったことを悔いている目だ。

「於志寿、わしがわしであるために、大平城は退けぬ。それを汲めぬと申すなら、離縁するほかない」

「お許しなされてくださりませ」

氏真は立ち上がった。あっ、と志寿の喉の奥が鳴った。

「付いて参れ」

氏真は志寿を建物の外へ連れ出した。この日はちょうど満月で、紺青の空に大きな黄色い円がほっこりと辺りを照らしている。こんな時でなかったら、志寿は声を上げて喜んだことだろう。

氏真は井戸端まで志寿を連れていった。志寿の戸惑いが手にとるように伝わってくる。

「於志寿、言葉を誤魔化しても仕方がない。わしは今度の籠城で死ぬやもしれぬ」

死ぬと聞いて、志寿はしばし息を詰めた。氏真は構わず続ける。

「これをそなたに進ずるゆえ、もしわしが見事討ち死にしたならば、形見とするがよい」

氏真は手ずから水を汲み上げ、先に用意してあった盥《たらい》に注いだ。張り終えて、水の揺らめきが止み、水面が凪《な》いだところで、

「覗いてみよ」

と志寿を導く。小首を傾げて覗き込んだ志寿が、

「まあ」

感嘆の声を上げた。

鏡面のような水面には、真ん丸い月がぽっかりと映し出されている。

話が終わったあとに、志寿と一緒に楽しもうと用意していたものだ。別れる前になにかできぬものかと思ったが、もう何も持たぬ氏真が志寿のためにしてやれるのは、こんなことしかなかった。

予定ではもう少し風流めいて月見と洒落込《しゃれこ》むつもりであったが、この月を志寿に渡してやりたくなったのだ。

「これをわしの形見とせよ」

志寿は困惑している。

「これなら、失くすこともない。持ち運ぶ必要もない。見たくなったら、盥に水を張ればよい。わしは奪われるだけの人生じゃった。されど、月はだれにも奪えぬ。ずっと於志寿のものじゃ」

ぽたぽたと志寿の目から雫《しずく》が落ちて、盥の中の月が揺れた。

「初めて会ったときは、賢い女であったが、於志寿はずいぶんと愚かになった。愚かにしたのはわしじゃ。さっきの言葉も、わしを助けたい一心から出たものじゃ。愛おしくも有難くも思う。されど、わしにも譲れぬものがある。我儘《わがまま》を許せ」

「はい……」

この日は二人寄り添って、飽きることなく月を眺めて過ごした。

女たちが、氏康の情けで小田原からほど近い早川に去ったのは四月のことである。氏政が三万八千の兵を率いて伊豆半島の付け根、相模と駿河の国境に位置する深沢城を包囲した。その氏政の大軍に守られる形で志寿は相模に入り、故郷小田原で十六年ぶりに父母と再会した。

一方、氏真の籠もる大平城は、五月には武田の軍勢に包囲された。

三

だれもの予想を覆がえし、氏真の大平城は三カ月経っても落ちなかった。このため、武田はいったん撤退し、矛先を伊豆の韮山城に変えた。

この隙に、今後について話し合いたいから小田原に来るようにと、氏政から氏真に要請が届いた。留守の間、大平城は後北条の祖早雲の四男、幻庵が預かるという。

氏真が小田原に出向いてみると、意外なことに氏康の病が悪化し、人事不省に陥っていた。

病快癒の祈禱《きとう》が繰り返されている。志寿も、いつもは小田原からさほど離れていない早川郷に住んでいるが、今は意識のない父親の側に、母と一緒に付き添っているということだ。氏真はまだ志寿と会わせて貰っていない。

その前に話がしたいと氏政が言う。茶室に連れていかれた。

「これからは大平城を我が手勢で守りたい」

氏政は開口一番、氏真の大平城からの撤退を申し入れてきた。大平城は氏真に残った唯一の居場所である。それまでも取り上げるのかと全身がわななきそうになった。

だが、短気は起こせない。今川の女たちの平穏は、北条の情けで保たれている。

「理由を聞かせていただいても宜しいか」

数拍の間を開けて、氏真は訊ねた。そうしながら、いつも家康がそんな答え方をしていたのを思い出した。なるほど、同じ立場にならなければ、見えぬものがたくさんある。今川は家康にはよくしてやったつもりでいた。だが、実際には、あの男にはほとんど選択肢などなかったのだ。

氏政は、さもつまらぬことを訊く男だといいたげに氏真をため息交じりに見る。

「理由も何も……ならばわしが治部大輔（氏真）どのと立場が入れ替わっておれば、治部大輔どのはこの件をいかが扱われる」

二人の立場が入れ替わっていたならば……。考えてもみなかったことだ。もし、そうなら、自分も氏政を大平城から撤退させる。今は持ちこたえていても、いずれは兵力も兵糧も尽きるのは目に見えている。そうなるとわかっていて、軍事的指揮権を委任されている身で、むざむざ先の当主を死なせるわけにはいかないではないか。

氏政は当たり前のことを言っている。氏真は、自らを恥じた。

「……承知いたした」

「案ずることはない。すでに妹のいる早川には、治部大輔どのと妹のための屋敷も普請してござる。今まで苦労なされたのだから、ゆっくり過ごされるがよろしかろう」

「何から何まで、ご厚情かたじけない」

そう答えた声が微かに震えた。

これで氏真の早川への隠居が決まった。

自分が存在している意味とはなんなのだろうと、考えても仕方のないことが頭に浮かんでくる。消えてなくなりたかった。だが、まだすべての始末がついたわけではない。今でも氏真に従う者たちがいる。

なぜか。今川の再興を夢見ているからだ。まだ希望を捨てていない。すべての者に見限られるまで、氏真から投げ出すわけにいかなかった。

それに、自分が死んでしまえば、北条に使われている今川家臣団の扱いがひどくなるのではないか。他家の下では、たいてい鉄炮玉除けとして最前線に立たされる。義元も松平勢を過酷に使っていた。

家臣らを不遇から救うため、そして元々松平のものだった地を取り返すため、家康は起った。それも今ならよくわかる。あの男は当たり前のことをしたのだと。

この日、小田原城の中で、氏真は志寿と再会した。二度ともう会えぬ覚悟で別れてから、まだ四カ月しか経っていなかったが、もうずいぶん昔のような気がした。

泣きじゃくる志寿を腕の中に包みながら、これからどう生きればいいのだろうと、氏真は途方にくれた。

秋の終わりに、氏真と志寿の子が生まれた。お世辞にも玉のような元気な男の子とはいえぬ、弱弱しい男児であった。本来なら、今川家の長男として生まれたのだから龍王丸と名付けられるところだったが、この赤子は嫡子ではない。国王丸への遠慮から、別の名を授けねばならない。

父義元の幼名を貰い、芳菊丸と名付けた。龍王丸というたいそうな名を、子どもも心に嫌がっていた氏真だが、いざ自分の長子に付けられないとなると、いろいろな感情が湧いてくる。

だが、少しでも国王丸の地位を脅かす火種は、消しておかねばならない。

冬になると、生死の境を彷徨《さまよ》っていた氏康が、奇跡的に回復した。氏真は小田原へ出向き、これまで北条が尽してくれたことに礼を述べた。

「御苦労なされたなあ」

氏康はしみじみと氏真を労わった。その言い方はおざなりではなく、心からのものに感じられた。北条に飼い殺された状態で、為す術もなく早川に閉じこもって過ごす氏真の冷えた心が、さざ波程度に揺らいだが、大きく揺さぶられることはなかった。

「いいえ。なにもかも、われらが未熟ゆえでござる。北条家には迷惑をおかけいたしました」

「婿どのを支援した北条の決断は間違うていなかったと、わしは今も思うておる。されど、我が北条の力不足で、駿河の恢復《かいふく》はならず、これからも荒野を歩む如きでござろう。まことに申し訳ない」

氏真は無言で頭を下げた。

これで舅《しゅうと》との会見は終わった。

ほとんどだれに会うこともなく、氏真は小田原城を後にした。

自分が惨めで、逃げるように早川へ戻ったのだ。

年を越し、元亀二（一五七一）年の正月を迎えた。氏真からしてみれば、迎えるはずのない正月だった。それが、今年も家族と共に新年を祝うことができたのだ。有難いと思う一方で、どこまでも据わりが悪い。

伊豆にいるはずの北条氏規が、早川まで訪ねてきた。北条家の中では、もっとも気心の知れた男である。

子ども時代に手を取り合うように過ごした志寿は、たいそう喜んで菊と芳菊丸二人の子らと一緒に兄を迎え入れた。

「どうでござろう。早川での暮らしは。何か不自由があれば遠慮のう言うてくだされよ」

氏規はまとわりつく二人の子らをあやしながら、人の良い笑顔を向ける。

「いや、十分じゃ。何もかも事足りておる」

今川を継いだ国王丸の後見は、軍事は氏政、家政は氏真が担っている。氏真と志寿が住む館は早川御奉行所、志寿は早川殿と呼ばれるようになっていた。

早川には氏真の近習たちも暮らしていたし、その家族も移り住んだ者がいる。行き場のない今川勢も頼ってきていたから、まるで今川村のような様相を呈していた。これで不満を言えば罰が当たりそうだが、氏真は息苦しかった。いくら親しいとはいえ、北条の人間である氏規に、そんな本心は吐露できない。いや、志寿からも隠すよう努めている。

「正月とはいえ、伊豆を離れても宜しいのか。信玄は伊豆をも狙《ねろ》うておるようじゃが」

「実はそこなのでござるよ。武田は相模と伊豆に近い深沢城を執拗に欲し、今も取り囲んで激しく攻めておる最中でござる」

深沢城は元々は今川の城だったが、永禄十一年の武田の駿河侵攻で奪われてしまった。それを、今年の六月に北条が取り返し、今は北条一の猛将、「地黄八幡《じきはちまん》」の二つ名で呼ばれる、常勝の将北条綱成が守備している。

「地黄八幡が守っておるなら安心であろう」

氏真の言葉に、氏規は首を横に振った。

「それが押されてござる。深沢が盗られれば、伊豆も相模も侵攻がこれまでよりずっと容易になるゆえ、我が方からすれば譲れぬ戦。兄弟総出で後詰めを致すことになり申した」

「御兄弟みな？」

「六人みなでござる」

六人とは氏政、氏照、氏規、氏忠、氏邦、氏光のことだ。

「それは壮観でござるな」

「実は兄者からそのことで言伝を頼まれておるのじゃが」

「うむ」

「治部大輔殿も御一緒なさらぬかと」

えっ、と言いたげに志寿が目を見開いた。

「出陣の要請でござるか」

「要請ではのうて、お誘いでござる」

急にどうしたというのか。氏政を筆頭に六人の兄弟がみな出陣し、その中に自分が放り込まれる状況を氏真は想像した。

これは北条勢から見ても今川勢から見ても、氏真が北条家に取り込まれたように見えるだろう。さらに、氏政から下知を受けるのだから、氏真の立ち位置を軍勢の中ではっきりと世間に示す意図があるに違いない。それはなんと残酷なやり口なのか。

「お誘い」と氏規は言ったが、これは「命令」なのだ。

「出ると伝えてくだされ」

氏真の返答に、志寿が蒼褪めたまま目を伏せた。申し訳なく思っているのだろう。

だが、没落後も生き抜くというのは、こういうことなのだ。

氏政ら北条軍後詰めは、一月十日に小田原を出陣したが、駆け付けたときにはもう深沢城は開城した後だった。信玄は城攻めに甲斐金山で坑道を掘る金鑿衆を動員し、横穴を本城外張まで掘って攻め立てたという。

氏政は後詰めの人数で、今度は武田が入った深沢城を包囲したが、三月下旬になっても落ちなかったため、退いた。

氏真はこの出兵で、氏照の次に順位付けられ、今川勢は屈辱を呑んだ。さらに信玄が氏真の悪口をさんざん書いた矢文を、綱成が籠城中に寄越していたこともあり、どこか終始晒しものになっているような感があった。

だが、ここで卑屈な様を見せれば、今でも氏真のために北条の下で戦ってくれている今川勢が、哀れではないか。終始氏真は首を真っすぐに上げ、崩れぬ態度で臨むよう気を配った。それが氏真にできるせめてもの抵抗だったのだ。

四

元亀二年十月、氏康が死んだ。

氏政は、これまでの今川と共に歩んでいく道を捨て、再び武田と同盟を結んだ。駿河は武田のものだと承認し、もう今川のために恢復する意思は微塵《みじん》もない。

今川家が大名として返り咲く道は完全に閉ざされた。北条にとって氏真の価値は皆無となり、お荷物となった。北条の庇護《ひご》下で生きていくのなら、これまでのような暮らしではなく、氏政を主君として臣従せねばならない。

氏真にしてみると、この世のどこにも行き場がない。自分ひとりならなんとでもなるが、女たちや家臣を引き連れて放浪するわけにはいかない。どれほど悔しくとも、北条の下で生きていくしかない。

（もう良いではないか。やれるだけのことはしたが、その上で及ばなかった。俺は負けたのだ。たとえ臣下に下ったとしても、北条が一門として受け入れると言うてくれておる。恵まれておると思わねばならぬ）

あれほど憎い武田と手を組んだ北条の情けで生きていくのか、ともうひとりの自分が叫んでいたが、氏真は懸命に抑え込んだ。

させるつもりか）

（ならぬ。短気を起こしてはならぬぞ。食うていくのは大変なことじゃ。みなを飢え

ぐっと己を押し殺し、数カ月生きた。北条の家臣の中には、そんな氏真をあざ笑う者もいる。

こういう状況の中、父義元の十三回忌の法要を元亀三（一五七二）年五月に行った。

その法要が済んだ日の夜、朝比奈泰朝が、

「それがしは出奔《しゅっぽん》いたす」

氏真に暇乞《いとまご》いをした。

「そうか……すまぬな。そなたなら、どこででも仕官できよう」

「もう……我が殿も、ご自身の人生を生きても宜しいのではないでしょうかのう」

「そうかのう。かまわぬであろうか」

つい、本音の一端が漏れた。泰朝はハッとした顔をした。

「もし、もしも好きに生きることができれば、殿は何を望まれるのでござろう」

「わしは……」

脳裏に家康の旗が翻った。

厭離穢土欣求浄土の文字が、氏真に迫った。懸川城を出たときに、再会した家康が言っていた。今も、三人で語り合った世を目指していると。

（そうだな。ずっと先にある望みは、あの男と同じものだ。まだ世の中を何も知らなかった時分に、純粋に求めたものだ）

だが、そんな遠い望みではなく、氏真が近い未来に求めるものは、戦いそのものであった。

「わしは、武田と戦いたい。もう一戦、せめてもう一戦じゃ」

泰朝が息を呑む。やがて、その目からぽたぽたと涙が滴った。

「殿……もうしばらく、お側にお仕えしても宜しゅうござるか」

氏真は嘆息し、目を細める。

「……好きに致せ」

泰朝の様子に、氏真は自分が間違っていたのだと気付いた。家臣らは、決して今の暮らしも、北条の下で堪える氏真の姿も望んでいない。

この日から、氏真は北条を去ることを考え始めた。

はっきりと「去ろう」と気持ちが定まったのは、この年の十月のことだ。信玄が、遠江と三河を狙い、徳川領国に侵攻し始めたのだ。

（武田と徳川が戦になる……ならば……）

徳川方に客将として参戦できないだろうか。

氏真はすぐにそんな自分の考えに笑った。なぜこんな考えが浮かんだのだろう。できるはずがないではないか。今川とは因縁の深い徳川家だ。

だが――。

氏真は泰朝を呼んで自分の中に湧き上がった考えを口にした。泰朝は驚き、

「そ、それは……」

そこで言葉を呑んだ。無理だろうと顔が言っている。

「いや、馬鹿げたことを申した……。忘れてくれ」

氏真はいったん己の考えを退けたが、やはりすぐに同じ考えに囚われる。それを何度か繰り返した。

そうこうしているうちに、徳川・織田連合軍が三方ヶ原で、武田に散々打ち負かされたという風聞を聞いた。一千人もの死者を出し、家康自身も家臣を身代わりに、新たに徳川の拠点とした浜松へと、這《ほ》う這《ほ》うの体で逃げ帰ったという。

武田軍はそのまま遠江で年を越し、引き続き家康に喰らい付く様相らしい。

氏真は再び泰朝を呼んだ。

「わしは家康の居る浜松へ参る」

「されど、今は地獄絵図さながらだとか。死にに行くようなものですぞ」

「ここで、飼い殺されるよりましであろう」

口にしてから、とうとう本音を言ってしまったと、氏真はもう後に引けないものを

感じた。

「徳川から今川が受け入れられるとは思えませぬが」

「そうとも限らぬ。わしが浜松へ参れば、今川の家臣も幾らかは集まって来よう。三方ヶ原で手勢を減らした家康は、今は人数が欲しいはずじゃ。頼みの信長もなにやら八方から攻められ、今は大掛かりな加勢は頼めぬようじゃしのう」

ううむと泰朝は呻吟《しんぎん》する。

「わかり申した。われらが使者として参りましょう。しかれど、行けば後戻りはできませぬぞ。たとえ、徳川にけんもほろろにあしらわれたとて、もう北条の庇護下にてお過ごしにはなれぬでござろうぞ」

敵対している勢力に加勢したいと連絡を取るのだから、これは「内通」に違いない。徳川に蹴られれば、ことは露見するだろう。

その時は、首が飛ぶかもしれない。

志寿の顔が浮かんだ。菊や芳菊丸の顔も浮かんだ。志寿と菊は許されようが、芳菊丸は殺されるやもしれぬ。

日奈たちは、命まではとられぬかもしれぬが、住む場所を失うだろう。

残った家臣らは、働きのよいものは、そのまま北条に取り立てられるかもしれない。だが行き場を無くす者も多いだろう。

（失敗すればみなを不幸にする。されど、動くなら今しかない）

氏真は、じっと見つめる泰朝にうなずいた。

「わかっておる」

「世間から見れば恩ある北条を裏切るのですぞ。薄情者の誹《そし》りを受けましょう。殿の人生に汚点を付けます」

「何もかも覚悟の上じゃ」

その言葉を聞いて、初めて泰朝が笑った。

「よくぞ御決意召された。殿の御決断を、ずっと待っていた者も多いことでございましょう」

「真か」

「ここまで付き従った者どもはみな、殿と同じ心でござる」

「心強いぞ」

嚙《か》み締めるように氏真は言った。

翌日、早川から朝比奈泰朝の姿が消えた。北条の領国と徳川の領国の間には、今は武田のものとなった駿河がある。泰朝はそこを越えて家康のいる浜松まで行かねばならない。果たして生きて戻れるか。戻れたとして潜伏しながらの行程に、どれほどの時間がかかるかわからない。無事に辿り着けたとして、家康が会ってくれるかもわからない。

泰朝は酒井忠次を頼ると言っていた。懸川城開城のとき、沼津に入るまでの間、徳川から人質として出された男だ。徳川第一の武将といってもいい。

頼るにはあまりに細い伝手である。忠次は会ってくれるだろうか。

だが、賽《さい》は投げられたのだ。

（頼んだぞ、泰朝）

氏真は祈るような思いだ。

泰朝が苦労をしている間、氏真にもこの早川でやるべきことがある。

まずは志寿に、自分が早川を出る決意をしたことを話さなければならない。

志寿は、氏真が話し終えるまで、黙って聞いていた。聞き終えると笑ってうなずく。

「お約束ですもの。連れていってくださいまし」

本当は志寿の仕合せを願い、「そのほうは足手まといじゃ」と、心を鬼にして冷たい言葉を浴びせるべきかもしれない。どれほど共にありたくとも、志寿にとって安全な早川に置いていくのが正解なのだろう。男として志寿のことを大切に思うのなら、そうせねばならぬのだ。

しかし――。

氏真はどこまでもこの女に誠実でありたかった。ならば……。

（今より、真の心を隠さず伝えよう）

「於志寿どの、よう聞いてくれ」

「はい」

「もう大名としての今川家は無くなってしもうた。そのほうを今川に縛るものは何もない。ここに残ってもよいのじゃぞ。されどわしは、どれほど苦労をかけようと、そなたを共に連れていきたいと思うておる。何も持たぬ男に、ここを出たとて行き場があるわけでもないこのわしに、そなたが付いてきてくれると言うのなら、止めぬ。来るか、わしと共に」

「参ります。どこまでも。もう二度と訊いてくださりますな。志寿はこの先もずっと、五郎様と共に参りますゆえ」

「うむ。約束しよう。もう二度と訊かぬ」

「嬉しゅうございます」

「されど、於志寿を連れていくのなら、やはりご挨拶せねばなるまいよ」

志寿は北条の女だ。それは妻になってもかわらない。志寿を連れ出すのなら、命を懸けて氏政に道理を通さねばならないだろう。

「わらわも参ります」

氏真の覚悟を悟った志寿が、自分も行くという。氏真が殺されれば、志寿も死ぬ気でいるのだ。今はもうそのことを止める気はない。これから先は、何もかも志寿のしたいようにさせるつもりだ。氏真はそのすべてを受け入れようと決めている。

万が一のときのために、二人の子のことは近習の鬼泰勝に頼んだ。最悪の事態になれば、泰勝が二人の子を殺すことになる。

目尻に涙をため、

「命ある限りお守りいたします」

主君の最後になるかもしれぬ頼みを、泰勝は引き受けた。

妹の日奈にも、もしかしたらここまでで終わりかもしれぬと氏真は語った。

「わしのこたびの決断のせいで、そなたら母子を巻き添えにするやもしれぬ」

日奈はどこかほっとした顔をした。

「御無事にお戻りになりますことをお祈りいたしておりますが、覚悟はできてございます。どうか兄上さま、お気になさらぬようういってらっしゃいませ」

日奈は今川のために死んでいった者たちへ毎朝、経を上げている。そのときに手にする数珠を、御仏の加護あらんことをと兄の手に渡した。氏真は、数珠を胸元に忍ばせ、志寿と共に氏政と対面した。

氏政は憂鬱《ゆううつ》そうな顔で氏真の話を聞いた。早川で大人しくしていればいいものを、なぜこの男は面倒なことを言いだし、わしを煩わせるのじゃと言いたげな顔だ。正直、氏真のことをしばらく忘れていたのではないかと思われるほど、興味なさげである。

「北条を去りたいと申されるか。……ここを出てどうなさるおつもりじゃ」

「武田と戦えればと思うてござる」

その場に控えていた近習らがざわめいた。氏政の眉間にも皺《しわ》が寄った。苛立ちが脇息に置かれた指先に出ている。

「武田と同盟を結んだ我が北条の、敵に回るおつもりか」

「いかにも。御恩ある身で申し訳ござらぬが、今川と武田の因縁をご理解くだされ」

指先の苛立ちは、怒りに変わった。手の甲に青い筋が立っている。

「ふ、ははは」

が、氏政は怒りだす前に嗤《わら》い始めた。

「武田と戦う？　昨年から今年にかけて遠江、三河に侵攻した武田がいかに破竹の勢いだったか、知らぬと見える。今川をさんざん苦しめた徳川が赤子同然に掌の上で転がされ、今はどこぞの家のように潰されようとしておる。勇ましいのは結構じゃが、今の治部大輔どのにいったい何ができるというのじゃ」

「さよう。われらにはもう武田に歯向かう力はござらぬ。ならば、木っ端微塵にされようとも、せめて一矢報いとうござる。その潰《つい》えようとしておる徳川殿の陣の片隅にでも混ぜていただき、槍を一突きでも繰り出すことができれば上々。かように取るに足らぬ男の我儘をお許しくだされ」

氏真は頭を下げた。

「徳川に参るのか」

氏政が解せぬと言いたげに呟く。

「それを家康が承知したと？」

畳みかけるように問うた。

「いえ、まだ何も」

正直に氏真が答える。

「では徳川殿が首を横に振ればいかがする。やはり行き場がないと北条に残るおつもりか」

「そこまで恥知らずではないつもりでござる。徳川殿がどうであろうと、今川家は北条を去るつもりでござる」

氏政は哄笑《こうしょう》した。

「よかろう。我が海賊衆にそこもとらを浜松へ送らせることと致そう」

意外な答えであった。

「かたじけない」

「駿府恢復を約束しておきながら、武田と手を組んだこと、今川家から見ればこれ以上ない裏切りであったろう」

それはそうともいえるが、深沢城を盗られたあの地点が分水嶺だったと氏真は思う。武田は敵に回すにはあまりに強い。

「お家大事は当然のことと心得てござる」

「……北条は力不足でござったゆえ、見限られるのも当然。お引止め致しますまい。せいぜい滅びるやもしれぬ徳川と命運を共にされよ。もっとも、その徳川が受け入れてくれようとは思えぬが」

ああ、と氏真は理解した。

氏政は殺したいほどに怒っているのだ。だが、自ら手を掛けずとも浜松に放りだせば、それが何よりの制裁になると考えている。自ら手を掛ければ、やはり北条の評判は落ちるだろう。それよりも生還の難しい地に送り出す方が、北条家の手厚さに評判も上がり、氏真への裁きにもなる。

それで構わなかった。むしろ有難かった。思いもよらぬことではないか。相模から家康のいる遠江へ陸路を取れば、駿河で武田に討たれるに違いないのだ。そのときは戦いなどと呼べるものではなく、一方的な殺戮《さつりく》の場となるだろう。それをどんな腹積もりがあったとしても海路、北条水軍で運んでくれるというのだ。

幾分ほっと肩から力の抜けた氏真に、

「しかれど、妹は置いていっていただこう」

氏政が船を出す交換条件だと言いたげに、志寿とは別れよと言う。

「われらは志寿どのも共にと……」

「ならぬ。志寿と別れたくなくば、一生を早川で大人しゅう過ごされよ。ここを出るなら、志寿は置いていかれよ。当然のけじめでござろうよ」

氏真は少し後ろに控えている志寿を振り返った。志寿も、泣きそうな縋るような、どこか諦めも滲《にじ》んだ目で氏真を見た。

「自らの意地と、女とどちらを選ばれる。わしも過去に妻を天秤にかけ、その結末が今日のお主よ」

そう言われると氏真からはぐうの音も出ない。目の前の男は今川を助けるため、最愛の妻を武田に返し、そして永遠に失ったのだ。そのあげくに得たものは、武田への敗北と今川家滅亡だった。まるで氏真は氏政にとって疫病神そのものではないか。

「妹を置いてここを出ていく気になれば、いつでも船を用意いたすゆえ、そのときにまた出直してこられるがよい」

氏政は煩げに氏真に退出を促した。

そこへ今まで黙っていた志寿が口を開く。

「わらわはここに残りとうござります。どうか兄上、船をご用意くださりませ」

「志寿……」

「五郎様、わらわはやはり残りとうなりました。ここはわらわの故郷でございますゆえ、兄上の庇護のもと、なに不自由なく生きていきとうございます」

そう言った志寿の唇が震えていた。氏真は情けないことに、志寿を置いていくとも早川に残るとも、すぐに答えることができなかった。

五

いったい、どうすればいいのか。氏政は無茶なことを言っているわけではない。むしろ氏真の方が道理を欠いている。

答えが出ないまま幾日かを無為に過ごした。答えが出ないといっても、早川に残ることは一切、考えていない。どうやって志寿も共にいくことを認めてもらえるかを、ひたすら考えている。

「どうか五郎様、わらわのことは構わずに、思う道をお進みなされませ」

志寿は努めて明るく言う。

力がないということは、こういうことなのだ。何度も思い知らされたことを、氏真

は また思った。

　だから強くならねばならなかったのだ。だから版図を広げ、力を世に示し続けなくてはならなかったのだ。

　こんな時代に正しく生きていくということはなんと難しいことか。

　しばらくして、浜松へ使いにいった泰朝が、家康からの書状を持って無事に戻ってきた。

　氏真の元を発ってから、すでに半月以上が過ぎていた。

　そこに書かれていたのは、氏真にとってあまりに意外な内容だった。

『今川様は我が旧主。どうぞ、ご遠慮召されず、いつでも我が浜松にお越しくだされ。歓待いたそう』

（いったい……あ奴はどうしたというのじゃ）

　氏真の眉間に皺が寄る。

「武田との戦はどうなった。わしは歓待してほしいのではのうて、戦に出たいのだが」

　使者となった泰朝も首をひねる。

「その件に関しては『いずれ』とのこと。しかとしたことは殿が参ってから直に話すとのことでござる」

家康の本意がどうであれ、氏真としては飛び込んでいくしかない。

「……殿、それがし、仕官を誘われ申した」

泰朝が少し言いづらそうに大変なことを告げた。

「徳川にか」

「酒井どのにでござる」

「忠次か」

「はっ」

これで幾分、合点した。泰朝が徳川への手土産となっているのだと。泰朝もそのことが十分にわかっているのだ。しかし、泰朝にとっても悪い話ではない。このまま氏真の下に仕えても明日がない。

忠次は徳川の外交を担っているし、泰朝は今川の外交を担っていた。忠次の許なら泰朝も存分に力を発揮するだろう。

「行くのじゃな」

「殿のお許しさえあれば」

「今まで大儀であった。そのほうの忠節、わしは決して忘れはせぬ」

氏真は筆を執ると、家康へ感謝の気持ちを述べ、近日中に向かうことをしたためた。それを泰朝に預ける。泰朝はそのまま忠次の配下に着くから、もうここへ戻ってくることはない。一足先に武田との戦に参戦することになるだろう。

これで問題は志寿のことだけとなった。

このごろ、母の芳の体調が優れないらしく、何度か小田原に見舞いに行っている。その姿を見るにつけ、引き離すのはかわいそうな気がした。具合の悪い母の側に付いていたいだろうとも思う。

だが、もう氏真は心に決めている。志寿を略奪すると。

この日は早川御奉行所の中庭に、いつか大平城でしたように盥に水を張り、まだ寒い季節なので体を寄せて温め合いながら、二人で如月の白い月を眺めた。眺めながら氏真は、

「わしは浜松に行く」

結論から述べた。志寿は「はい」と微笑んだ。

「そのときは、そなたを攫《さら》っていくゆえ、心づもりをしておけよ」

「えっ」

志寿は盥から目を離して氏真を見た。

「そなたが欲しいという心のままに、北条から奪うことにした。今川という衣を脱ぎ捨て丸裸になったわしが、ただ人として真に欲するのは於志寿、そなたである。これ

までに多くのものを奪われてきたが、於志寿だけは手放さぬ」

一瞬、志寿は嬉しげな顔をした。が、すぐに、

「いいえ」

首を左右に振る。

「なぜじゃ」

「なりませぬ。五郎様の人生を、かようなことで汚してはなりませぬ」

「そなたのことはわしにとっては『かようなこと』などではないわ。道理を曲げても欲しい女じゃ」

氏真はつい声を荒らげてしまった。志寿は少女のように頰を染めた。

「わらわにとっても五郎様は、さようなお方でござります」

「ならば……」

「……ですから、わらわが兄上を裏切ります。わらわが欺いて、殿の後を追って参ります」

「なんじゃと」

「兄上も殿が小田原の湊を出るときは用心いたしましょう。ですから、わらわは兄と共に殿の乗った船を湊からお見送りをいたします。その後、母上の部屋で哀しみに暮れるふりをして、船を出していただきますゆえ、必ず途中で追いつきます」

氏真は驚いた。

「御大方（芳・瑞渓院）様か」

「はい。思い切って相談してみたのでござります。母上なら我が心、きっとわかっていただけると信じて」

「見舞いに行ったときにか」

「あれは母上の仮病でござります」

「なんと……」

「それで、母上にもわらわの乗る船に乗っていただきます。さすればもう、兄には手が出せませぬ」

「では御大方様は……」

「心を合わせてくださると……この先、何があっても添い遂げるのであれば、手を貸してくださると約束してくださりました」

なんという有難さであろう。志寿の母、芳（瑞渓院）は、今川の女である。北条と手切れになったときも、実家には戻らず氏康と添い遂げた。志寿の気持ちをよくわかってくれているのだ。

だのになぜ氏政の妻南殿は、実家に戻されてしまったのだろうか。氏政は最後まで南殿との離縁を拒んだように伝え聞いている。だが、氏康が許さなかったのだと。そのとき、御大方様は、氏政と南殿の味方にはなってくれなかったのだろうか。武田に戻ってからのあまりに早い南殿の死は、傷心からくる憔悴《しょうすい》に起因しているに違いなかった。氏政を想うあまりに死んだのだ。

「御大方様に、必ずやこたびそなたをこの氏真に託してよかったと、心より思うていただくことこそが最大の御恩返しとなろう」

「はい。志寿は仕合せになりまする。五郎様の御傍で」

氏真は志寿の手を引いて、暖かい部屋へ戻った。

春浅いうちは風の向きや波の荒さのせいで船が出せぬ日が続いた。三月になって波の穏やかな時に小田原から出航となった。

徳川方の情勢はわかり辛かったが、二月に三河の野田城が落とされて以降、武田の動きが静かになり、遠江から撤兵したとの話であった。

（三方ヶ原の大勝利から年越しを遠江で行い、順当に野田城を攻め落とした勢いに乗らず、撤兵したじゃと……？）

武田の動きは奇妙であった。が、詳しいことは家康に会うまでわかりそうにない。

氏真は焦れる思いで出航を待った。

当日は快晴で、氏真と家臣らを乗せた船は、水面を滑るように動き出した。氏政は姿を現さなかったが、湊で見送る志寿の周囲には厳重に見張りが置かれた。

もし脱出が失敗すれば、これが永久の別れとなろうが、氏真は志寿は必ずやくると信じている。不安はなかった。

出航したその日の夜、氏真一行を乗せた船は下田に停泊した。船酔いした日奈と初の看病をしていると、鬼泰勝が船室に飛び込んでくる。北条の船がもう一艘、湊に滑り込んできたことを告げた。

「来たか」

報せを受けて甲板に飛び出した氏真の目に、かざされた幾つもの灯りの中に佇む二人の女人の姿が、鮮やかに浮かび上がった。志寿とその母、芳だ。光に包まれ、まるで観音菩薩《ぼさつ》のようだ。いや、これまでもずっと志寿はそうだった。懸川城でぼろを着ていた時でさえ、氏真にとって菩薩であった。慈愛の女だ。ただ側にいて、有りのままの氏真を受け入れてくれた。それがどれだけ力になったことか。

二艘の船は接舷された。氏真は舷側の楯板を外して前に倒し、二つの船の間に橋を渡した。

自ら志寿のいる船へ、跳ぶように乗り込んだ。駆け寄って抱きしめたかったが、御大方様の眼前でそれは憚《はばか》られる。

「まことかたじけのうござる」

まずは芳に、氏真は心より礼を述べた。

「よいのです。お屋形様も最後は納得してくだされました」

芳の言葉に氏真は目を見開く。

「まこと、北条殿から許しが出たのでございますか」

「そう、今川が北条を去るからというて志寿を北条にとどめるのならば、今川の女であるわらわは今川に戻りましょうかと申したら、認めてくださりました」

「申し訳ございませぬ」

自分のせいでそんなきつい言葉を口にさせてしまったことを、氏真は詫びた。

「お屋形様が武田と同盟を結ばれてなお、早川という安全な地を出ていこうとせぬ治部大輔（氏真）様を、わらわは残念に思うておりました。こたび、武田と刃を交えるためとのこと、わらわからも礼を申します」

船から船へ移るのは、女の足では危ないゆえと、氏真は志寿を抱きかかえる。

「下ろしてくださりませ。足は丈夫な方でございます」

志寿は身を捩《よじ》ったが、

「暴れると落ちるぞ」

窘《たしな》めると静かになった。代わりにぎゅっと氏真の首に手を回す。この確かな感触が愛おしかった。

「では」

芳に頭を下げ、氏真はみなのいる船に志寿ごと戻った。

帰っていく芳の乗った光の玉のような船を、氏真と志寿は寄り添って見えなくなるまで見送った。

翌朝、明日をも知れぬ運命を携えて、旭光に輝く海面を徳川領目指し、二人は滑り出していった。

八　章

一

浜松に着くと家康が気持ちの悪いほどの歓待ぶりで、

「よくぞ参られた」

と酒宴まで開いてくれた。

だからといって、本当に歓迎しているかはわからない。家康が個人的に氏真と話すことは決してなかったからだ。ただ、酒宴のときは、「今川殿、今川殿」と大切に持ち上げてくれた。

（これは……）

自分は試されているに違いないと氏真は訝《いぶか》しんだ。家康がこういう態度だからといって、少しでも旧主ぶってみせれば、手痛い結果が待っているやもしれぬ。必要以上に卑屈になることはないが、言動には細心の注意を払わねばならない。

「常に謝意を示し、礼節を欠いたことだけはしてはならぬ」

引き連れてきた家臣らにも十分に言い聞かせた。

あれほど求めた武田との戦は、しばらくできそうになかった。武田が遠江・三河への侵攻を止めて、今は国境の辺りで攻防を繰り返しているだけとなっていたからだ。

信玄が死んだのではないか――と噂では言われている。真偽のほどはまだわからぬが、兵を退けた理由が信玄の体調不良なのは間違いないようだ。

空が高くなる時節には、武田方は否定していたが、信玄の死はこの浜松では周知のこととなっていた。

(死んだ……あ奴は死んだのか……)

なんと拍子抜けする話ではないか。やっとの思いで北条領を飛び出してみれば、もう信玄はいないのだ。

それにしてもやはり武田信玄という男は只者ではなかったのだ。

たかが信玄ひとりが死んだだけで、天下の様相もがらりと変わりつつあった。

今川が武田に侵攻された同じ年、前年から天下布武を掲げていた織田信長が、足利義昭を十五代将軍に擁立し、上洛して就任させた。そもそも、この年に武田が徳川と手を結び、今川領を侵したのは、上洛に向けて信長が裏で画策したからだとも言われている。背後の憂いを、今川家を蹂躙《じゅうりん》させることで払ったのだ――と。

だが、義昭は後見人となった信長を嫌い、反信長勢力を呼応させるべく各所に御内書を下した。元々反信長だった者たちと義昭の呼びかけで起った者たちが、次々と信長に襲い掛かる状況が数年続いた。

信長と敵対したのは、朝倉、浅井、六角、三好三人衆、荒木、本願寺、比叡山延暦寺、伊勢長島願証寺、雑賀衆、篠原……など、挙げきれぬ数だが、これに武田と北条が加わり、三方ヶ原の戦いによる徳川・織田連合軍の惨敗が起こったのだ。

氏政が、徳川を頼りたいと伝えた氏真を嘲笑《あざわら》ったように、武田が西上を果たせば信長も危ないという見方が、このころにははびこっていた。将軍義昭も武田の進撃に呼応し、信長征討に向けて兵を挙げた。

氏真自身、織田と運命を共にしようとしている徳川の領国が、安全と思い浜松に来たわけではない。

だが、どうやら信玄は死んだらしく、武田の様子がおかしくなって以降、信長の攻勢が止まらない。七月には将軍を京から追い出し、三好三人衆の最後のひとり、石成《いわなり》友通《ともみち》の籠《こ》もる淀城を落として京を平定した。ここにおいて信長は一大名ではなく、諸大名に号令しうる立場となったのだ。信長はまず、元亀を天正へと改元した。

勢いに乗った信長は翌月には朝倉と浅井を滅ぼした。怒濤《どとう》のようにこれらのことはごく短期間の内に起こり、京に近い大名から順に、信長に屈服するのか逆らうのかという選択を迫られ始めている。

徳川家はもう長い間、織田家とは同盟関係にあったが、臣従という立場を強く意識せざるを得なくなってきている。信長が最初に義昭を連れて上洛した折から、じわじわと関係に変化は生じていたのだが、ここにおいてはっきりと、何もかも格下として従わねば、通らなくなった。

その影響は氏真の身にも降りかかった。今川家の家宝の一つ、〝千鳥の香炉〟を信長が所望してきたのだ。

まずはその事実を、氏真は伊勢の大湊を拠点にしている角屋七郎次郎秀持から聞いた。

十一月のことだ。かねてから氏真が角屋に預けていた茶道具を、「買い取りたいから差し出せ」と信長が命じてきたという。よもや持ち主に何も告げずに差し出すわけにもいかず、さりとて逆らうことなど思いもよらず、角屋は苦し紛れに茶道具はとっくに氏真に返したと返答し、慌てて主人の七郎次郎が預かった品を抱えて浜松にやってきたというわけだ。

氏真は久しぶりに千鳥の香炉と対面した。円筒型の香炉は、高さ二寸強、口径三寸強。置いた時に円筒の底が地に付くのであって、周囲に配置された三本の足は浮きあがっているのが特徴だ。蓋《ふた》に止まる千鳥は、今にも可愛らしい声を上げて鳴きだしそうなほど、生命の息吹が感じられる温かみのある姿をしていた。

一見よくある青磁の色だが、光の当て方ひとつであらゆる青に変化する。その様が賤機山から見る幾種類もの青を彷彿《ほうふつ》とさせ、氏真にしてみれば、駿府の青が凝縮された香炉である。父の形見であり、故郷そのものであった。

それを信長が寄越せと言う。

角屋が帰った後、氏真は妹の日奈にだけこのことを話した。

「この香炉は、今川にとっては格別のものでございますのに。あんな父の仇に渡すくらいなら、壊してしまった方がましでござります」

日奈は悔しげに唇をわななかせた。

それもいいかもしれぬ、と氏真は思う。とっくに壊れてしまったと返事をしても、信長には真偽を質すことができようか。だが、これほど見事なものを、自分の手で壊せるはずもない。愛してきた分、この香炉を作った者への敬慕の念がある。生み出してくれたことへの有難さもある。

「日奈よ、かような見事な工芸品は、自身の手に収めたとして、我が物になったわけではないのじゃ。これは今、わしが預かっているに過ぎぬ品じゃ。手にした者は、存分にその物を愛で、なるべく作られた時のままの姿で次の者の手に渡すのが務めである。それができぬ者は、代々受け継がれるほどの名品を手にする権利はないのじゃぞ」

その気持ちがあればこそ、商人に預けていた品だ。戦国の世で何がどうなるかわからぬから、武田と緊迫した折に信用できる者に預けておいた。今川の宝のほとんどが灰になり、武田の軍勢に踏み荒らされた中、無事であったのは奇跡である。それはこの香炉自体の運の力であり、定めである。

「正式に申し出があれば、くれてやろう」

日奈は唇をかみしめ、濡れた目元を隠した。

「兄上様がそうおっしゃるのなら……」

「のう、於日奈、これは父上の形見じゃが、わしから見ればそのほうも父上の形見である。そなたから見れば、わしが父上の形見じゃ」

「兄上様！」

しがみついて肩を震わせる妹を、氏真はしばらく抱きしめていた。

香炉の件は、家康を通じて信長から、「買い取るから寄越せ」と氏真に言い渡された。もちろん氏真は、信長から金を受け取るつもりはない。

浜松城の対面の間に呼ばれた氏真を前に、家康は信長のことを「上様」と呼んだ。信長が広くみなにそう呼ばれるようになるのはもっと先だが、家康はこの時点ですでに呼んでいた。

「上様が、千鳥の香炉を欲しておられる」

命じられた以上、なんとしても届けねばならないのだと、気難しげに歪んだ家康の顔が語っていた。今の織田と徳川の力関係を、その苦悶《くもん》の表情がすべて物語っている。すんなり氏真が承知するはずがないと思っているのだ。それをぜひにと言い聞かせねばならなかったし、渡さねば命に関わると思い知らせる必要もあるのだから、家康の心中は察してあまりある。

「承知いたした。明日にでもお持ちいたそう」

だから、逡巡《しゅんじゅん》なく氏真がそう答えたときの、家康の安堵《あんど》の顔には、なんともいえないものがあった。

（この顔が見られただけでよしとしよう）

翌日、氏真が再び浜松城に登城し、家康と控える者たちの前で中身の確認のために香炉を取り出して見せると、その場が感嘆の声に包まれた。

家康だけが、これは――という顔をしたのは、やはり駿府の青を思い出したからではなかろうか。ずいぶん長い時間、家康は香炉の前で沈黙し、やがて氏真の目を見、

「これをお渡しくださるか」

唸るように言った。

家康が香炉の中に在りし日の今川の駿府を見たのだと確信した氏真は、

（十分じゃ）

家宝を手放す代価としては十分なものを受け取ったと感じ入った。

満たされた氏真は心のままに微笑し、

「もちろんでござる」

時の権力者へ千鳥の香炉を差し出したのだ。

この香炉は信長の手に渡った後、その死後に秀吉のものとなり、家康のものとなった。家康は死ぬまで、この泣きたくなるほど青い香炉を傍に置いた。

氏真から千鳥の香炉を受け取った家康は、すぐに信長の元へと送り届けた。

翌年の春、信長は正倉院の蘭奢待《らんじゃたい》を欲して天皇の勅命をもって切り取り、さっそく千鳥の香炉で焚《た》いたらしい。

二

天正二年。勝頼が動いた。

昨年は動きの鈍かった武田が、打って変わって攻勢に転じ、美濃の明知城を落としたのを皮切りに、信長方の城を十八城も次々と陥落させた。六月には、遠江にある徳川方の高天神城を落とし、浜松をとらえる勢いだ。城下はたちまち緊迫した。

九月には二万の軍勢で浜松城東方に流れる天竜川まで迫った。家康も七千の軍勢を率い、小天竜川（現馬込川）に布陣した。両者、そのまま睨《にら》み合う。

このとき、氏真も参陣を願い出たが、家康は首を縦に振らなかった。武田との戦は、織田との連合になるから、信長に許しを得て欲しいというのが理由である。家康の信長への気の遣いようが知れるというものだ。

九月は睨み合っただけで勝頼が兵を引いた。だが、武田の前線がこの一年でぐっと徳川領と織田領を圧迫した。このまま手をこまねいていれば、領国を武田に削り取られていくだろう。勢いのある武田が、次にいつまた侵攻してくるかしれない。決戦は近い、とみて間違いない。

ぐずぐずしている時間はない。武田と戦いたければ、氏真のやるべきことは一つである。

――信長の許しを得る。

信長に会って参陣を願い出るのであるから、これは臣従を意味する。今川家としては大きな決断だった。かつて父を討ち取り、戦国大名としての今川家滅亡の切っ掛けを作った織田の惣領に跪《ひざまず》くのだ。そこまでして武田と戦う必要があるのか、と問われれば……氏真には「ある」としか答えようがない。互いに戦を仕掛け合い、時の運で負けた織田にはわだかまりこそあれ、恨みはない。だが、同盟国であったにも拘わらず薄汚い我欲に走り、三国の絆を打ち切ってまで故国を蹂躙した武田だけは許せない。

（織田は父の喧嘩よ。武田は俺の喧嘩じゃ）

家康に相談すると、

「それは誰にとっても良きことでござる。よくぞ決意された」

こちらが言い出すのを待っていたのだとわかる顔でうなずいた。

（命じることもできたろうに、俺の気持ちを慮ってくれたのか……）

氏真は家康という男に敵わぬものを感じた。自然と頭が下がる。永禄三年以降、この男に攻められて苦しかった時期を思い起こし、自分がこれほどの男と戦ったのは、せめてものことに思われた。相手が家康で良かったと心から思えた。

すると……。

「五郎どの、少し語り合わぬか」

家康が初めて昔馴染《むかしなじ》みとして二人きりで話をしようと誘ってきたのだ。家康は小姓らを少し離して従わせながら、城内の櫓《やぐら》に氏真を誘った。二人は浜松を見晴らしながら、久しぶりに語り合った。

二人きりになると、「信長は」と家康は信長のことを呼んだ。口調も変えた。それは、本音で語ろうという合図であった。

「信長は天下静謐《せいひつ》を掲げ、将軍を擁立した。天下が鎮まるなら、頭上に将軍を掲げることは厭《いと》わなんだ。されど、あの将軍は自ら乱を欲したゆえ、追放と相成った。信長は『天正』と改元することに拘ったが、これは老子の『静謐は天下の正たり』からきている。つまりは、天下泰平を目指しているのだ」

「天下泰平……」

「天下泰平を勝ち取るための戦いの日々が、すなわち天正である」

天下泰平は氏真自身が望む世であっただけに、信長が目指す世が同じであると言われ、自分の素の部分で一番柔らかいところを、錆びた刃物でぐりぐりと抉られているような痛みを氏真は覚えた。

(俺の望む世は、今川の滅亡の上に栄えるというのか)

家康は続ける。

「天下泰平の成就のためなら、自身が頂点に立つことも信長は厭うておらぬ。この意味が、五郎にはわかるか」

家康は氏真を五郎と呼び捨てた。蔑《さげす》んだわけではなく、身分を越えて話をしようと、氏真に呼び掛けているのだ。

「つまり自身の立ち位置なぞ関係なく、さような世を望むということか」

望む世が第一であるため、足利将軍家の下に大願成就されるのであればそれで良いが、そうでなければ将軍家を滅することも躊躇《ためら》わないということなのだろう。

家康はうなずく。

「俺は、永禄三年の桶狭間での戦いの後、土民に追われて命を落としかけた。惨めな死を避けるため、先祖の墓の前で腹を切ろうとし、我が松平の菩提寺の和尚に止められた。『一度、死んだものと定め、これからの生は世のことに尽くさぬか』と諭されたのじゃ。それで『厭離穢土、欣求浄土』の旗を掲げた。信長と俺は目指すところが同じである。そして俺も、かような世が成れば、それが誰の手によるものであろうと、誰が世を治めようとかまわぬゆえ、信長に従うておる。五郎はどうじゃ。昔、同じ世を望んだであろう」

「むろん今も望んでいるが、次郎三郎のようにそこに向けて何一つやってはこなかった。今川のためだけに生きてきた俺に、こうして共に語ることが許されようか」

「俺もまだ家を保つことに必死で、何ほどのこともできてはおらぬ。されど、今までどうしてきたかではなく、これからどうしていくかが大事であろう」

「信長に会って、身の振り方を決めよと」

「信長に仕えるか、この家康に仕えるか、野に下るか。むろん、何もせぬというのであれば、それも良い。そのときはいつまでも俺の客人として遇するゆえ、一生を家康の庇護《ひご》の許、過ごせばよい」

「なぜそこまでしてくれる」

「今川には恩がある」

「いや、それは違う。俺も次郎三郎にはよくしてやったつもりでいた時期もある。思い上がりであった。北条を出る直前の俺の境遇は、今川にいたころの次郎三郎によく似ていたと思う。一門として認められ、衣食住の不自由はなく、よくしてもらったと感謝している。だが、結局は押さえ込まれた状況で、何一つ自身で選ぶことのできぬ息苦しさはどうだ。次郎三郎の気持ちなど、まるでわかっていなかったのに、立場を超えて友のつもりでいた。愚かゆえ、自身がその境遇にならねばわからなかった。今は自分を恥ずかしく思うている。恩は感じなくていい」

「そうだな。五郎の言うように鬱々《うつうつ》としたものを抱えていたのも確かだ。だが、不思議なもので、時が経つほどに、あの頃のことは良いことしか思い出せぬのだ。一流の学問さえ施してもらい、太守（義元）には大切にしていただいたと、今ならよくわかる」

「かたじけない言葉だ」

「さきほどの答えだが、『恩がある』で駄目なら、『友だから』でよいではないか」

　こんな何も持たなくなった男に、なんと有難いことを言ってくれるのか。氏真は言葉に詰まった。

少し長くなるが聞いてくれ、と家康は断ってから語り出した。

「友などという言葉は、犬にでも食わせておけばよいと思うたころもあった。懸川城を攻めた折、助五郎（氏規）に共に五郎に手を貸そうと諭された。馬鹿なことを言うと嘲《あざけ》った。お気軽な男だと呆れたものだ。されど、助五郎は切実な思いでそう言ったのだと今ならわかる。こんな時代だからこそ――あいつはそうありたいと思うていたのだ。俺もこんな時代だからこそ、お前やあいつとの仲を生涯貫きたいものだ。身の振り方はどれを選んでも力を貸そう。ゆっくり京で考えてくるといい」

「……まことかたじけない」

家康は、ただちに氏真の意向を信長へと伝えた。返事はすぐにあった。来年の三月に養女を二条昭実に嫁がせるため上洛するから、それに合わせて京まで出てくれば会おうという。

天正三年一月十三日に志寿に見送られ、氏真は京へ――信長の許へ向かって出立した。

供の者には長年仕えてくれている鬼泰勝を選び、轡《くつわ》を並べた。徒歩の者も六人、従えている。自分ひとりの旅でかまわなかったが、泰勝が許さなかった。

「じいみたいにうるさい奴じゃな。ひとりでも危ないことなぞあるものか。わしは強いぞ」

とからかうと、

「そういう心配はしておりませぬ。供もつけずに信長に会うおつもりですか。殿が馬鹿にされるのは我慢なりませぬ。それに旅のお荷物はだれが持つのです。毎日の御着替えはだれが世話をするのです」

こめかみを震わせて大真面目に怒るのだ。もう大名ではないのだから、着物もひとりで着ればいいし、荷物くらい自分で持ってもかまわぬだろうと内心思いつつ、

「呼び捨てなのじゃな」

氏真はくすりと笑った。

「は？」

「信長のことじゃ」

「それはもう」

この男ももう齢二十九になる。十歳くらいから氏真に仕え、三男だから家督も継げずに自分の側で近習をいつまでもやっているのだ。長兄は懸川城の戦いで討ち死にし、次兄は義元に命じられたまま今も愚直に北条氏規に仕えている。長兄の妻と二人の子らは武田に人質に取られてしまった。それを金を積んで交渉し、なんとか嫡子だけは

朝比奈家を継ぐために取り戻した。が、あとひとりは今となっては生死も知れない。

（一族の離散は、みなわしの不甲斐なさが招いたものじゃ）

何があっても氏真に付き従い、今でも離れない者たちの中には、泰勝のような者がたくさんいる。離れがたいが、そろそろ自分だけでなく家臣らの身の振り方も、何とかしてやらねばならなかった。武田との戦に参陣したいのは、何も武田憎しだけではないのだ。何とか手柄を立て、少しでも良い条件で新しい仕官先を世話してやりたいではないか。

途中、信長が造りかけている道を通った。

広さ三間の道が、どこまでも平らに小さな石まで取り払われてずっと先まで続いている。近くの者が水を撒いて塵《ちり》を掃き、道を整えているのだという。随所にあった関所もなくなり、川にはところどころ、これまでになかった舟橋が架かっていた。ずいぶんと駒を進めやすい。まだところどころに過ぎないし、試しにやってみて改善すべき点も多いのだろうが、いずれは力の及ぶ範囲のすべての道を整備する気でいるのかもしれない。

「泰勝、そのほう、どう思った」

氏真に訊ねられ、

「見事でございます」

泰勝が顔をしかめながら褒める。素晴らしい、と思うほどに悔しいのだろう。

「わしは、時代が少しずつではあるが動いているのを感じたぞ」

「時代……でございまするか。動いているのは時代ではのうて、巨額な銭でございましょう」

「身も蓋《ふた》もないな。それはそうなのだが、その銭を惜しげもなくひとりの男が動かせるというのは、これまでになかったことであろう」

「そうでございますね。尽きぬ銭がございれば、間髪を容れずに次々と戦ができまする。国盗りには有利でござるなあ」

織田家は、元々湊に接した鳥居前町であり商業地区である津島と熱田を押さえていたため、懐事情は裕福であった。それに加えて京に上ると同時に商業自治区の堺を押さえ、早々に生野銀山にも手をつけた。銭があれば幾らでも武器も人も戦場に供給できる。こういう道の整備もできる。沿道に住む民衆にも金が落ちるから人気も出る。

氏真は商業で富んだ今川の出であるから、金の動きには敏い方だ。だから、この道の整備の意義はよくわかった。

信長によって大きな金の流れができることだろう。それに伴い天下も大きく動いていく。

まだ始まったばかりのこの事業は、これまでにない日本の姿を予想させる。そう説

明すると、

「しかれど、殿が信長めを認めているかのような言いようが、無礼を承知で申せば、われらは腹立たしゅうございます」

泰勝がむっとした顔で文句を言った。氏真は、はっはっと笑う。

「これは信長の光の部分じゃな。ならば、闇の部分も見て参ろうか」

氏真はわざと比叡山焼き討ちの跡を通った。

かつては宿坊が並び立ち、人々が賑《にぎ》やかに集う町があり、商人も行きかっていたに違いない。それらすべてが廃墟と化して、復興へ向けて何一つ手がつけられていない。

「どうじゃ」

また泰勝に感想を訊く。

「ひどいものでございます。かつての繁栄の欠片《かけら》も見ることができませぬ」

焼けた駿府も同じであった、とは氏真は泰勝には言わなかった。代わりに「うむ」とうなずく。

「つまりは、あの素晴らしい道の陰には、かような犠牲があるということじゃ」

「必要な犠牲でございますか」

泰勝は純粋に目の前の光景のことを言っていたが、氏真の中には駿府の焦土がある。駿府は必要な犠牲だったのか。

「……新しいものが生まれる前に、古いものは壊されねばならぬ」

自分は壊される側の人間だった。血を流さねばならぬ側の男であった。それを自ら口にするのは自虐的な痛みを伴うが、一度すべてを認めてしまわねば前に進めない。

一方の泰勝は怪訝《けげん》な顔をした。

「新しい世の前に？」

それは何だと言いたげだ。

「信玄が死んで以降、信長を渦の中心に、天下は変わりつつあるとは思わぬか。もっともまだ兆し程度ではあるが。ならば、まだまだこれからも、多くの命が散るのであろうな」

今川の血だけでは足りぬ。浅井、朝倉の血でも足りぬ。比叡山の僧徒や長島の一向衆徒の血でもまるで足りぬ。もっと多くの血と犠牲がこれからも続く。

「新しい世は必要でござりましょうか」

泰勝は反発した。

「必要か不要かではのうて、どれだけの者がどれほどそれを望むかであろう。多くの者が望み始めると、世はそちらの方角に舵を切るものじゃ。それが時流というものじゃ。信長は時流に乗っておる。ゆえに強い」

泰勝の眉間に皺《しわ》が寄った。

「殿は信長が好きなのでござりますか」

「もちろん嫌っておるわいな」

こうして氏真らは一月下旬には京へ入り、信長の家臣に宿所を知らせ、三月を待った。その間にずいぶんと名所を巡った。泉涌寺に務める伯父象耳泉奘にも会った。義元の一歳違いの兄にあたる。

氏真は、家を潰したことをまずは詫びた。

「何かを失った者は、自身を見失いさえせねば、それに見合った何かを得るものでございます。それが世の習いでござればのう」

泉奘は、穏やかに氏真を諭した。それから少し父義元の話をした。

「梅岳承芳を名乗っていた義元は、漢詩が好きな子で、はじめは建仁寺で修行していたのだが、漢字を並べてはああでもない、こうでもないと一日中思案にふけっているものだから、とうとう雪斎どのに叱られ、もう少し修行の厳しい妙心寺に移されてしまいました」

氏真は驚いた。自分も和歌が好きで、もし許されるなら、一日中和歌について学んでいたいほどである。子どもの時分は我慢が利かず、

「楽しみはご自身の務めが終わったあとにやるものでございます」

そう雪斎に叱られたことがあった。

氏真の中でぐっと父が身近に感じられた。今ならわかる。自分と父は似た者同士だったのだ。なぜもっと語り合わなかったのかと悔やまれる。いつも氏真は自分は異端児だと思って生きてきた。父は家康のような子が欲しかったに違いないと。見捨てられぬよう、いつもこうあるべきという自分を、演じて生きてきた。父もそうしてきたのかもしれない。

家督を継ぐことになるなどつゆ知らず、無邪気に好きなことに没頭した十代前半の父の姿が目に浮かぶようだ。そのまま駿河に呼び戻されたりせずに、僧として過ごした方が、よほど性に合っていたのではなかろうか。可哀そうに、連れ戻されて大名になどされてしまい、あげく四十二歳で死んだのだ。

「父は、駿河には行きたくなかったのではありませぬか」

何を思って京を発ったか、泉奘なら知っているかもしれないと話題を振ってみると、思いもしない言葉が伯父の口から飛び出した。

「そうでございますな。今ならもう話してもかまわぬでしょう。弟は、『天下静謐』を胸に秘め、今川家を潰してしまうかもしれぬ覚悟の許、駿河入りをしたのです」

なんだって、と氏真は瞠目《どうもく》した。「天下静謐」は信長が掲げた言葉ではなかったか。

「まことでござりますか。父が『天下静謐』を……」

あまりのことに、氏真の声は掠れた。

「さよう。京は当時荒れ果ててござりました。騒乱は、人を餓鬼の姿に変えてしまいます。なぜかように人の世に地獄が生まれ出でているのかと弟は嘆き、本来人間界にあるはずのない地獄がこの世に生まれるなら、同じく人間界にあるはずのない極楽が生まれてもよいだろうと言うて、まずは今川を手中にし、何物にも侵されぬよう強く大きく育て、その兵でもってこの国中の騒乱を治めようと大願を立てたのです。いずれはこの京に、武をもって武を鎮めるために戻ってくると言うてのう」

泉奘は、文箱を取り出すと幾つかの手紙を氏真に見せた。みな父義元から送られたもので、それには子の氏真が自分と同じように争いのない世を欲していることを、頼もしく感じていると書かれてあった。氏真は雷に打たれたような衝撃を受け、幾度もその箇所を読み返した。

やがて涙に滲《にじ》んで文字がまともに読めなくなった。

父にそんな話をしたことはなかった。だが、なにもかも知っていたということか。その上で、認めてくれていただけでなく、頼もしくも感じてくれていたなど、この日まで思いもしなかった。

『氏真は今川家だけに限らず、この義元の真の跡継ぎで御座候由、家督を譲り申し候』と認められている。

父の気持ちを初めて知った。なぜ、生きているうちに、教えてくれなかったのか。

（俺が心を隠して生きていたからだ。おそらく父は、俺が心を明かすのを待っていたのだろう）

もし、父としっかり語り合えていれば、今川の歴史はもっと違ったものになっていたに違いない。

（もう過ぎたことだ……されど知れてよかった）

氏真は伯父に礼を述べ、泉涌寺を後にした。

父を偲びたくなり、日を改めて義元が昔過ごした妙心寺を訪ねた。この日は雨が降っている。

境内に佇《たたず》むと、春雨に濡れて霞む山桜が目をさす。かつて父も見たのだろうか。雨に打たれ、早咲きの花が次々と散り落ちていく中、今から咲く花は恵みとばかりにふっくらとつぼみをふるわせている。雨の中討たれた父と、そこから台頭した信長のようではないか。

討つ者と討たれる者、互いに知らぬまま同じ世を目指していたというのか。

氏真は網笠を投げ捨て、己もしとど雨に濡れた。

信長から呼び出しがあったのは、三月十六日になってからだ。

三

これが信長か……と相国寺の庭にある東屋に案内されて対面した氏真は、ついまともに視線を合わせて見てしまった。向こうもこちらを、これが氏真か……と思いつつ見ているに違いない。

（何故、東屋なのか……）

座敷と違ってここは信長との間が近すぎる。荒くすれば鼻息がかかりそうではないか。

噂で聞いていた通り、信長は瓜実顔の涼やかで整った顔立ちをしている。一見華奢《きゃしゃ》に見える体は、よくよく見ると鍛え上げられ、筋の出方や肉の付き方から、武芸の腕前も名人とまではいかずとも、かなりの域に達していそうであった。

型通りの挨拶をするために口を開きかけた氏真に、

「うつけだそうな」

開口一番。男にしては高めの声だ。

氏真はうなずいた。

「名家をひとつ潰すくらいには、うつけでございます」

「予は大うつけだが、家は潰さぬ。して、風流踊りは踊ったか」

「いえ」

「予は踊った」

「敦盛も舞われたそうな」

ふむ、と信長の表情が動いた。敦盛は、桶狭間の戦いの出陣前に信長が舞ったことで有名だ。

「見たいか」

「見せていただけるのでござりまするか」

「高くつくぞ」

「この氏真にいかなる代価をお望みか」

「日本一の蹴鞠《けまり》を望む」

信長が立ち上がったので続こうとする氏真を扇で制し、

「四日後に名人と評判の者どもを集めるゆえ、披露せよ」

返事は聞かず、敦盛を舞い始めた。自ら朗とした声で謡う。

「人間五十年、化天の内をくらぶれば」

氏真も唱和した。

「夢幻の如くなり。ひとたび生を享《う》け、滅せぬもののあるべきか」

一カ所、ふたりの声が重ならない箇所があった。氏真は「享け」と謡ったが、信長は「得て」と謡ったのだ。間違っているのは信長の方だが、わざとだろう。「享け」だと天から授かる意となるが、「得て」だと自ら獲得する意味になる。

なんという自信と驕《おご》りだろう。

（なるほど、これが信長か）

信長が再び舞ったので、二度目は氏真も「得て」と謡った。刹那《せつな》、目が合った。信長の口元が笑んでいる。

それにしても体幹のぶれぬ静謐な舞い姿だ。

信長が目指す天下静謐に向けての第一歩は、永禄三年のこの敦盛の舞いから始まったのだ。

義元を屠《ほふ》った舞いは、天下静謐の舞いでもあった……という事実を、氏真は目を逸らさずに、信長の敦盛を見ながら噛み締める。

「治部（氏真）よ、瞬きを忘れておるぞ」

舞い終わった信長は、そんな軽口を言って使った扇を氏真に差し出した。

「百端帆《はくたんほ》の返礼である。受け取れ」

百端帆は、氏真がこの日に持参した手土産のことだ。

氏真は扇を受け取った。それからようやく、本題に触れる。

「武田との戦、徳川殿の下にて参陣致したく、お願いに上がった次第、聞き届けていただけましょうか」

「徳川の方で勝手に組み入れればよきものを、わざわざ予の許しを欲するなど、家康も面倒な男よ」

「おかげで良きものが拝見できました」

信長の眼が光ったと思うや、

「何が良いのだ」

斬りつける鋭さで訊いた。突然、真剣勝負を挑まれたような尋問に、氏真は慌てなかった。剣聖の呼吸で返す。

「静謐でござれば、よきかと」

信長の心に適う答えであったらしい。

「であるか」

これで会見は終わった。

控えの間で待っていた泰勝が、

「御無事でようござった」

心からほっとした顔をした。宿所に戻ってから、四日後に蹴鞠を披露することにな

ったことを伝えると、

「おのれ、信長。どこまで殿を愚弄《ぐろう》するかっ」

相国寺に斬り込みそうな勢いで怒鳴り、

「このまま逐電いたしましょう。われらどこまでも付いて参ります」

などと馬鹿なことを言う。

浜松には、三桁の今川衆とその家族を残してきているのに、できるはずがないではないか。しかも、氏真が浜松にいると聞きつけて、人数は日を追うごとに集まってきている。氏真はみなを食べさせていかねばならなかったし、次の仕官が上手くいくように手を貸してやらねばならない立場にある。

「次の武田との戦は決戦になるであろう。蹴鞠一つで参戦できるのじゃ。安いものよ」

武士は戦わねば、生きていけない。

「されど、ていのいい見世物ではござりませぬか。さような……」

さようなとは、父の仇に命じられるまま蹴鞠を衆人の前で披露するような、ということだろう。さすがに臣下の身で、それは氏真に言いにくいようだ。

「……悪意に満ちた趣向でござりましょう。衆人の好奇の目に御前を晒さねばならぬのなら、今川衆総出で腹を切った方がましでござりまする」

泰勝は悔し気に歯ぎしりする。

「泰勝、思い違いをするでない。信長が我が父義元を討つのに何か卑怯《ひきょう》な手を使ったわけではあるまいよ。海道一の弓取りといわれた義元に、知恵を絞って臨み、命を懸けての勝負で勝利を導いたに過ぎぬ。武門の出として、戦の中での遣り取りを引きずるでない」

泰勝はハッとした顔で平伏した。

「われら、未熟でござりました」

泰勝を下がらせたあと、氏真はひとり考える。大方が、泰勝のような見方をするのであろうかと。だが、嗤《わら》わば嗤えと思うのだ。

(わしの後ろには数百の命が控えている。それら、守るべきものを守る姿は滑稽《こっけい》であろうか。ならば、好き勝手に嗤っていればよかろうよ)

信長の不興を買えば、今は客人のように今川衆を扱ってくれている家康は、たちまち牙を剝くだろう。おそらくは、全員の首を刎《は》ねてみせることも厭《いと》わぬはずだ。「友」と言ってくれたあの言葉に甘えてはならない。家康とは、そういう男だ。

家臣も家族もみな浜松に置いてきているのだから、感情で動けるものではない。

(俺の矜持は、俺についてきた者たちを守ることにこそあるのだ。あの忠義者たちを地獄に落とすことに比べれば、信長の前で鞠を蹴ることなぞ、どうということもない

わ）

だれに理解されずともかまわなかった。

四

蹴鞠は優美な公卿《くぎょう》の遊びのように見えるが、足利義満がこよなく愛して以来、室町時代は武士の嗜《たしな》みの一つとして定着した。薩摩では大流行していたし、長宗我部も伊達も大友も蹴鞠を嗜んだ。信長の父信秀も熱中した時期がある。師は、氏真と同じ飛鳥井雅綱だった。

雅綱は四年前に亡くなっていたから、信長が氏真の蹴鞠を所望したのには、幾分そういう理由も含まれていたかもしれない。

ただ、純粋に評判の氏真の妙技が観てみたかったのかもしれない。だれが蹴鞠の名人かと問われれば、大名たちに手ほどきするため各地を巡っている師範筋の飛鳥井家と難波家、いずれに訊ねても氏真の名が挙がる。どの大名よりも抜きんでていると。

蹴鞠は、五丈六尺（十六メートル八十センチ）から八丈九尺（二十六メートル七十センチ）四方の鞠庭に、元木と呼ばれる木を四本立て、一番下の枝を鞠を蹴り上げる高さの基準とした。高さは難易度によって変化するが、最高が一丈五尺（およそ四メートル半）である。

出場者は鞠足と呼ばれ、一度に行う人数は四人、六人、八人の何れかとなる。遊び方は幾つかあるが、一番単純なものは、何回地面に落とさずにみなで蹴り続けることができるかを数えるものだ。名人はひとりで蹴って二千回という記録があるように、幾らでも体力が続く限り蹴り上げることができるため、いつしか千回で打ち止めとすることが多くなっていた。

八人が出た場合、最初はひとりが順に三回ずつ蹴って二周する。その後は掛け声を掛け合って蹴っていく。鞠を持っている者が「や」と声を上げると、次に鞠を受ける者が「あり」と応じ、応じた者に鞠を渡すときに「おう」と声を掛けて受けやすい位置に蹴り上げてやる。

他に、組に分かれてその組ごとの回数を競うこともある。輪になって蹴り合い、落とした者が負けとする個人技を競う遊び方もある。

蹴る足は必ず右で、地面すれすれの位置で鞠を捉えなければならない。蹴る足も腰も曲げてはならず、受ける位置も親指付近の甲と、細かい決まりがあった。

長く回数を競うときは、懸（競技場）の外に控えていた者と疲れた者が、途中で入れ替わっても構わなかった。

氏真は相国寺に着くと、まずは信長が設えた鞠庭を見せてもらった。

先日見た境内とは様相ががらりと変わり、四本の松の木が元木として移植されていた。元木に使う樹木は、通常は柳、桜、松、楓の四種類と決まっており、決められた方角に合わせて配置する。ただ、帝や将軍といった格別な身分の者たちが関わる場合、四本共に松を使うことになっていた。

松を四本使ったのは、信長の強い意志の表れなのだ。

見物用の仮屋も三方に建てられており、新しい木の匂いがそこら中に満ちていた。この日の見物人の多さが、見てとれた。おそらく、呼ばれているのは公卿衆だ。ひと際豪華な造りの縁側沿いの座敷に、官位の高い公卿を差し置いて、信長が座すのだろう。力関係を目に見える形で指し示し、屈服した者にはこの後、なにかしらの飴を与えるはずだ。

氏真の見立ては当たっていて、信長は打ち続く戦乱で屋敷の焼けた公卿に、普請してやっている。

懸の中も実際に入れてもらって調べたが、白砂の下はいったん深く掘って塩を混ぜた土が固められ、土埃《つちぼこり》が舞わぬよう仕立てられていた。さらに手を打って確かめると、音がパーンッと響く。これは土中に壺を埋めることで反響をよくしているのだ。

（ここまでやるのか、信長は）

常設の鞠庭ならともかく、この日のために設えた仮設の鞠庭ではないか。それがなんという本格的な仕上がりを見せるのだ。この会場一つとっても信長の権勢と手を抜かぬ神経質な性格が知れた。

信玄が死ぬまでは、一度は織田家も終わりだといわれていたのだ。そこから復活してわずか二年でここまで来た。義元はこういう男に負けたのだ。そして氏真もまた、この男の大志を成就させるために蹂躙された。

（その信長の宿願こそが、俺が昔、家康や弥八郎と共に夢見た世であり、父すらも目指した世だったとは……）

控えの間で衣装を着け、声が掛かるのを待った。呼びに来たのは、長浜城主羽柴筑《はしばちく》前守秀吉《ぜんのかみひでよし》であった。鼠のような顔をした小男で、

「昔、今川様の陪々臣として、御領国に住んでいたことがござる」

などと告げて蕩《とろ》けるような笑みを見せる。釣られて氏真も微笑した。

「さようでござったか。よきように過ごされたのであればよいが」

「悪い思い出ではござらぬ」

「それはようござった」

蹴鞠用の鴨沓《かもぐつ》を履き、外に出るとすっかり用意が整っていた。それぞれ名人といわれる公卿たちも、案内役の者たちに連れられて出てきたところだ。

三条西実枝《さんじょうにしさねき》、実綱《さねつな》父子、高倉永相《たかくらながすけ》、永孝《ながたか》父子、飛鳥井雅教《まさのり》、雅敦《まさあつ》父子、広橋兼勝《ひろはしかねかつ》、

五辻為仲《いつつじためなか》、烏丸光康《からすまるみつやす》、庭田重保《にわたしげやす》。錚々《そうそう》たる殿上人たちだ。

この日は八人が懸の白砂に上がった。残りの四人は控えとして途中で交代し、信長のために千回を蹴り上げ、戦勝の祈願とせよとのことであった。ただ氏真だけは初めから最後まで懸の中にいることを信長が望んでいるという。

「承知いたした」

仮屋の、巻き上げた御簾《みす》の向こうに座す信長に氏真は目をやった。瞬時に視線が絡んだ。信長もこちらを見ていた証しである。

氏真は目礼すると、後はもう自分の世界に没入していく。

蹴鞠は、数を競っているようで、その実、所作の美しさを競う遊びだ。どれほど受けにくい鞠が飛んできたとしても、常に優美に動かねばならず、慌てた素振りを見せてはならない。

信長の敦盛と同じである。常に静謐でなければ、やらぬ方がましなのだ。

始まってみると氏真への賛美が圧倒的だった。

「おおっ、なんと典雅な」

「舞いを舞っているようでおじゃる」

「今、いったい何が起こったのじゃ」

「宙を滑るように移動なされたようでおじゃるが、いったい生身の人間にできる技とは思えぬのう」

それらの声は氏真の耳に届いていたが、あまり意味をなす言葉として捉えられてはいなかった。四隅に植えた元木の松の枝がはびこって、気を抜けば鞠が枝に当たってしまう。当たった鞠は、思わぬ方角に軌跡を描き、鞠足の失敗を誘う。だが、氏真の鞠は、枝の間を巧みにすり抜け、軽々と天を刺した。それは驚くほど高く宙に居座り、落ちてくるときには吸い寄せられるように、氏真の足の甲にふわりと触った。

周囲は感嘆の声を漏らし、信長も今や身を乗り出している。

何度も鞠は地に転がりそうになったが、だれもが拾えそうにないと判断するたび、氏真はどれほど遠くとも跳んでふわりと着地し、ぴんと張った背筋を崩すことなく、いかに荒ぶれた鞠も優しく足の甲で受けた。

そして流れるような動きで、蹴り上げる。それだけの動きをしておきながら、呼吸はまったく乱れなかった。

「いったい、どう体を鍛え上げればかような動きができるのでおじゃろうか」

「今川殿は天女の羽衣を足に結んでおるに違いあるまい」

やがて蹴った数は九百を数え、九百五十を過ぎた。鹿革でできた鞠は、蹴るほどに空気を孕《はら》んで蹴りやすくなる。終わりが近づくほどに心地よく宙に上がる。

もはや氏真の頭には信長もなく、己の身の境遇もなく、ただ静謐にあろうとする心のままに、体が動いた。

蹴鞠の宗家、飛鳥井雅教曰く――この境地に至った氏真の姿には、周囲の者は声もなかった。みな誰もが音一つ立ててはならぬ気になって、息を呑んで見守った。それは信長でさえ、例外ではなかったのだ。ただ、掛け声と鞠を蹴る音だけが、研ぎ澄まされた刀のように美しく響き、この場はしばし氏真に支配された、と。

やがて千を数えてすべてが終わった。

信長は、

「酔いしれたぞ。褒美に城をひとつくれてやる」

と言う。刹那、氏真の身体が怒りでカッと熱くなった。城は喉から手が出るほど欲しかったが、貰えば今川の名が汚れるだろう。

「敦盛の代価でござれば、褒美はすでにいただいてござります」

と辞《いな》む。信長のこめかみに青筋が立った。が、それ以上は何事もなく、氏真は無事に退出した。

この日の蹴鞠の評判は素晴らしく、氏真は公卿らに引っ張りだことなり、一気に付き合いの幅が広がった。

公卿との付き合いが深まるということは、氏真の生きる選択肢が増えることを意味した。かつて武田信虎がやっていたように、朝廷と懇意でない大名家にあらゆる朝廷関連のことを融通してやれたし、耳の早い公卿たちからの情報が入ってくれば、存外全国を俯瞰《ふかん》することができるようになる。蹴鞠をきっかけに、氏真の視界が飛躍的に広がった。

四月になって、どこかで予測していた通り、信長からもう一度蹴鞠が観たいと呼び出された。

この日は夕刻からの蹴鞠の会で、月の細った中、鞠庭の周囲には無数の篝火《かがりび》がしきりと火の粉を吹かしている。空高く蹴り上げた鞠は、淡い闇に吸い込まれて姿を消し、やがて炎に照らされながら怪しい光を帯びて落ちてくる。目で追えない分、経験や気配から軌跡を予測して動かねば、捉え損ねる。昼間の明るい中で行う蹴鞠より、やる方も見る方もよほど面白い。

氏真は、今度は純粋に技巧を駆使し、目にも止まらぬ足さばきで会場を魅了した。信長は素直に感嘆し、自分もやってみたいという。だが、この暗さでは初心者には無理だろう。

「昼間の明るいときになされませ」

思ったままを口にすると、側に控えていた近習らがみな一様にぎょっとした。何を言い出すのだ、この男は……という表情だ。家中には、信長が「やりたい」と言えば、条件が悪くても制止する者がいないのだろうか。

「今宵は予には無理か」

信長が訊く。周囲がはらはらと自分を見ているのが氏真に伝わる。当たり前のことを口にするのに、織田家はずいぶんと緊張を強いられているのだと知れた。

「決して無理ではござらぬが、昼間の方が楽しめましょうや」

なおも日を改めるよう勧める氏真を興味深げに信長は眺め、

「ならば明日、予を存分に楽しませよ」

一言言い残し、観覧の席を後にした。小姓らが機敏にそれに従う。

翌日は途中に手ほどきを加えつつ、信長を交えて鞠を蹴った。終始信長は満足げであった。

一日空けて、さらに氏真は信長に呼ばれた。この日は早朝に迎えが来た。事前の約束はなく急である。

「いったい、信長めは殿をなんだと思うておられるのでござろう」

泰勝が不快げに氏真の着替えを手伝う。

「わしにどうというよりは、一事が万事こういう男なのだろう」

「仕える者は大変でござりまするな」

「どこぞの、国を追われた殿様よりましであろう」

「悲しいことをおっしゃいますな。われらは一生、喜んで殿にお仕えする所存」

「鬼泰勝の名が泣くぞ」

「鬼らしく武田との戦で大暴れし、さすが今川武士と松平衆に言わせて殿の鼻を高くしてご覧にいれます」

「頼もしいぞ」

この日は泰勝だけ従えて相国寺に向かったが、京の町を物々しい空気が包み、近づくほどに軍馬が犇《ひし》めいている。どう見ても出陣の様相であった。わけもわからず信長の前に出る。

陣羽織姿の信長が、

「遅い」

叱責し、

「これより高屋城を攻略する」

口早に状況を説明した。高屋城は河内にある城で、信長の宿敵石山本願寺と共にしぶとい抵抗を続けている。信長は今秋に大々的な大坂合戦を予定し準備を進めていたが、四月に入って本願寺勢が動きを見せ、信長方の荒木村重とぶつかった。村重は一敗したものの、敵の砦《とりで》を二つ陥落させたため、知らせを受けた信長は急遽《きゅうきょ》予定を変更し、ただちに一万余の軍勢で出軍を決めたのだ。

それでなぜ自分が呼ばれたのか、氏真にはまったく理解できなかった。みな戦支度をしているのに、氏真だけが常の姿で織田方の用意した軍馬に乗せられ、軍勢を率いる信長の横を進まされた。いったい、どこまで連れられるのかもわからない。鎧《よろい》もない中、よもや参陣せよということはないだろうが、このまま河内までいかねばならないのだろうか。

それならそれで構わなかったし、信長の戦いぶりが近くで観られるなら観てみたかった。が、違った。その日は軍勢は先に進ませ、信長自体は京南方の石清水八幡宮で有名な八幡に一泊するという。その出立まで付き合えということなので、話がしたかっただけのようだ。

信長は男山の小高い場所に氏真を誘って自軍の行軍を眺めた。

「今日で五日目であるが、どうであった。信長という男は」

不意打ちのように信長が訊く。五日というのは、二人が会った日数だ。

信長には終始複雑な感情が吹き上がっていた氏真は、即答できなかった。「素晴らしいお方でございます」などの単純な褒め言葉は、口が裂けても言えなかった。信長は人の心を弄《もてあそ》ぶ。仕官したいとも思わなかった。幾ら同じ志を抱いていたとしても、家康のためなら身を挺して仕えられるが、信長に対してはできない。

そう思うほどに、何も言葉が這い上がってこなくなった。まるで無視をする形で、身動きもできず、氏真は信長軍が南に向かって規律正しく進むのを見下ろした。

「であるか」

何も答えていないのに、そう結論付けた信長を、氏真は初めて「怖い」と感じた。

何もかも、心中は見透かされてしまったのだろう。

この五日の間、信長は氏真という男をどう扱うか決めるため、いろいろと試していたのだ。蹴鞠をきっかけに公卿衆らの間にしっかりと入り込めるかも、おそらくは試されたのだろう。二度目の蹴鞠は、公卿たちとの親密度も量られていたのかもしれない。夜の暗い中、信長が自分も輪の中に混ざりたいと言ったのも、気まぐれではなかったのだ。なんと答えるか、試していたわけだ。

今日はその最終日というところか。急に呼び出し、あたかも戦場まで連れていくかのような素振りを見せ、こちらの反応を油断なく見ていたのだ。

その何れも氏真は合格だったに違いない。だが、それもさきほどの質問へ無言で返すという失態の前に、なにもかも己でぶち壊してしまったのだ。

氏真は横に立つ信長を振り返った。顔を見るのは怖かったが、見ないのはもっと恐ろしかった。

これまで見せたことのない冷え冷えとした目の信長がそこにいる。

「なにゆえ、今、その方は我が横におる」

命じられたからだが、信長の横は覚悟もなく立っていい場所ではなかったのだ。這《は》い蹲《つくば》って臣従する覚悟がなければ、たとえ命じられても立ってはならない場所だったのだ。家康は、その覚悟をもって仕えているということか。織田家中の者は、足の指を舐めろと言われれば舐めるのかもしれない。

「覚悟が足りませんでした」

氏真はもうここから先は何を訊ねられても、素直に答えるしか術がない。

「武田に蹂躙され、駿府は焦土になったそうな。武田と徳川に攻め入るようそのかしたのはこの信長よ」

そんなことはとうの昔に知っている。知ってはいたが、改めて当人に言われると頭が痺れる。呼吸も乱れる。

「……存じてござります」

「かような男の前で蹴鞠なぞ——貴様、さほどに命が惜しいか」

嘲りと侮蔑《ぶべつ》をこめて信長が問う。塵くずを見るような目でこちらを見る。ああ、完全に決裂し、切り捨てられたなと氏真は悟った。ならばもう、権力者の前に立つ敗者としての弁《わきま》えなど捨て、ひとりのこの乱世に生きた人間として、信長に相対していいのではないか。そう思うと今まで感じていた恐怖心は、潮が引くように消え失せた。

「それほど気にかかりますか。たかが蹴鞠をしただけの我が心のうちが」

氏真は淡々と答えながら、わずかに動いて信長の死地を捕らえた。

信長の嘲りの目が、驚きに変わった。

氏真の剣の腕ならいつでも首を斬ってのけることのできる位置をとったのだ。後ろに控えている近習らには、ほんの少し氏真が信長の方に寄っただけに見えたろう。

「貴様……」

信長だけは気付いている。己が今際《いまわ》にいることを。

「人に命が惜しいかと訊く以上、〝上様〟ご自身は惜しくはござらぬのでしょうな」

「………」

「我が父は、天下静謐を望んでござりました」

「義元がか」

「父の事業を継いだのが皮肉なことに上様でござれば、今ここにわれらは立っているのでござります。争いのない平和な世がくるやもしれぬと、信長という男に希望を見出したゆえ、鞠の一つも蹴ったのでござります」

「わしに希望じゃと」

「希望は人の目を、過去ではのうて明日に向けさせます。命乞いをなされませ。さすればこの世は一歩浄土へ近づきましょう。上様さえくだらぬ自尊心をお捨てになれば、この世はいつか浄土になる」

くっと信長が笑う。大笑する。ひとしきり笑い終えると「よかろう」と言った。

「我が命を助けるがよい。さすればその希望、叶えてやるぞ、氏真」

実に尊大に、信長は命乞いをしてみせた。大志を前に、かような茶番、痛くもかゆくもないわとその顔が言ってる。

氏真は約束通り死地から信長を解放し、大胆なことをやってしまった代償を払うため、斬られやすい位置に立った。

非情な目で信長が腰の刀を抜き放つ。己に向けられた刀身を見て、氏真はハッとなった。よく見知っていたときより短く削られ、太刀から刀に変えられていたが、それは父義元が桶狭間出陣の際に佩《は》いていた左文字ではないか。戦利品として信長の手に渡っていたのだ。

氏真の表情の変化に、信長はこちらがぞくりと底冷えする微笑を浮かべた。

「気付いたか。わしはこれを義元左文字と呼び、あの永禄三年以来、ずっと腰に差しておる。面白い話よ。太刀と共に天下静謐の宿願も継いだというのか。どうじゃ。本来そのほうが継ぐべき刀で屠《ほふ》られる気持ちは」

「悪いものではございませぬ。それほどまでにかの戦が上様の御心を占めてござるなら、父も……喜ぶやもしれませぬな。あの世で語って差し上げよう」

「ならぬ。わし自ら語るつもりゆえ」

「お約束できかねます」

「どこまでも、人を食ったうつけじゃな」

信長は眉間に皺を寄せ、刀を鞘に戻した。氏真を斬り捨てる代わりに、和歌を一つ詠唱する。

「〽うつし見よ　四方の境も　わたつみの　波風たたぬ　御代の鏡を」

それは氏真自身が三条西実枝主催の歌会で三日前に詠った和歌である。

こちらの希望も願いも何もかも、とうに知っていたというわけだ。

この日は八幡に一泊し、翌朝高屋城に向かう信長を氏真は見送った。信長軍はこのあと随所から駆け付けた人数で、十万の兵に膨れ上がり、この月の十九日には新堀城と高屋城を落城させた。

この最中、武田が動いた。岡崎を攻略するため、一万五千の軍勢が奥三河の地を踏み荒らした。この知らせを河内で受けた信長は、二十一日には京に姿を見せ、氏真に武田との決戦が始まることを告げた。

「存分に武田勢の首を狩り取れ」

信長の言葉に息の詰まる思いだ。

氏真は大津から湖に水路を取り、二十八日には岐阜に着いた。ちょうど信長もこの日、岐阜入りを果たしたが、どす黒い雲が空を覆い、昼間なのに闇夜のようであった。

土砂降りの雨が土を抉りながら間断なく地に刺さる。その激しさに煽られるように、氏真の中に武田への憎しみがふつふつと滾《たぎ》った。

（この時を待っていたのだ）

自分の中にもこんな獣じみた感情があったのか、と驚くほど、氏真は武田の血を欲してぞくぞくした。

九　章

一

四月十二日に父の三回忌を終わらせてから三河に攻め入ってきた武田勝頼は、次々と三河の城を落としながら、岡崎を目指して侵攻した。だが、岡崎の内応者が露見し、家康に殺されたため、途中進路を変えて長篠城を包囲した。五月一日から間断なく攻撃し、中旬には落城寸前まで追い込んだ。が、徳川方も五百と寡兵であったにも拘わらず、二百挺の鉄炮と大筒を駆使し、しぶとく抵抗を続けた。

一方信長は、桶狭間の戦いの時と同じように熱田に寄って戦勝祈願し、五月十四日に岡崎に入った。そこで信長を出迎えるために浜松からきていた家康と合流する。

氏真は、信長と家康の動きに合わせて五月十五日に牛久保に入り、二人の到着を待った。ここから豊川沿いに北東の方角へ遡《さかのぼ》っていけば、長篠に至る。信長と家康は十六日に牛久保に着いた。三万八千の連合軍である。

そこから氏真は両軍勢に付いて、十七日は野田原、十八日には目的地の有海原《あるみはら》へと進んだ。この日、信長は後方極楽寺山に、嫡子信忠は新御堂山に、家康は前線に当たる高松山に着陣した。

長篠城は、滝沢川（寒狭川《かんさ》）と乗本川（宇連川《うれ》）が合流する地点にあり、城自体は平地にあったが山に囲まれた狭隘《きょうあい》の地のため、山と山の間の平坦な地は半里（三キロ）ほどしかない。織田、徳川連合軍が城の救援に駆け付けるには狭い道を通っていくことになる。狙い撃たれる愚を避けるため、信長は半里西に離れた、有海原の連吾川が南北に流れる窪地を前に、三万の軍を隠しつつ配置した。急ぎ、高台を背に南北に長く、馬防ぎの三段構えの柵と、土塁、さらには簡単な空堀を造らせる。

もし、勝頼が決戦を望んで長篠城から離れて軍勢を動かせば、川を挟んで東岸に西を向いて布陣することになるだろう。その距離わずか数町だ。居並ぶ敵の顔までも見えそうな近さである。

（前線の足軽どもはさぞ怖かろう）

氏真は気の毒に思ったが、そこはぬかりなく近隣の家々や寺から戸板や畳を買い取り、柵に取り付け、敵の矢や鉄炮が兵に当たりにくい工夫を凝らし始めた。

氏真は、右翼に当たる徳川勢のさらに右方、雁峰山から豊川に流れ込む連吾川と大宮川の間の伊那街道付近に、家康の陣が背後を盗られぬよう、迂回してくる武田勢奇兵の押さえとして野陣を張った。手勢、百人ほどの規模である。

「徳川殿の後ろをお守りすることを第一に考えて動け」

氏真は手勢に申し付けた。

まだ武田勢が姿を見せないので、実際にこの地で戦が行われるかどうかは定かではない。

邪魔にならぬよう気を付けながら現地を泰勝と共に巡り、

「五年前の大平城の籠城戦《ろうじょうせん》を最後に、自ら指揮を執る戦からは遠ざかっておるが、ずいぶんと戦い方も変わってしまったものよ」

初めて目にする戦場の様相に、自分がすでに古い武将になってしまったことを実感した。

「鉄炮を三千挺も使うようですね」

泰勝も感嘆の声を上げる。鉄炮の数は今川衆にも伝えられていなかったが、もっぱらそういう噂が立っていた。泰勝はあれほど京では信長の悪口を言っていたにもかかわらず、いざ同じ戦場に立ってからは、一切口をつぐんでいる。氏真が自分はもう古いと感じたように、泰勝も己の主君と最先端の戦を仕掛けていく信長の差を目の当たりにして、息を呑む思いなのだ。

（それでいい）

いつまでも零落した主人に付いていても、この男の明日はない。

氏真は、今後自分がどうしていくべきかを考えたときに、武将としては退かざるを得ないと思い始めていた。今のように、後詰として信長の指揮下の中での戦働きにはなんら問題はないだろう。だが、かつてのように惣領として全軍の指揮を執るには、武器も戦い方もあまりにも変わってしまったのではないか――。

もう武将としての自分に未練はなかった。元々向いていなかったと思うし、自分と家族が生きていくだけなら、剣術の師としてもじゅうぶん食べていける。だが、問題は家臣らをどうするかというところにあった。今川の再興を信じて付いてきた者たちに報いるにはどうすればいいのか。

「勝頼は出てきましょうか」

布陣地に戻り、薄闇の中で握り飯を食べながら泰勝が訊く。限られた場所以外の篝火《かがりび》は禁じられていたため、氏真の陣営には欠け始めた月の明かり以外何もない。

「どうかのう。わしが勝頼なら、長篠を動かぬが……あの城はもう兵糧が尽きておるゆえ、付城でゆったり構えて織田と徳川を引きずり出すのが得策であろう」

「出て来ねば、戦は流れますかな」

「城は守らねばならぬゆえ、流れはすまい。そのために来たのじゃ。……この有海原を囮《おとり》に武田の目を惹きつけているうちに、夜陰に紛れて別隊が密かに迂回して長篠方へ回り、急襲するのが最もこちらの損失が少なく済む手であろう」

「囮……でござりまするか。この大掛かりな仕掛けが……囮……」

泰勝の声が上ずった。

「銭がなければできぬこと。ゆえに信長でなければできぬ戦じゃ。かつての栄えていた今川でも、思いついたとてできぬ技よ。勝頼が凡庸なら、わしらに出る幕はなかろう」

「どういうことでござりまするか」

「利口者ならこれが『囮』と気付くであろう。『囮』ならば大したことはあるまいと思うはずじゃ。よもや『囮』にこれだけの大掛かりな人数と武器を持ってきておろうとは思うまい。あの大掛かりな柵も、こちらの人数が少ない故の仕掛けと思うやもしれぬ。されば、喰らい付きたくなる」

「なんと」

「喰らい付けば、返り討ちじゃ。武田の打撃はさぞ大きかろう。しばらく信長は西に集中できるというもの。されど、『囮』と気付いたうえで、甲州に兵を引くことができれば、勝頼の器は信玄を超えるやもしれぬ」

氏真は今後いずれの道を勝頼がとるかで、あの男の器が量れることを泰勝に教えた。

「もし信玄を超える男なら、やっかいでござるな」

「信長も勝頼の実力を見極めるつもりであろう」

「もし、勝頼が器量者で、引き揚げてしまえば、むざむざ見送るのは今川にとっては悔しゅうござりますな。されど、武田が退くときに、追撃戦には出してもらえるのではござりませぬか」

「どうであろう。北条ならやるだろうが、織田はあまり深入りはせぬ方ゆえ、許されぬかもしれぬ」

この日は何事もなく静かに終わり、翌十九日も双方動かなかった。この間に、織田、徳川の陣営は、さながら砦《とりで》のような構えになっていた。

二十日未明を迎えた。このまま武田は出てこないかもしれないという空気が流れ始めている。

明け方近くまで見張りに立って仮眠を取っている泰勝が、うなされて寝言を言い出した。

「われらは殿に、殿にずっとお仕えすると申し上げたではござらぬか……」

などと、聞く方が恥ずかしくなる寝言である。裏切られ続けて落ちぶれた氏真を、自分だけはずっと仕え通すのだと思っていたようだが、ここにきてこの戦場を見、血が滾《たぎ》ったのだ。それだけではない。どうしようもない焦燥に駆られたのだ。このまま氏真に付いていては、武将として置いていかれると、叫び出したいような思いに囚われている。

泰勝の中に、他家に仕官したい思いが芽生えてきているのだろう。その罪悪感に苦しんでいるというところか。実際、今川家の運営に意見できるほどの身分のもので残っているのは、泰勝と海老江里勝しかいない。この二人だけはなんとしても、相応の仕官先を見つけてやらねばならない。

(俺は、お前を傍で朽ちさせる気なぞないのだから、そう苦しむな)

そのためにはなんとしても、この有海原で決戦に及んでほしいものだ。しかし、今日まで動かなかったということは、勝頼は信長の誘いに乗るつもりは毛頭ないのかもしれない。

そう思い始めた矢先、この日、武田勢が有海原に向けて移動を始めた。氏真の心の臓が跳ね上がった。

(勝頼め、餌《えさ》に喰らい付きおったわ)

信長は主だった部将を家康の陣営に集め、軍議に入った。氏真は家康の傍に座すことを許されたが、旧主を手厚く保護している家康の人格を引き立てる役に徹し、口を閉ざしたまま大人しくしていた。

信長が訊く。

「武田勢は勇猛であるが、その手を封じるにはどうすればよい」

　みなが互いの顔を見渡す。幾人かが口を開きかけたが、その前に信長が結論を述べた。

「手を合わせぬことよ」

　その場がざわめいた。信長は続ける。

「武田の人数は一万余、我が方は三倍。それでもまともにぶつかり合えば、甚大な被害が出ぬとも限らぬ。されど、こたびの戦、ひとりの命も損なわず、みなを家に連れて帰ってやる。勝つための策ではなく、兵を死なせずに勝つ策を与えるゆえ、必ずや我が下知に従え」

　そう言って信長が下した命は、合図があるまでは決して馬防ぎの柵を出るなということであった。なるほど、あの柵は敵の侵入を防ぐのはもちろんのこと、味方の抜け駆けをさせぬためのものでもあるのだ。

「我々の前には柵がありませぬな」

　陣営に戻ってみなに下知を伝えると、泰勝がそんなことを言って笑う。後に馬防柵と呼ばれるようになる信長の柵は、北方雁峰山の裾から二十町の地点で切れていた。そこから先は両陣を隔てる川の流れが急峻《きゅうしゅん》になり、越えてくるのはなかなか難しい。柵外を守るのは、今川衆のみである。

「ないからというて飛び出すなよ」

「柵を出ぬということは、大量に持ってきた、かの鉄炮を使うのでござりましょうか」

平素は無口な小姓の海老江里勝が訊ねる。

「鉄炮隊が二十町に及ぶ柵の中から撃つようじゃ」

「鉄炮が戦いの中心になるのでござりまするか」

「そうであろう。甲州の峨々《がが》たる山岳の地で鍛えられた武田の馬は特別ゆえ、騎馬を抑えるには、鉄炮や大筒の音は効果があろう。その上、連吾川の両岸は沼地が五間ほど広がり、足を取られる。ようよう沼地を抜ければ、今度は田植えを終えたばかりの田が広がっておる。両陣営の間は狭いとはいえ、瞬時に突っ込むことが叶わぬ以上、鉄炮や矢で狙い撃ちが十分にできるこの上ない地形じゃ。かほどに鉄炮向きの地形はそうそうあるまい」

「されば、敵も容易には突っ込んでこぬのではありますまいか」

「出て来ぬなら、背後に回って追い上げ、突っ込ませるまでよ」

長篠城救援のために別働隊が豊川を渡り、東南に広がる船着山の山裾をぐるりと回って行くのは間違いないのだから、その部隊がそのまま武田の背後を狙えば前進せざるを得なくなる。ただ、武田も長篠城周辺を空にしてこちら側にくるわけではないだろうから、いかに早く長篠の武田勢を叩くかが勝負になる。

それまで待てぬなら、正面の柵から鉄炮の放ち手と足軽を出して進ませ、挑発すれば、気の短い武将なら乗せられて出てくるかもしれない。出てきた敵が沼に足を踏み入れたところで引き返せば、味方は損害を受けないだろう。

「いったい、あの鉄炮をどう使うのでしょうなあ。柵は二十町ゆえ、一間間隔で放ち手を置いたとしておよそ千人が並ぶことになりましょう」

泰勝が首を傾げる。まったく初めての戦い方だから、しかとした予想がつかないのだ。

里勝も意見を述べる。

「もうすこし少なくてよいのではありませぬか。敵を殺傷することだけを考えれば間に弓隊を置いてもよいはずです。ならば五百ほどの鉄炮の放ち手ということになりますゆえ、一人の使える銃は六挺ほどになります。後ろで弾込めをする者たちを用意いたせば、間断なく撃てる上に、なかなか銃身も熱くならず長い時間に堪えましょう」

なるほどのう、と泰勝が感心した。氏真も悪くない考えだと思った。鉄炮隊を管理する奉行は五人が選抜されていた。五つの隊に分かれているのは確かである。

「敵勢は一万余とのことでござれば、長篠城の押さえに人数を割いたとして、この有海原には一万弱。ならば単純に考えれば鉄炮隊と弓隊で一人十人を倒せばよいことになる」

そう計算通りいくものではないから、みなでどっと笑った。

「煙はどうするのでござりましょう。さほどに銃を使えば、周囲は煙で覆われ、霧中での戦と変わらぬようになるのではござりませぬか」

場が和んだからか、他の者も疑問を口にする。

「考えれば考えるほど、謎が深まりますな」

泰勝が意見を聞きたげにこちらを見るが、氏真にもわからぬことだ。

「よいよい。実際にどう戦うのか、途中で徳川殿のところに陣中見舞いに出してやるゆえ、泰勝よ、その目で確かめてくるがよかろう。弥三郎（里勝）、その方の申す通りであれば、褒美にわしの腰の刀を進ぜよう」

「ま、まことでござりますか」

氏真の言葉に里勝が咳き込んだ。

二

二十日の夜中、信長の命で、酒井忠次を大将に徳川方から二千、織田方から二千、合計四千の兵が鉄炮五百挺を携え、豊川を渡った。目指すは長篠城攻略のための付砦鳶《とび》ヶ巣山《すやま》砦ほか四砦である。船着山をぐるりと回り、日の出と同時に攻撃を開始した。

一方、有海原では、織田、徳川連合軍が東向きに、武田勢が西向きに、互いに南北二十町ほどに長く展開し、連吾川を挟んで睨《にら》み合っていた。ほどなくして、後方にいた信長が、家康の陣に移動してきた。氏真は遠目から馬印の動きでそれを知った。

初めは双方睨み合っているだけであったが、武田の陣の後方、長篠方面から激しい鉄炮の音が鳴り響き始めると、背後を取られる前にかたをつけねば危ないと思ったか。

突如、戦場に太鼓の音が鳴り響いた。

(始まった)

あれは、勝頼が戦場で味方を鼓舞するときに叩く諏訪太鼓の音だ。快進撃を続けていた勝頼の打ち鳴らす太鼓の響きは、徳川にとっては忌々しくも恐ろしい音である。氏真が聴いたのは初めてだった。

ひとしきり一定の拍子を刻んだあと、武田方の最左翼山県昌景《やまがたまさかげ》が今度は太鼓を打ち鳴らし始める。山県勢が進軍を開始した。徳川方最右翼、大久保忠世の陣目掛けて打ち掛かる。武田方が川を渡り、大久保の前線から一町の射程圏内に差し掛かると、一斉に轟音が鳴り響いた。

「うわっ」

咄嗟《とっさ》に耳を抑えるような仕草と共に、泰勝が声を上げる。そうだろう。今川衆のいる場所は、鉄炮を一斉に放った大久保隊の陣地から、二町ほどしか離れていない。直接足に振動が響く。

「地鳴りのようですな」

里勝も感嘆している。

大量の煙が空に立ち上り、辺りにもわもわと散った。風の動きにあわせて西に流れる。

すぐに第二弾の鉄炮が放たれる。山間だからよく響く。胸をドンドンと叩かれたような衝撃だ。

鉄炮は即死させることは難しいが、鉛玉は柔らかく物に当たるとぶわりと広がる。そのため、思わぬ大穴が開くものだ。

目を凝らしてみると、腕や足が吹き飛び、顔半分を持っていかれた者が大勢いる。前を進んでいた者のほとんどは重傷を負っていた。そこへ、三度目の銃声が轟く。と思うや四度目も立て続けに鳴った。

普通、鉄炮を戦で駆使しても、そうそう当たるものではない。だから、鉄炮で怯《ひる》ませて、進撃の波に穴を空け、そこを突破口にして応撃する。敵の足を止めるためのいわば威嚇に使うことがほとんどだった。

それが、信長は、こんな狙い撃ちし放題な現場を作りあげてしまったのだ。鉄炮の威力を最大限に発揮できる陣地を用意して敵を誘い込んだ。有海原のこの敵陣との間隔の狭さと、進撃の速度を阻む沼地と泥田と川という、これ以上ない条件が揃うことで可能な戦術だ。もう二度と使えぬ、この地ならではの戦い方である。

（信長という男は、発想の仕方というか、思考の順序というか、そういうものの一切合切が他人とは根本から異なるのだな）

氏真は感心した。

眼前の戦場には、血だるまになって地面でのたうち回る者だけでなく、手や腕を捥《も》がれた者、耳や顎《あご》を吹き飛ばされた者、肩や脇腹を抉られた者などが、まるで幽鬼のようにゆらゆらと立っていた。足を撃たれた者たちは槍を杖代わりに、なおも進もうとしている。辺りはたちまち凄惨《せいさん》な様と化した。

前線の仲間を助けようと後ろから追いついてくる山県勢の足を、大久保方の弓隊から放たれた矢が止める。その隙にわっと足軽が柵を飛び出し、土塁を越え、空堀もわたって鉄炮に撃たれた者たちにとどめを刺していく。

山県隊はいったん弾や矢の届かぬところまで引き揚げた。大久保隊は深追いはしない。再び全員が柵の中に収まっている。このころには、他の場所でも次々と乱戦にもつれ込んでいく。

しきりと武田勢も鉄炮を撃ちかけたり、沼や田に浮橋を渡したりしたが、焼け石に水だ。

なにより鉄炮の数は雲泥の差で、火薬の量も多くなかったのか、武田勢はすぐに沈黙した。

戦いは一方的だった。時間が経つほどに武田勢の人数がとめどなく減っていく。柵を突破され、内側まで侵入を許した箇所もあった。後で話を聞くと内藤昌豊《ないとうまさとよ》の手勢で、千五百人が一心不乱に家康の本陣を目指して前進し、鉄炮の餌食になりながらも、二十四人が柵を越えたという。まるでそれは奇跡であった。だが、三重の柵に阻まれ、三つ目の柵を越えたのは、武田勢一万のうち、内藤昌豊ただひとり。

迎え撃ったのは、徳川最強の部将、本多忠勝である。日本の張飛《ちょうひ》と称えられ、三大名槍の一つ蜻蛉切《とんぼきり》と刃渡り三尺の稲剪《いなきり》の太刀を持ち、黒糸威《くろいとおどし》胴丸《どうまる》具足に鹿角脇立兜《かづのわきだてかぶと》姿、金箔仕上げの大数珠を袈裟《けさ》懸《が》けしている。

忠勝は蜻蛉切を振り回し、昌豊との一騎打ちに応じた。武田四天王と徳川四天王の対決である。

が、このときは勝負がつかず、身を翻して昌豊は去った。

氏真のいる柵の右側にも、回り込もうと迂回した敵が現れたが、家康が気付き、大久保勢を回してきたため、危なげなく追い返した。太陽が南天を差した辺りで、氏真は泰勝を家康の許へ使いにやった。見舞いの手紙を持たせたが、それには泰勝をそちらで使って欲しいと認《したた》めている。武田の崩れ具合から、そろそろ部将級の者たちも柵を出て、敵将らを討ち取りにいくのではないかと読んだからだ。

（泰勝、首を取れ。家康の目に留まる活躍を見せよ）

泰勝は何も知らずに馬上の人となった。

家康は氏真の願いを聞き入れてくれたらしい。一刻経っても泰勝は戻ってこない。一番の激戦地で、今川勢が誰もいない中、孤立無援の戦いだが、泰勝ならきっとうまくやるに違いなかった。

（久しぶりの戦に腕が鈍ってなければよいが……）

懸川城の戦いの際、氏真は泰勝の兄を死なせてしまった。

（生きて戻れ、泰勝よ、弥太郎よ）

未の刻を過ぎるころ、武田の両翼は捥《も》ぎ取られ、敗走が始まった。勝頼を逃がすために、馬場信春がしんがりとなり、織田、徳川勢に立ちはだかった。だが、寡兵でいったい何ができるだろう。討ち取られ放題討たれていく。

その最中、白地に赤胴の旗が遠方にひらめくのが見え、それが徐々に大きくなってくる。内藤昌豊の旗だ。紅の鎧を着た昌豊が赤胴の旗を翻し、数百の手勢を連れ、死に場所を求めて引き返してきたのだ。

馬上の昌豊の鎧には、針山のように矢が刺さっているが、ものともしていない。

徳川方ではこの名将に対し、敬意を表し、本多忠勝が、大須賀康高《おおすがやすたか》が、榊原康政《さかきばらやすまさ》が次々と戦いを挑んだ。それらすべてを昌豊が馬上より跳ね返す。

「だれかわしを討ち取れる者はおらぬのか。勇ある者にこの首をくれてやるぞ」

大喝したとき、

「今川氏真が家臣、朝比奈泰勝が参る」

泰勝が名乗りを上げた。ここで今川の名を聞くとは思っていなかった昌豊が、息を呑むように瞠目《どうもく》した。いや、実際、徳川勢も驚いたのだ。

「今川……だと」

昌豊が訊き返す。

「さよう。永禄十一年の雪辱を果たすため、この戦場に我が主君今川氏真は来てござる。この泰勝、第一の家臣でござれば、主君に変わって挑むゆえ、いざ、勝負いたされい」

泰勝の怒号に周囲の者は手出しをやめた。昌豊も感じ入って馬を下りた。その顔は喜色に溢《あふ》れていた。

「名をなんと申したか」

「朝比奈弥太郎泰勝でござる」

「うむ。来るがいい、弥太郎。手加減はせぬぞ」

昌豊は慈愛に満ちた言い方をした。

「望むところ」

このとき、氏真は持ち場にいたので、泰勝の引き起こした武田と今川の闘いを知らなかった。だが、騒ぎに気付いた家康が使いをやって氏真を呼んだ。見てやれ、というのだ。この忠義者の勝負を目に焼き付けてやれと言ってくれたのだ。内藤昌豊は三方ヶ原の折には、家康自慢の剛勇な本多忠勝の軍勢を退け、今日もまた手を合わせたが討ち取らせず、二度も撥《は》ね除けた強者である。このまま泰勝が討ち取られるのではないかと、家康は思っているようだった。だから、泰勝が死ねば、お前が出ろという意味も含まれている。

氏真が駆け付けたとき、両者、刀による激しい突き合いの最中であった。どちらも一歩も引かぬ戦いぶりだ。この時代、剣聖と呼ばれた男は上泉信綱と塚原卜伝の二人だが、昌豊は信綱から剣を習い、泰勝は卜伝から直伝を受けた氏真から習っている。いずれも見事な刀捌《かたなさば》きだ。

師であり主君である氏真の姿を認めた泰勝が、刀を昌豊の喉元に繰り出した。と思うや、昌豊がその剣尖を弾き飛ばす。だれもが泰勝が討たれると思った。が、そのときには、泰勝は弾かれて中心《なかご》を失った刀を手放し、昌豊の身体に飛び込んでいた。すでに脇差を抜いている。地に転がる二人の間で血飛沫《ちしぶき》が散った。

鎧に刺さっていた昌豊の矢が、倒れたことで深く食い込んだのか、嫌な音と呻き声が辺りに響いた。

やがて二人とも動かなくなった。わずかの間の後、ざくりと骨を断つ音が立ち、昌豊の身体から泰勝が起き上がった。その手に、見事、昌豊の首が提げられている。高々と掲げた。

「今川家臣朝比奈泰勝、武田四天王内藤修理の首を討ち取ったり」

大声で宣すると、わっと喊声《かんせい》が上がった。

三

「嫌でござります」

泰勝が、氏真に涙ながらに訴える。内藤昌豊の首を討ち取ったことで、家康が泰勝を欲しいと氏真に言ってきたのだ。家康は氏真の真意をどこまでも汲み取ってくれたことになる。有難かった。だから、なんとしても泰勝を説得せねばならない。

「徳川殿自ら、その方を望んでの仕官である。名誉なことではないか」

「名誉など欲しゅうござらぬ。修理どのの首を討ったは、ひとえに今川の雪辱を果たさんがため。それを他家へ行けなどと、情けのうございます」

「嬉しかったぞ、泰勝。あの薩埵峠の撤退以降、わしにとってもっとも嬉しい日となった」

「ならばずっと……ずっとお傍に置いてくだされ。われらはずっと殿のお傍にいると誓ったではありませぬか」

「その気持ちも嬉しく思う。されど、今川を大事と思うなら、徳川殿の下にてこれからも手柄を立て続けてもらえぬか」

ぐっと泰勝が歯を噛み締める。氏真はさらに話を続けた。

「我が父義元は、その昔、京で坊主をしておった。そして天下静謐《せいひつ》の大志を抱き、今川の惣領となった。わしと徳川殿も同じ夢を見た。二人で父の志を継げればよかったが、そうはならなかった。天下静謐を掲げて天下に号令を下しているのは、信長じゃ。同じ大志を信長が抱いていたのじゃ。あやつはそのために将軍を戴き上洛した。そのときに、東の憂いを断つため、武田と徳川に今川を侵させた。それが永禄十一年の駿河侵攻の真相である」

なんと答えていいかわからぬと言いたげな顔で、泰勝は息を呑むように氏真の話を聞いている。氏真は続ける。

「わしは、わしの役割を果たしたと思うておる」

「どういう意味かわかりませせぬ」

「父の遺志は信長が継いだ。そして、その大願成就のため、古い時代の名家今川家は滅ぼされた。今、新しい時代が来ようとしておる。わしは前時代の旧体制の象徴として、天下泰平の世を呼ぶために滅びたのじゃ。そうすることでわしの願いも叶うのであれば、それで良いではないか。徳川殿もわしと同じ世を望んでおる。わしを想うてくれるなら、徳川殿の役に立ってはもらえぬか。それはひいてはわしのために働くことになる。何も傍にいることだけが、忠義ではあるまい」

「殿！」

「手続きは浜松に戻ってからじゃ。それまでに残党狩りがある。わしの家臣として最後の働きよ。今川の者として一つでも多く、武田の首を取れ」

「ははっ」

泰勝はその場に平伏し、しばらく涙を流し続けた。

二十一日は家康自ら武田勢の追撃のために伊那街道を進み、成果を上げて玖老勢（黒瀬）付近で引き返した。氏真ら今川衆もそれに従った。夜には長篠まで戻り、家康は長篠城に入ったが、氏真は野営した。軍議では、ほとんどの者がこのまま勢いに乗って信濃に進撃すべきだと主張したが、信長は首を縦に振らなかった。

「こたびの戦はここで終わりである」

深追いをせず、損害をほとんど出さなかった大勝利のまま終結させることを、信長は優先した。

この戦での織田、徳川方の死者は、信長が戦前に宣言した皆無とはならなかった。それでも、六十人ほどに過ぎないらしいと聞き、氏真は感嘆した。比して武田の被害の全容は摑《つか》めぬが、戦場に流れる噂では、数千とも一万とも聞こえてくる。そう言わせるくらい、死体が積み上がり、血の臭いに噎《む》せ返るほどだ。

少なくとも武田を支える名のある武将はことごとく討ち取られた。

信長はこのまま岐阜へ凱旋《がいせん》するとのことだが、家康はまだ留まり、奥三河へ侵攻し、武田の勢力を一掃するという。

氏真に対しては、駿河方面をこの月の内であれば好きに攪乱《かくらん》しても良いとのことだ。今川衆の人数は知れているから、山野に逃れ隠れた武田の残党狩りと、諸所の放火くらいしかできぬだろうが、それでも好きに暴れてよいという許可は、破格といってもい。さらにこの時ばかりは、酒井忠次に仕えた朝比奈泰朝を氏真に貸し出してくれた。

志寿や子らの顔が浮かんだものの、これで死ぬことになっても悔いはないと、氏真は家康に感謝した。

翌日、山に分け入り、逃げ損ねて隠れている武田の兵を見つけては殺しながら、氏真は駿河方面へ分け入った。惨いことだが、よってたかって喰らい付かれた過去を思うと、手加減する気にはなれなかった。山中に生きた人間を見つけると、雄叫びを上げ、全身血飛沫を浴び、自らの手で屠《ほふ》っていく。悪鬼のような主君を、息を詰めて見守る家臣らの恐れの目に気付いても、このときの氏真は自身を制御することができなかった。

「我が殿は……」

と久しぶりに泰朝が氏真のことを呼んだ。

「もうそなたの『殿』ではないぞ」

「……かようなときでも舞いを舞うような動きで人を斬りますな」

氏真の刀をあらため、

「何故、ささらのようにならぬのでござろう」

どこも欠けていない刃を不思議がった。

「のう、泰朝、あんな足軽や雑兵どもを斬ったとて、何がどうなるわけでもない。駆り出されていやいや戦場に来た者も多かろう。さぞ、妻子の元に戻りたかろう。されどこれが戦よ。命乞いをして死んでいくあの者たちも、過去にわしの足軽や雑兵を幾千と屠ったに違いない。わしに斬られて死んでいく者たちは、塵芥《ちりあくた》の如き弱者だったかつてのわしの姿である」

そう言って氏真はなおも人を斬った。

山野の捜索を生真面目に二十五日まで務め、二十七日に五月雨の中、駿府に入った。武家屋敷が立ち並んでいたところは相変わらず廃墟のままで、泰朝も泰勝も里勝も他の者たちも、あの永禄十一年以来初めて足を踏み入れた故郷に愕然としていた。氏真は二度目なので、それほど大きな衝撃はない。ただ、

（奪うだけ奪って、手付かずか……）

なんとも言い難い怒りがふつふつと湧いた。

信玄は駿河に侵攻したあと、駿府を捨て置き、憧れの海沿いに江尻城を築いたのだ。その城を、氏真から奪った海賊衆（水軍）の本拠地にしている。

見上げると雨雲が覆いかぶさり稜線《りょうせん》が消えた賤機山は、深緑一色であった。詰め城として機能していたときは、木々は必要に応じて伐り取られ、見晴らしのよい山であった。今は鬱蒼《うっそう》と樹木に覆われ、様相を変えてしまっている。

氏真を先頭に、今川衆は駿府を馬で駆け巡った。

今川館を中心としたかつての武家屋敷の跡地には、まるでおそれをなすように誰も住んでいなかったが、商家が軒を連ねていた町には、また舞い戻ってきた駿府商人たちが、今も変わらず住み着いていた。

突然の侍たちの乱入に、往来にいた者は悲鳴を上げて逃げ惑いかけた。が、今川の

旗に気付くと、

「今川様じゃ」「今川様の旗じゃ」

逃げる足を止め、恐々とこちらを窺った。

その声に、家の中に籠っていた者たちさえ、誘われるようにわらわらと出てくる。

「お屋形様」

「お屋形様ではござりませぬか」

みな、懐かしさを顔に滲《にじ》ませながらも、目には怯《おび》えの色を浮かべている。

「お前たち、早く逃げるのじゃ。もうしばらくしたら徳川の軍勢がここを踏み荒らしにやってくる。わしらは先ぶれとして参ったが、古い馴染《なじ》みゆえ、その方らを手にかけることなどできようか。今なら逃がすことができる。大事なものだけ持って、さあ、やられぬうちに立ち去るのじゃ」

氏真が空言を口にすると、商人たちは有り難がり、持てる物だけを抱えて、方々に散っていった。

人がいなくなると淀んだ空を見上げ、

「雨が降っているゆえ、建物の外からは焼きにくい。家の中から順次火を付けよ」

と命じ、商人たちの館をことごとく焼き払った。こうすることで、駿河の地から商人が出ていけば、武田は経済的な打撃を受ける。武田を追い詰めるためには必要なことだった。

氏真らは今川館周辺の武家屋敷跡に戻り、この廃墟に一日泊まることにした。雨のせいで半端に燃えてプスプスと煙をくすぶらせる商家のこげ臭さがここまで漂う中、だれもが黙してかつての自分の館跡を探し出し、ただ佇《たたず》んでいる。今川館は新しく築かれた外観がそのまま朽ち、焼け野原の中にそこだけ異様な風で建っていた。狐狸《こり》が住み着いていそうである。かつての繁栄を偲び、狐狸が今川の者たちに化けて過ごしていてくれたら、それはそれで一興だった。

「夜になれば亡者どもが酒盛りをしていそうですな」

泰朝が、むしろそうであって欲しいと言いたげに話しかけてきた。

「雪斎どのや婆様相手なら、酌の一つもするのだが」

氏真も微笑で応じる。

「山賊が住み着いてもおかしくないが、人影はありませぬな」

着いてからしばらく、泰朝だけ姿が見えなかった。この男だけが冷静に、何者かが住み着いていないか調べていたのだろう。

「商家があるのだ。武田の者が時おり見廻りにやってきているのであろう」

「我々が泊まっている間、来ませぬかな」

「来ぬさ」

「なにゆえでござる」

「敗北したての武田は狩られたくないから出ては来ぬ。来たら来たで嬉しいだけよ」

氏真はぽんと腰の刀を叩いた。違いないと泰朝も呵《わら》う。

「お屋形様、賤機山に登らずともよいのでござりますかな」

「五郎でいい。駿府の守り神の聖なる山に、商家を焼いたわしが登れようか」

氏真は山を見上げた。かつて感じていた神々しさは、今は何も感じない。己の心が荒んだせいだろうか。

「これから、どう生きていくおつもりです」

泰朝が核心を口にした。本当はこれがこの男が一番知りたかったことなのだろう。

氏真は幼馴染の友垣として、泰朝に答えた。

「他の者にはまだ言えぬが、みなの仕官先が決まったら、そこから先は只人として生きていきたい」

「只人……でござるか」

「うむ。もう武士ですらない、只人じゃ。近所の子らに剣や学問を教えながら、家族が食せるだけの糧を得て静かに暮らしたい。無責任であろうか。罪深きわしにそれが許されようか」

「五郎様は」

「五郎だ」

「……五郎は、もう十分に今川のために、再興を夢見る臣のために尽くしてくれたと、感謝の念に堪えぬ。五郎はよくやった」

五郎はよくやった、という泰朝の言葉が氏真の胸に沁《し》みた。

「好きに生きても良いか」

氏真の言葉に泰朝は目を見開き、

「むろんだ。好きに生きろ、五郎」

旧家臣としてではなく、友として肩を叩いた。

本音を言えば許されたかった。自分のしがらみから解き放たれたい。歴代の今川惣領の中でもっとも向かぬ男が、何もかも無くしながらも今日までよくやったと自身でも思う。

自分のせいで懸川城を失った泰朝に背を押してもらえたことは、氏真の中で大きな意味をもった。

(もう十分……か。そうだな。後はここまで付いてきてくれた者たちへの最後の務めを、しかと果たそう。それで何もかも終わりだ)

できればもう一戦か二戦して、手柄を立てさせたうえで、好条件で雇ってもらえるようにしたい。特に海老江里勝の行方が心配だった。「今川氏真の小姓」以外経歴がない。実力はあるが、武運に恵まれなかった。内藤昌豊との勝負に行き当たった泰勝のような運が、里勝にはない。

翌朝――。

「これからいかがいたします。幾ら負け戦の後とはいえ、武田領にこの寡兵で深く入り込むのは無謀というもの」

泰勝が訊く。氏真は駿府の元城下以外にもう一つ行きたいところがあった。

「薩埵峠を越えて引き返そう」

「は、いや……しかし……。彼の地は、敵の駿河における本拠地江尻城脇を通過せねばなりませぬ。いくらなんでも深入りし過ぎではござりませぬか」

「大事ない。城主山県昌景はこたびの戦で死んでおる。今は負け戦の始末に追われ、次の城主が入るまで間があるうえ、不要な争いは禁じられていよう。それにこんな人数で踏み入っていると思う者はおるまいよ。見掛けても先ぶれくらいに思うであろう。『幻の本隊』を恐れて手出しなぞしてくるものか。薩埵峠まで進み、後は引き返しながら景勝を物見がてら、江尻城下にも火をかけるぞ」

奥三河の仕置きが済めば、家康自ら追ってくるとのこと。合流するまでは、本気で好きに暴れるつもりだ。

氏真は宣言通り、江尻城下まで馬を駆った。そこからぽくぽくとゆっくり歩ませ、城下の様子を窺う。まるで廃墟のように人の姿は消え、静まり返っていた。氏真らに気付いたかどうかもわからぬ有様だ。このまま城が盗れるのではないかとすら思われた。

（有海原の決戦での敗北までは、日の本一強い軍勢という印象だったというのに……）

氏真は江尻城下を通過し、興津の町で馬を下りた。目と鼻の先が薩埵峠である。

「今宵はここに野陣しよう」

みなに提案した。だれもが「まさか」という顔をしたのは、ここが氏真が六年半前に二十一人から裏切られて撤退した清見寺のある場所だったからだ。よりによってここに？　といった顔をしたが、口に出す者はいなかった。

ずっと、氏真はここにもう一度来てみたかった。己の愚かさを教えてもらった土地だ。あの出来事があって、氏真はいろいろなことに気付いた。成長もした。真の愛も友も忠誠も得た。代価は確かに受け取った。

「ずいぶんと懐かしいな」

言い置き、氏真はひとり清見潟へ下りた。ひとりといっても、必ず小姓の里勝が付いてくる。だが、里勝は大人しく、自分から滅多に声を発さない影のような男であった。ただ静かに付き従う。

氏真は、江尻湾を望み、対岸の砂嘴《さし》、美保半島を眺めた。

「清見かた　はるる向ひの　水底に　影をならふる　美保の松原」

などと和歌を詠み、まるでその景色を楽しむかのように見せかけつつも、氏真が見ているのは信玄が今川から奪った海賊衆（水軍）であった。清見潟までできた第一の目的は、江尻湊を拠点とする武田海賊衆の偵察である。実際、松並木も影を並べているが、水底に影を揺らしているのは軍船である。

海賊衆は、今川時代はまだ組織を作り上げている途上であったが、武田でずいぶんと大きくなったようだ。ここには安宅船《あたけぶね》が一隻、関船二十二艘、小早《こはや》十五艘が浮かんでいたが、武田は伊豆の北条海賊衆の一部をも手中に収めていたから、伊豆近くにもまとまった船があるはずだ。徳川の海賊衆ではまるで歯が立たないだろう。家康が今後、駿河攻略を行う場合、今のままではこの海賊衆が障りとなって立ちはだかるかもしれない。

（なんとかしてやれぬものか）

世話になった分、恩を返したい。今すぐどうこうできる問題ではないが、頭に入れておこうと思った。

翌日みなで薩埵峠から富士を望んだ。夏というのに雪を被っている。そういえば今年の夏は涼しいと、初めて気付いた。有海原で大量の死体の臭気にあてられ、山中で血を浴び、どこか狂気じみていた熱気がようやく引き始めていた。

（ああ、熱気が引いた後で、火を放つのはきついな）

だからといって、今から火付けをして回るのを止めるわけにはいかない。これが信長と家康から自分に与えられた任務だからだ。

あの日、守ることができなかった薩埵峠に別れを告げ、興津に引き返すと火を掛けた。

それから江尻城下へと雪崩れ込む。ここにも火を放つと、さすがに武田勢が城から打ち出してきたが、逃げ惑う城下の者たちに遮られ、足止めを喰らう。その隙に、干《かん》戈《か》を交えることなく氏真らは通り風のように去った。

他にも要所要所に火を付けながら宇津の山を越え、六月二日に駿河入りした家康と入れ替わるように浜松の志寿の元へと帰った。

四

浜松の居館は平和だった。家康が有海原の戦いとその後の掃討戦の働きにと、五百石分の扶持米を与えてくれ、金の心配もなくなった。貰う時に、「出ていくことになるかもしれぬゆえ」と今川館の廃墟で泰朝に語った今の自分の心境を家康に伝えて断

ったが、

「だったらなおさら貰っておけばいい」

徳川ある限り一生食わせてやると言われて激しく困惑した。

「これよりわれら徳川は駿河を盗りに行くゆえ、旧主が手元にいると切り取りやすい。武士をやめても駿河平定までは我が許、この浜松で暮らして欲しい。五百石はその代と思えばよかろう。何よりすぐにやめるわけではないのであろう」

お前にはまだ利用価値があると言われれば、好きに使ってくれと答えるしかない。急激に大きくなっていこうとしている徳川家には、家臣の数を増やしていかねばならない課題がある。氏真を抱えていれば、今川旧臣が集まってくるから、それを吸収する形で膨らんでいける。確かに五百石くらいの価値がないわけではない。

戦の熱が引き、少し気持ちも落ち着くと、数千の死体を前に狂ったようになおも血を欲し、敵を狩ってまわった山中での己の所業を氏真は志寿に隠さず話した。自分の愛した駿河を、自らの手で燃やしてきたことも。

「有海原の戦場の多くは田植えを終えた田であった。みな踏みにじられ、百姓の植えた作物の上に死骸が積み重なった。わしが山中で斬った者の多くは、足軽と雑兵であり、弱い者たちよ。駿河で火をつけられた者たちは、罪のない民人じゃ。されどそれが戦であり、武士の仕事じゃ。その代わり、自領の者の田が荒らされれば年貢を考慮し、戦で死ねば金や土地を渡し、その家を働きによって取り立てる。焼け出された者がいれば家の一つも建ててやる。水の枯れた土地には池も造る。川が氾濫《はんらん》すれば堤防も築く。商人どもの商売にも手を貸し、市は手厚く保護してやる。それも武士の仕事である。それらすべてを手放して、戦が起こればいたずらに家を焼かれる側の人間に、わしはなりたいと思うが、承知して貰えようか」

「はい」

志寿はいつものように優しい目で、ただうなずいた。

「良いのか。北条ほどの武門の家に生まれたそなたが、ただの民となる。それでも良いか」

「五郎様がお傍にいてくださるのなら、それでかまいませぬ」

なんと覚悟のできた女だと、氏真はただ感嘆する。崇めたくなるほどに強く気高い女だと、志寿の手を取った。

「感謝する」

七月になり再び家康に呼ばれた。諏訪原城攻めに出てほしいという。諏訪原城は遠江東端榛原郡の東海道沿いにある、大井川と菊川に挟まれた武田の徳川に対する最前線に当たる城だ。家康が諏訪原城を落とせば、高天神城への大井川沿いの補給路を押さえることができる。

氏真は承知してすぐさま戦の準備に入り、中旬には徳川方の部将松平忠正《ただまさ》、松平真《さね》乗《のり》と共に諏訪原城の攻略にかかった。

今川衆の人数が少なくなっていたため、家康は今川旧臣の安部元真《あべもとざね》を配下に付けてくれた。もう六十三歳と高齢だったが、若い武将に引けをとらぬ働きぶりを家康に称えられている男だ。同じ浜松にいることは知っていたが、家康への遠慮もあり、挨拶一つせず仕舞いのまま今日まできた。以前、徳川の下に付いた今川家臣が氏真の元に戻りたがったとき、その者は殺されてしまった。家康はその一点には厳しかったから、自分が接触することで下手な嫌疑をかけさせてはならなかった。

「久しいの、元真」

元真の「元」の字は義元の偏諱《へんき》である。元真は、武田からの調略を受けながらも乗らず、駿府が焼け落ちたあとも、岡部正綱らと新たに普請中の今川館に籠って最後まで抵抗を見せた忠臣である。最後は信玄の和睦交渉に応じて他の者は武田に降ったが、この元真だけは頑として応じず、領地安倍谷へ引き返した。信玄はこれを許さず追撃し、一度は元真も逃亡せざるを得なかったが、氏真が家康と和睦をしたため、徳川勢の力を借りて再度旧領を取り返したのだ。氏真が北条領に行ってしまい合流できなかったため、そのまま家康の家臣になった。

「お屋形様、お懐かしゅう」

元真も再会を喜んでくれた。

「苦労をかけた。その方の忠義、有難かったぞ。礼を述べるのが遅くなった。もうわしの家臣でもないのに、こうして主君じみたことを言う非礼を許してくれ。礼がどうしても述べたかったのじゃ」

氏真が元真のかつての忠義に謝意を示すと、目尻に涙を浮かべ、

「御立派になられました」

と言う。

「逆だろう。零落しておる」

氏真は明るく笑った。

諏訪原城は本丸を要に扇状に広がる形をしており、何重にも連なる堀を深く切っている。縄張りの妙で攻め手は城内から狙い撃ちされ放題となる。

出丸はすぐに落とせたが、今福顕倍を守将とした城兵らの守りは堅い。それに思ったより鉄炮を持っている。徳川方鳥居《とりい》元忠《もとただ》が、物見の段階で足を撃たれ、戦線を離脱した。

家康は、竹束と亀の甲を用意した。どちらも身を隠す防具で、鉄炮や矢などの飛び道具から身を守るものだ。亀の甲は人が中に入れる四輪の兵車で、外側をぐるりと牛

の生皮で覆ってある。こうすることで火矢が刺さっても燃えなかった。これらに身を隠しながら、深い堀に土や草を運び、地道に埋めていく。

七つもある曲輪《くるわ》を一つ一つ潰していくのだ。地味だが、確実な戦法だ。ただ時間がかかる上、城兵がわっと出てくると退かざるを得ない。

城をこうして少しずつ壊していく方法と、力攻めとを両方行いながら半月が過ぎたが、死傷者は増えるばかりだ。

家康はこの間に小山城攻めも行ったが、こちらもうまくいかなかった。小山城は、大井川西岸の河口近くにある城で、ここを押さえれば武田方は高天神城への連絡が付きにくくなる。

徳川諸将を差し置くわけにいかないので、これまで黙って従っていた氏真だが、このままでは埒《らち》が明かない。氏真は安部元真を呼ぶと、

「その方の里に金堀衆がいたであろう。わしは、信玄の深沢城攻めの時に見たが、金堀衆に城内に通じる坑道を掘らせて陥落させおった。同じことができるか」

訊ねた。

「できまする」

「徳川殿に建言してもよいか。受け入れられればかなり働いてもらうことになるが」

「もちろんでござります」

氏真は二里（十三キロ）離れた懸川城に入っていた家康に、すぐさま元真の策として伝え、深沢城の成功事例も添えた。かの地黄八幡と恐れられた北条綱成さえ、これをやられて落ちたのだと。深沢城の件は伝聞でなく、氏真自身がその坑道を目にしている。説明もしやすかった。

「やってみよう」

家康はうなずき、元真は準備に取り掛かった。待っている間に八月も下旬になった。勝頼はひと月ほど経っても援軍を寄越す気配がない。素破《すっぱ》の知らせでは、援軍を募るが先の大敗で兵が集まらないようだということであった。あれほど強かった武田が傾き始めている。

家康が、安倍谷の金堀衆を連れて本陣を日坂久延寺に移し、総攻撃を掛けたのが八月二十三日。

扇の弧に当たる正面からしきりと攻撃することで城兵を引きつけ、城の搦手《からめて》側に回った。夜陰に紛れ、金山の坑夫に本丸まで続く坑道を掘らせた。元々は武田の策をよもや自分たちがやられるとは思っていまい。

本丸への抜け道ができたことで、城内に幾人かがそっと忍び込み、七つの曲輪に散ると一斉に火を放つ。城門を中から開けた。徳川方が続々と雪崩《なだ》れ込む。氏真も里勝ら今川衆を引き連れ、突っ込んでいった。

城兵たちは恐慌状態に陥りながらもなんとか防ごうと抵抗したが、誰のものかわからぬ「丹波守（城主今福顕倍）討ち死に」の大音声が響き渡ると、援軍が来ない絶望も手伝い、敗走が始まった。

二十四日、諏訪原城は家康の手に落ち、牧野城と名を改められた。家康は、金堀衆を率いてこの戦を勝利に導いた元真に感状を与えた。

この戦いで今川衆が何人か死んだ。遺体を手厚く弔う氏真の中に、なんともいえぬ感情が湧き上がる。本来なら、討ち死には名誉なこととして、その遺族に十分な報酬が渡されるのだ。だが、今の氏真には、この死に対して何も与えられるものがない。

夜になって家康が部将らを一堂に集めて軍議に入った。氏真も参加する。

「牧野城を取った勢いのまま小山城を狙い、高天神城を孤立させたい」

という家康に、老臣たちは、

「長篠救援からの連戦で兵が疲れているうえ、小山城を守るは智も武も優れた岡部元信でござれば、上様（信長）に援軍を頼み、お待ちするのがようござらぬか」

口々に反対した。

岡部元信はかつて今川の家臣で、桶狭間の戦いで義元の首が取られたときに、全軍総崩れとなって退却する中、ただひとり彼の地の鳴海城に留まり抵抗を続けた忠臣だった。孤立無援で戦わせ死なせるわけにいかぬため、氏真は撤退を指示したが、最後は鳴海城開城と引き換えに義元の首を信長から取り返した。氏真は、引き揚げてきた元信に、「忠功比類なし」の感状を用意して出迎えた。永禄十一年の武田による駿河侵攻の後も氏真に仕えてくれた。が、北条領で無為な時を過ごした時期に、信玄自ら仕官を誘われ、武田に下った。ただ朽ちていく身が耐えられなかったのだ。すでに六十歳は過ぎていたが、猛将で戦の勘は未だ冴えわたっていた。

家康はむっすりと口を引き結び、みなの顔を見渡す。重い沈黙に包まれた。明らかに、出陣を促す意見が出るのを待っている。が、だれもが自重を主張する。牧野城でも死傷者が多く出、その戦いの合間も小山城を取りにいって失敗し、みな疲れているのだ。

こういう時、自分なら撤退するのだが、この男は意思を貫くのだろうなと氏真が予想した通り、

「小山城を取りにいく。支度に掛かれ」

家康は命じると出陣する者たちの名を告げた。氏真は、このまま牧野城を固めよと言い渡された。

なにやら重い空気のまま軍議を終えた。みな、不機嫌そうな顔で立ち去っていく。

氏真も出ていこうとしたが、

「今川殿は今少し」

話があると引き留められた。家康は人払いをしたあと、耳を疑う言葉を口にした。

「上様に、五郎を駿州に仕据える心づもりがあるゆえ、申し伝えておく」

「な……」

「本来なら決定されぬうちに言うていいことではない。されど、お主が武士をやめようと考えておるゆえ、こたびばかりは伝えておいた方が良いと判断したのだ。口外するなよ」

咄嗟に氏真は何も言えなかった。城持ちに返り咲かせてやってもよいと信長が言っている——。しかも故郷駿河の城だ。今川衆が聞けば、どれほど喜ぶことだろう。ごくりと喉が鳴りそうになる。

(好機が目の前にあるのにみなの期待を裏切るのか……まだ頑張れるのではないのか……今川家の嫡男に生まれた者として、再興に向けて力を尽くすべきではないのか……)

己を縛るあらゆる言葉が噴きあがってくる。だが一方で冷静な自分もいる。「仕据える」ということは、信長配下として駿州に旧主の氏真を入れるということだ。それは、単にそうした方が駿河侵攻に名分を得て仕事がやりやすくなるというに過ぎない。大きな期待は禁物だった。家康ならまだしも信長なら、用済みになれば、その後どう扱われるかしれぬ危険がある。

そう思った次の瞬間には、何を気弱なという思いが湧き起こる。

（駿河平定までの戦働きで、価値ある人間だと証してみせればよいだけではないか……）

そう思って、ふとその考えに氏真は違和感を覚えた。

（価値のある人間……だと）

それはいったい何なのだ。

（お前は価値のある人間だと、だれかに認められながら生きながらえていくつもりか）

利用価値がなければ生きてはならぬのが武門の世界だ。それは、今の自分の場合、一部将として信長に仕え、一城を持たせて貰えるか貰えぬかの瀬戸際で一喜一憂し、あの男の望む言動だけ演じ、望む能力を示し続けて生きるということだ。

そうして再興した今川家を、いったい父は、祖父は、祖先は、始祖は喜ぶだろうか。

もし息子が自分の立場だったとして、今の己のような生き方でようよう家名を保っとして嬉しいだろうか。答えは、否だ。絶対に、そんな生き方をするんじゃないと、た肩を摑んで揺さぶってやめさせるだろう。それこそ今川の名が泣くではないか。それくらいなら、丸裸になって路頭に迷った方がまだましだ。虫けらのように殺される運命が待っていたとしても、自分自身として死ねるなら、その方がいい。

辛抱が足らぬのではないか、という思いがまた浮かんだ。心はひどく揺れた。目の前に、そんな生き方をしている男が座っている。辛抱の一字の下に、信長に気を遣いながら、あの男の望む言動を演じ、望む能力を示し続けることで信頼を得、徳川の勢力を拡大させていっている。ならば家康は卑小なのか。違う。この男は立派だ。尊敬できるし、幼いころに知り合い、友と呼んでもらえることを誇りにも思う。

それでも、この男の中にも、小さな反乱はあるのだ。だから小山城は、信長に援軍を頼まず、徳川勢だけで落とそうとしている。

氏真は深く息を吸い、ゆっくりと吐き出したときに、腹をくくった。

「次郎三郎……大名家としての今川家は、俺の代で終わりである。そしてすでに終わっておる」

家康は目を剝いて息を吞んだ。

「返り咲けるやもしれぬのにか」

「馬鹿だろう」

「家名を保つことこそが宗家に生まれた者の責任ではないのか」

「とんだ出来損ないがいたということじゃ」

「五郎は信じられぬ大馬鹿者よ」

「ああ、そうだ。駿府にいたころから、知っていたろう」

「………」

「次郎三郎、勝手なことを言うようだが、こんな馬鹿な宗家でも家臣の行方が気にかかる。せめて見どころのある者だけでも頼まれてくれまいか」

　氏真は手を突いて家康に頼んだ。

「……頭を上げろ。ならば、五郎も俺の頼みを聞け。さればなるべく召し抱えてやる」

「何をすればいい」

「しばらくこの牧野城に留まり、武田方の旧駿河勢の押さえとなってほしい」

　旧駿河勢はいまだ氏真には遠慮がある。裏切りはしたが、不思議と氏真を踏みつぶし、牙を剝こうとする者はいなかった。さらになにより、氏真は籠城戦が巧みである。

　氏真が最前線にいれば、積極的に手出ししにくくなるのは容易に想像できる。

　今の家康は、せっかく武田が弱っているものの大掛かりな戦は仕掛けられぬほど、領内の食料が尽きていた。兵糧が用意できずにいる。今年も冷夏だから、秋の収穫はあまり望めない。来年の収穫までは、大きく打って出ることは控えたいのが本音であった。だからその間、城攻めはするものの、大規模な戦いは引き起こしたくないのだろう。

「承知した」

結局、家康は小山城攻めを失敗した。勢いに乗ったまま攻めれば落とせると思っていたが、牧野城攻めのときに後詰に来たくても来られなかった勝頼が、一万余の手勢を引き連れ、大井川を越えてきたのだ。家康は勝頼との決戦を避け、戦わずに兵を引いた。

勝頼はそのまま高天神城に進んで物資を入れ、家康の浜松への退路を断とうとしたが、気付いた家康が牧野城から高天神城より西北西に位置する馬伏塚城に入って対峙《たいじ》の構えを見せた。が、両者余力はなく、双方引き揚げる形で激突が回避されたときには、季節はもうすぐ冬を迎えようとしていた。

氏真は、牧野城に詰めて、家康のつけてくれた定番衆（城番）牧野康成《まきのやすなり》、松井忠次《まついただつぐ》ら、及び牧野番（城の改築を担当）松平家忠《まつだいらいえただ》らと共に過ごしている。

牧野康成は、子どものころに今川の人質だったことがある。松井忠次は、旧今川家臣で、桶狭間の戦いの後、徳川家に帰属した者だ。松平家忠は生まれたときから徳川の家臣とはいえ、今川の血が流れている。義元の妹が嫁いだ鵜殿長持の娘の息子だ。父松平伊忠は、長篠、有海原の戦いで討ち死にした六十人のうちの一人であった。康成と家忠はまだ二十一歳の若侍である。

定番衆も牧野番もみな氏真に親切だった。徳川家臣全員が今川衆に好意的なはずもないから、そういう人物を家康が選んでくれたのだろう。

勝頼は、牧野城奪還を駿河西部の在番の者に申し付けていたが、時おり武田勢が城の周囲をうろついて牽制《けんせい》することはあっても、実際に手出ししてくることは今のところない。

周辺では時おり戦が展開された。高天神城を手に入れたい家康は、二俣城を落とし、かの城の孤立化を着々と進めた。勝頼も高天神城を守るため遠江に出馬してきたが、何も成果を得ることができずに撤兵した。いずれも戦火は牧野城には飛び火しなかった。

この年、志寿が懐妊し、翌年第三子次男の新六郎が生まれた。氏真は大名のままだったなら考えられないほど、子らを自ら抱き上げて育てた。失ったものと得たものを、このごろよく考える。子どもの温もりを手に、この穏やかで切ない気持ちを知る戦国大名はどれほどいるのか。そう考えると氏真が失ったものはさほど大きくないのかもしれなかった。

信玄などは父を追い出し、息子を殺した。あの男はあの男で良い人生だと思いながら死んでいったのだろうが、氏真は自分の人生も決して信玄に劣っていないという自信があった。いつまで牧野城にいるのかはわからなかったが、来年は四十歳。この区切りにできれば戦から離脱したい。

そういえば、信長は「天下人」となっていた。もう敵対勢力以外はみな、あの男を「上様」と呼ぶ。足利将軍義昭がこれに抗い、反信長勢力を再びまとめ上げ、攻撃を始めている。本願寺、上杉、毛利、紀州雑賀衆、丹波波多野、松永……。信長は当分、武田に手を出せそうになかった。

天正四（一五七六）年三月、正式に牧野城主に据えられ、氏真は困惑したが、家康は便宜上だと笑った。定番衆も牧野番も交代制で時おり人が入れ替わったが、みな氏真を大切に扱ってくれた。まだ武田は手を出してこない。そのまま牧野城で二度目の年越しをし、氏真は四十歳になった。志寿が三十一歳で、娘の菊が十一歳。長男の芳菊丸は八歳で、昨年生まれた新六郎が二歳である。妹の日奈は三十七歳、その娘の初が二十歳になった。

今川の名は、「天下一苗字」と言って特別だった。足利将軍家御一門に当たり、今川姓を日本中で名乗れるのは、一家のみなのである。それだけに、氏真に限らず、この高貴な名だけは残さねばならぬと考える者は多いのだ。

だからだろう、これほど落ちぶれても今川家と繋《つな》がりたい者は多く、武田家の出の初には一向に来ないのに、菊や芳菊丸には縁談の話が入り始めている。家康の許しを得てくれと伝えると、いつの間にか話自体が立ち消える。

そういえば、薩埵峠で裏切った一門の中には、「今川」の姓を氏真から剥奪し、自分こそが名乗りたいと信玄に申し出た者が複数いたらしい。信玄はそれだけは頑として許さなかったという。どうしてもという者がいれば、足利将軍家の許しを得るがいいと答えたのだとか。

（なにゆえ、かように重い名をわざわざ自ら名乗りたい者がいるのか……）

思い返せばこれまでの自分の人生は、「今川」という名との闘いだったのではないか。

氏真は、出家を考えている。法体になり常日頃はもう「今川」の名を名乗らず生きていくつもりだ。再興のために死力を尽くせぬ自分に、気軽にこの名を名乗る権利などないように思えるからだ。

だから氏真は今日、城にひとりの曹洞宗の僧を江戸から呼んだ。剃髪《ていはつ》するためだ。

床の間には、若紫のホトケグサを飾った。

約束の刻限に、その僧はふわりと空気をはらみ、舞うような所作で氏真の待つ座敷に現れた。

「お久しゅうございますなあ」

そこにいるすべてのものを包むような微笑を見せ、挨拶の言葉を述べる。二十八年前のちょうど春、別れを告げた弟の一月《いちげつ》長得だ。長得は、氏政に願い出て北条領江戸に曹洞宗万昌院を建てた。天正二年、三年前のことだ。開山は仏照円鑑禅師で、長得がたってと呼び寄せた僧だという。

「お前がもっと早く、約束通りわしを殺しにきてくれたらよかったのだが、いつまで待っても来てくれぬゆえ、今川家が亡びてしもうたぞ」

氏真も目を細め、別れ際に長得が言った、「兄上がもし今川の家を傾けることあらば、この長得、寺を抜け出し反旗を翻すつもりです」という言葉を懐かしんで、そんなことを口にした。

「いざやってみると坊主が性に合っておりました」

「だれも殺しておらぬか」

「だれひとり、この手にかけたことはございませぬ」

「わしは数え切れぬほど殺した」

「ではまずは、その方たちを、ご供養いたしましょう」

長得は氏真の前で経を読み始めた。

目を閉じて聴いていると、これまでに殺した者たちと、今川のために死んでいった者たちの最期の姿が次々と脳裏に蘇る。無念の怨嗟《えんさ》が黒い縄となって自分の体中にまとわりついているような気がした。だが、それを取り除きたいとは思わない。己は救われてはならない人間だ。救われるために僧になるのではなく、ただあの者たちの供養をせねばならない思いに駆られる。

やがてどす黒い煙でできたような縄は、青い炎となって立ち上がり、氏真を焼き始めた。

（ああ、また青だ）

氏真は思った。自分の人生を彩るのは、いつも哀しいほどの青である。これが冥界の炎なら、自分は死してなお青に包まれて過ごすのだろうか。

この炎は、どれほど氏真を包んでも、肉体は一切焼けぬのに、ちりちりと心が焼かれていく。その苦しさに思わず目を見開いた刹那《せつな》、長得の経が終わった。ぐっしょりと掻いた汗を氏真は拭った。長得は、最初に見せたのと同じ微笑を浮かべて荒い呼吸の兄を見ている。氏真はほっと息を吐いた。

「……お前の声は心地よいな」

「とても心地よいようには見えませぬ」

「地獄の業火に焼かれているような気分になれたぞ」

「それが心地よいのでございますか」

「人は己の内奥の罪を罰せられると、どこか据わりの良さを覚えるものかもしれぬ」

「兄上の罪は今川の罪。今川の罪は拙僧の罪でございます。我が身にもお引き受けいたします」

当たり前のようにそう言うと、弟は手ずから氏真の髪を落とした。

氏真が落飾した知らせを受けた家康から、一度浜松へ来るよう指示があった。氏真は久しぶりに浜松の地を踏んだ。

氏真と家康は、遠州灘の海岸の広大な砂地に馬を歩ませた。この時も互いの供の者は少し離し、二人の会話が聴こえぬよう家康が計らった。

「法体も似合うではないか」

家康から口を開いた。

「不惑ゆえ、良い時期かと思うてな」

「そうか。五郎は不惑か。……もう意思は変わらぬのだな」

「変わらぬ」

「一度離れれば、もう二度と今の場所には戻れぬがよいか」

「迷いはない」

「今川氏真を牧野城主の任から解任する。戻ったら手続きに入れ」

「かたじけない。……今は宗誾《そうぎん》という」

「どういう字だ」

「宗は宗教の宗の字を当て、命題を現す。誾は、中正にて和やかに慎むという意味の闇だ」

もちろん自身のことを述べているが、世の中が物事の道理のままに和し、慎むことを願っている。つまりは天下静謐で、いつか家康に語った「寂」だ。家康には通じたようだ。

「驚くほど五郎らしい名よ。宗闇か。まこと良い名だ」

家康は後ろを振り返り、付いてくる氏真の小姓、海老江里勝を見た。

「あの者だが」

「海老江弥三郎里勝という。最後まで付き従ってくれた忠義者だ」

「引き受けよう」

「有難いことだ」

氏真は近くに来るよう里勝を呼んだ。今後、里勝の身を家康が良きように取り計らうことになったと告げると、一瞬泣きそうな情けない顔をし、やがて目を伏せ、

「有り難きことでござります」

謝意を述べた。

これで今川惣領の任はすべて終わったと氏真は目を細めた。

氏真と家康はもう少し浜辺を進んだ。

「もうすぐ高天神城攻めに入る。いつか俺は駿河を手に入れ平定する。必ずや駿府を

復興し、今川の時代よりずっと賑《にぎ》わう城下をお主にみせてやろう」

友の力強い言葉に氏真の胸は熱くなった。

「楽しみに待っているぞ。駿府だけではない。お前の手で曇りなく清らかな恵みの世がくることを願っている」

「約束しよう」

「そのためにこれからも憎として使えることがあれば、我が身を使うてくれ。次郎三郎のためになら命を懸けることは厭《いと》わぬ。それだけのことをしてもらった」

「遠慮なくそうしよう」

氏真は家康に一首、和歌を送った。

――あきらけき　めくみあらなん　天てらすひかりを君に　なそらふる代は
天正五年三月一日をもって、氏真は血塗られた武門の半生と決別し、新たな人生へと足を踏み出したのだ。

十章

一

氏真は今、家康の密命を受け、小田原にいる。天正七年八月。すでに四カ月ほど滞在していた。

名目上の訪問理由は、氏政との和解である。家康の家臣となった朝比奈泰勝が、北条氏規の家臣で実兄の朝比奈泰寄を通じ、氏規に氏真の書状を届けたことで実現した。

氏規は子どものころから青年期にかけて駿府で過ごし、氏真とは親しい仲だ。北条が武田と同盟関係を結んでからは徳川と敵対しているが、家康とも、かつては屋敷も隣り合わせで仲が良かった。北条家の中では、もっとも連絡を付けやすい相手であった。

永禄十二年に氏真が懸川城に籠城《ろうじょう》した際、武田と同盟を結んでいた家康を、「北条と手を結び、共に氏真支援に舵を切らぬか」と説得したのは氏規だった。以来、家康は氏真に手を差し伸べ続けてきた。氏真からの書状を読んだ氏規は、すぐに兄氏政に連絡を付けてくれた。氏政はひどく驚いたようだが、「小田原に来るなら会って話をきく用意はある」と返した。

氏真にしてみると予想通りの答えだ。北条はこのころ、武田と手を切り、場合によっては再び徳川と同盟を結び直したいと考えていたからだ。今年の正月、氏政の弟の氏照が、家康に年始の挨拶の書状と大量の贈り物を寄越してきた。まだ具体的な話はなく、軽い様子見である。両家の付き合いは、機が熟しておらず、この時点で再開することはなかった。

北条が武田と手切れを考え始めたのは、上杉謙信亡き後の跡目争いに端を発している。謙信は天正六年三月に死んだが、後継者をしかと決めていなかったため、養子二人が激突したのだ。ひとりは謙信の遠縁で重臣に当たる長尾《ながお》政景《まさかげ》の息子上杉景勝《うえすぎかげかつ》で、もうひとりは北条氏政の弟、上杉景虎《かげとら》である。

跡目争いが起こったとき、北条は佐竹氏や反北条連合軍らと戦の最中であった。このため景虎の救援に行けず、同盟国の武田に助けを求め、勝頼は了承した。ところが勝頼は景勝からの和睦交渉に勝手に応じてしまい、その後で徳川との戦に集中するためこの問題を放り出したのだ。結果、氏政の弟景虎は敗北し、妻子もろとも死なねばならなかった。

この事件以降、いまだ北条と武田は同盟関係を継続していたが、両者の間は冷え切っている。徳川と手を結び直し、武田と敵対したいと氏政が考えるのは、むしろ自然なことだ。

一方、徳川からすれば北条と組んだ方が武田を潰しやすくなるのは確かだが、ことが差し迫っているわけではない。さらに、徳川と同盟を結ぶ以上は、織田とも結んでもらわねば困るわけだが、信長が天下人となった以上、対等ではなく、北条が臣従という立場を取らねばならない。果たして氏政が了承できるのかという大きな課題が立ちはだかる。

いったい、この中央の情勢の変化に応じた同盟を、氏政に理解させることができるのか……。家康にはそれはひどく困難なことに思われた。誰かが氏政の懐まで飛び込み、懇切な説明と共に説得しなければならない。

そういう機微を読み取り、氏真は家康に、「北条と手を結ぶべきだ」とまずは進言した。北条を武田にぶつければ、いつか江尻湊で見た武田海賊衆（武田水軍）の問題も解決する。北条には、武田に対抗しうる北条海賊衆（北条水軍）があるからだ。

氏真は氏政の説得には、自分が当たることを申し出た。あくまで旧知の立場から、織田、徳川と手を結んだ方が得策だと説くのであって、説得の段階で家康の意向は一切伝えないことを約束した。氏真の説得に応じた北条からの申し出という形で同盟に持ち込み、徳川に有利な条件で締結させるためだ。

「織田臣従の了承を取り付けられなければ、こたびの交渉は流して戻ってこい」

家康は出立する氏真にこの一点を何度となく繰り返した。

こうして氏真はまずは同盟のことは秘め、「元亀四年の非礼を詫びる」ことを理由に、四月に小田原の土を踏んだ。氏政は、家康と懇意にしているこの客人を無碍《むげ》に扱うような愚かな真似はしなかった。北条はそれほど切羽詰まっていたのだ。

氏真は、当時強引に志寿を連れ出す形で北条領を出たことを、氏政に誠心誠意謝罪した。

氏真はすでに武士である自分を捨てていたので、言葉の使い方も改め、姿も法体である。氏政はそんな氏真を、責める気にはなれなかったようだ。

氏政は、妻を失った気持ちも落ち着いていて、

「こちらこそ、当時はずいぶんと当たり散らしてしまった」

逆に詫びてくれた。

完全に和解すると、氏真は氏政に、自分の詠んだ四百首以上の歌を書き留めた詠草を見せた。氏政の趣味も和歌だったからだ。氏政は熱心にそれを読み、書写してもいいかと訊ねるほど気に入ったようだ。ちなみにこの時写した詠草からさらに写し取っ

たものが、やはり和歌が趣味の伊達政宗に贈られている。

詠草には、和歌を詠んだ背景も簡単に記してあり、その中には蹴鞠《けまり》をしたことも、信長の出陣を八幡で見物したことも、長篠・有海原の戦いのことも、諏訪原城の戦いのことも記してあったため、氏政はそちらにもずいぶんと興味を持ったようだ。たびたび氏真を呼び出しては、京の様子や戦のことを訊ねてきた。

この時が氏真にとっては好機であった。尋ねられたことに答える態を取りつつ、どれだけ時代が変わってきているのかを、熱心に語った。自分が武門から退いたのも、そういう変化に対応できなかった衝撃も、幾分あったのだと付け加えた。

「信長とはさほどの男なのか」

氏政は呟《つぶや》き、新たに生まれた将軍以外の「天下人」という異質なものに、

「実際、わしにはそれが何なのか、まったく理解できていないのじゃ」

困惑していることを吐露した。あれほど強かった武田が大敗したことは、ただ事ではないと感じているとも言った。

「京に近付けば近付くほど銭文化で、都の人間や商人を動かすには銭がいります。朝廷が武門の権威を位置付け、商人が戦の物資を運搬まで含めて請け負う以上、それを握った者が強者でございましょう。この国では朝廷と銭を押さえた者が勝つのです。武田も金山が盛んな時期がもっとも強うございました。信長はこの銭によって息をも

つかぬ連戦を可能にしています。信長の金脈は尽きません。信長を支える津島も熱田も堺も坂本も商いが回っている以上、新たに銭が生み出されるからです。この信長にこのごろ勝頼が近付こうとしていることをご存知か」

氏政は氏真の言葉に動揺した。勝頼が信長に向けて和睦交渉を求めていたのは事実であった。もし、武田と織田がそれ以上の関係に進み、同盟が成立し、北条が武田と手切れになればどうなるのだろう。佐竹らを中心とした宇都宮方面の反北条勢力と、上杉、武田、徳川、そしてさらには織田が、北条の敵となる。さすがにその状態で持つだろうか。

武田が織田と接近する前に、北条はなんとしても織田・徳川と同盟を結ばねばならない……という気に段々と氏政もなってきつつある。

そこで氏真は「天下人」となった信長と同盟を結ぶのであれば、臣従する覚悟がいることを伝えた。そしてこの条件を吞まぬ者と徳川が同盟を結ぶこともないだろうと諭した。

「もし、交渉する気であれば、人質時代に徳川殿とは通り一遍でない親しさで付き合っておられた助五郎（氏規）どのを通すのがよろしいかと存じます」

氏政はここで一度、沈黙した。さすがに織田に臣従はできぬと思ったのかもしれない。

だが、武田が織田と組むかもしれぬという危機感は、いずれ氏政を動かすはずだ。目の前に滅亡した戦国大名がいるのだ。臣従することで氏真の如き運命を避けられるなら……と氏政は考えるだろう。氏真は、今川人質時代の者たちが、こぞって手を差し伸べるという不思議な縁で、この殺し合いの戦国の世を生き延びているが、普通はこうはいかない。北条が亡びれば、氏政は生きていけぬだろう。

氏政は織田・徳川との同盟の道を選んだ。氏真は家康に、氏政が信長への臣従の条件を呑むことを伝えた。こうして九月、徳川方からの正式な使者として、朝比奈泰勝が小田原にやってきたのだ。

泰勝は、氏政との用件を終わらせると、氏真が滞在中に与えられている座敷を嬉しげに訪ねてきた。

「殿、お懐かしゅうござります。お会いしとうござりました」

泰勝は、氏真に会ったとたん泣きださんばかりに感激する。氏真は眉間に皺《しわ》を寄せた。

「四カ月前にお会いしたばかりで、懐かしくございません。それに、そなたの殿は徳川殿ではございませぬか」

するとと同じように泰勝の眉間にも皺が寄る。

「そうでござりますが……宗誾様、いつも思っていたのでござるが、さすがにそのお言葉遣いは妙でござりますぞ」

「今では弥太郎どのの方が御身分は上なのですから、慣れていただかねば」

「そんなご無体な……。宗誾様のおかげで、滞りなく同盟の手続きも終わりそうです。われらと共に帰られますか」

「拙僧は、もう少しここにいることにいたします。前右府《さきのうふ》（信長）様との同盟を見届けてから帰還いたしましょう」

「それがようござりましょう。徳川家は今、少々荒れてござりますゆえ」

氏真の知らぬ話だ。

「御家中で何かあったのでございますか」

「岡崎三郎（信康）様が、ご謀反《むほん》の嫌疑を受けて、幽閉されておしまいなのです」

信康は家康の嫡子で、かつて徳川が今川を裏切った際に、氏真が人質とした子だ。母はかの夕である。人質交換の際、岡崎に行くなと氏真は止めた。だが、夕は家康恋しさで敵となった家に子ども二人と戻ったのだ。その夕の切ない女心を家康は受け止めることなく、子らと引き離して幽閉した。その後、家康が浜松に移り信康が岡崎城主となったため、母である夕を城に呼び寄せ、ようよう母子共に暮らせるようになっていた。夫家康とは冷え切ったままだが、信康が母思いの息子に育っており、夕は夕なりに仕合せに過ごしているのだろうと氏真は信じていた。夕は今、築山殿と呼ばれている。

氏真自身は、どれほど懐かしくても、夕に会いにいったことも連絡を取ろうとしたこともない。もし氏真にそういう素振りがあれば、家康は許さないだろう。

家康と信康の不仲は昨年からたびたび浜松では噂になっていた。家臣らに、信康に会いに行ってはならぬなどと、訳の分からない禁制が出たことも、牧野城で一緒だった家忠が「馬鹿馬鹿しい下知でござります」と、迷惑そうに愚痴をこぼしていたから知っている。それでも、幽閉に及ぶなど思いもしなかったから、氏真は驚いた。

「御母堂はいかがいたされましたか」

夕は信康の庇護《ひご》があればこそ、岡崎城で暮らせたのだ。居場所がなくなってしまったのではないかと、氏真は心配した。

泰勝は首を左右に振る。

「御生害なされました」

すでに死んだという。

「どういうことなのだ」

つい、氏真は昔の口調になった。

「理由はよくはわかりませぬ。殺されたとのことでござります」

息が止まりそうになった。なぜなのだ、という思いが頭の中でぐるぐると廻った。

夕にとって家康への想いは、命懸けの恋だった。何を差し置いてもあの男の傍に行くことを夕は望んだ。氏真は必死で止めたのだ。このまま駿府に残る方が、長い目で見れば夕のためになるからと。それでも最後は夕の気持ちを尊重した。こんな結末なら、無理にでも命令という形でも、行かせなければよかったと悔やまれる。

「武田と通じていたとの噂もござりますが、殺すための口実だとの噂も立ってござります。宗誾様が浜松に居ぬときでようござったと、われらは思うております。お心の乱れが表に出ると、この件に関してはお屋形（家康）様は、御不快に思われましょう」

浜松に戻ってからも、家康との会話の中で、一切信康と築山殿のことには触れてはならないと、泰勝が釘を刺した。言われなくても口を出すつもりはなかった。すでに死んでいるのだから詮無《せんな》いことだし、夫婦の間のことは他人がどうこう口を挟めるものでもない。

（そうだな。哀しみは小田原に置いていこう。於夕どのが自ら選び取った人生だ。どんな運命が待ち構えていたとしても次郎三郎の元に行きたいと言うて、岡崎へ行ったのではないか。だのに行かせたことを俺が悔やめば、於夕どののあの日の覚悟を汚すことになろう）

泰勝は五日に海路で浜松へと戻った。北条と武田は手切れとなり、北条は徳川と、武田は上杉と同盟を締結させ、両者は敵同士となった。

氏真は、織田に臣従する形で北条が同盟を締結させたのを見届け、十月八日に浜松へと戻った。翌日、今度の同盟の成立における働きを労い、家康自ら氏真を饗応《きょうおう》した。饗応の間、家康は終始機嫌がよく、満面の笑みを幾度か浮かべた。

このときには信康は自刃させられ、この世のものではなくなっていた。館に戻った氏真は、家康の笑顔を思い浮かべ、なにかうそ寒いものを感じた。

氏真はだれにも知られぬよう、家康の息子と夕のために経を上げた。氏真の脳裏には母の夕に縋《すが》りつく、幼子の姿しか浮かばなかった。今の自分にも四歳と二歳と生まれたばかりの幼子がいる。その子らの姿と重なり、経を読む氏真の目から涙が零れ落ちた。

二

天正十(一五八二)年三月十一日、武田氏が滅亡した。

あの憎き武田がようよう滅びたか……とは今は思わない。武門を離れて五年が過ぎ、すでに氏真の中に憎しみは燻《くすぶ》っていなかった。今が仕合せだからというのも大きい。

氏真は今も変わらず浜松に暮らしている。どこにも仕官できない者や、何をどうしても氏真の元を去ろうとしない者ら、氏真衆を抱え、望んでいたような自由な生き方こそ出来ていないが、剣術の指南や書物の書写などを生業に過ごしている。

例の五百石の扶持は未だ隠居料として家康から宛がわれていたが、氏真衆を養わねばならない分、生活は楽ではなかったし、自分で働いて稼ぐのは楽しかった。

また、徳川が外部の者をもてなすときに、氏真の洗練された感覚が求められることも多かった。饗応の進行や趣向の提案をしたり、実際に客人の出迎えをしたり、時に自身も酒宴に陪席したりして、客人の接待に当たった。

満たされた生活の中では、もう誰かを恨むような気持ちは、這い上がってこなかった。だが、武田滅亡は、別の部分で氏真の心をかき乱した。滅亡の仕方が衝撃的だったからだ。

天下人となった信長が、「武田氏は天下の平穏を乱す朝敵である」と見做《みな》したとたん、本当に武田氏は朝敵とされてしまったのだ。権力者のたった一言で驚くほど簡単に決まった。帝にも東夷であると認めさせ、征討のための祈願も行い、「東夷征討」の軍が瞬く間に調《ととの》った。武田討伐は、大名同士の争いではなく、朝敵を倒すための征伐と位置付けられた。これによって、勝頼に味方すれば、その者も「朝敵」となるのだ。

凄《すさ》まじい勢いで多くの家臣らに裏切られ、勝頼は新たに本拠地として築きかけていた新府城を焼き、相模の国境に近い岩殿城に逃げ込もうとした。が、離反した城主小山田信茂に阻まれ、果たせなかった。信茂は助けを求める勝頼に向けて鉄炮を撃ち掛けたそうだ。信じた家臣に銃口を向けられた勝頼の気持ちは、いかばかりだったろう。その後、天目山を目指したが、行き着くことなく妻子諸共自害して果てた。あれほど強かった武田のあっけない最期であった。

これから先、信長に逆らう者たちはみな逆賊として屠《ほふ》られていくことになるのだろう。――確実に時代は動いている。

氏真は己の身に降りかかった武田による駿河侵攻を、思い起こした。やはりほとんどの家臣らから裏切りに遭い、居城を捨て懸川城を妻子と共に目指したが、自分の場合は城主朝比奈泰朝が裏切らず、

「よくぞご無事で」

と迎え入れてくれたのだ。その有難みを今更ながらに思う。

あのとき、生き延びることができたから、生まれた命が四つある。氏真は今は、五人の子の父となっていた。長男は吉良義安の娘と婚約し、長女はやはり義安の息子に嫁いだ。義安は、駿府時代に、人質で友だった男だ。義安の妻は家康の祖父松平清康の娘で、その子らは家康とは従妹同士の関係にある。この吉良家と今川家の婚姻には、家康の思いが強く働いており、ここでも氏真は守られた形となった。

武田が滅亡したあと、氏真の旧領駿河国には家康が入った。心から良かったと思える。氏真が組織した今川海賊衆は武田に盗られたが、今は徳川のものになった。氏真にしてみれば、自分の元に戻ってきたかのように嬉しい。思い返せば、家康への憎しみに囚われて過ごした日々もあったのだ。こんな気持ちになる日がこようとは、あの頃の自分は思いもしなかった。

今は、いつか約束してくれた駿府の復興を、楽しみに待つばかりだ。

織田と徳川は、永禄五(一五六二)年に同盟を結んで以降、二十年間も破られることなく運命を共にしてきた。その結果、信長は天下人となり、武田を朝敵として屠ることで、信長政権の確立を喧伝《けんでん》した。いまだその力が及ぶ範囲は限られているとはいえ、これからはよりいっそう支配が進んでいくだろう。

このめでたさを寿《ことほ》ぎ、これまでの気の休まらぬ日々を慰労するため、家康は駿府に信長を招いた。心から感謝の意を込め、思いつく限りの趣向を凝らし、最大限のもてなしをした。

信長はたいそう喜んだという話だ。そして信長もその返礼に、天下人の居城として築城した安土城に家康を招き、もてなした。

家康は招かれたまま、まだ戻ってこない。信長はこれから中国と四国に侵攻するという話であった。もはや男たちの壮大な野望の外にいる氏真には、遠い世界の話である。

ところが――。六月に入ってすぐ、事態が急変した。織田信長が京の本能寺で殺されたのだ。

穏やかな気持ちで過ごす氏真の館に、その知らせが飛び込んできたのは、四日のことだ。

「弥八郎どのとおっしゃる方が、宗誾様にお会いしたいとのことでございます」

取次の者に言われ、氏真はその名に息を呑んだ。

「弥八郎と確かに名乗られたか」

聞き返したほどだ。

「はい。弥八郎と言えばわかると言われて……」

「ああ、わかる。わかるとも」

なんと懐かしい響きだろう。

「駿府時代の友垣だ」

共に師雪斎の元で学んだ、幼馴染《おさななじみ》の鷹匠《たかじょう》、弥八郎だ。一向一揆《いっき》が起こった際、家康を裏切り一揆勢についたと聞いていた。その後、出奔《しゅっぽん》し、行方が知れなくなったのだと。浜松に戻ってきたということは、家康に許されたということだろうか。氏真は中庭の景色が一番良く見える座敷に、弥八郎を通した。

さすがに年を取ったなと思うものの、あの頃の面影がはっきり残っている。額が大きく顎が小さい。耳たぶが長く垂れていて、指が驚くほど細かった。鷹匠ではなく、立派な武士の姿をしている。ただ、顔色は悪くひどく疲れているようだ。

氏真は弥八郎を友として迎えた。

「弥八郎どの、達者そうで何よりだ」

「お懐かしゅうございますな。今は宗誾様と名乗られているとか」

「天正三年から歌集などにはひそかに使っていたが、剃髪したのは五年前だ。弥八郎どのは今はなんと名乗り、何をしておるのだ」

「ご挨拶が遅れましたが、今年の頭からすでにお屋形様の元へ帰参し、今は本多弥八郎正信と名乗ってござります」

「そうか、それはさぞお屋形様もお喜びであろう」

と返しながら、何か弥八郎に切羽詰まったものを感じ取った。弥八郎は昔話の一つもせずに、「平穏にお暮らしのところ、申し訳ないが」と切り出し、次のように続けた。

「宗誾様には今より京に上っていただきたく、お願いに参りました次第」

「京に……」

「これより今しばらく、お屋形様の為に生きてはくださらぬか」

家康の為に、と言われれば氏真には断れない。妻子の顔が過《よぎ》ったが、氏真は承知した。

「何をすればいい」

「京の情勢を流してくれるだけでよいのです」

つまり間諜の役目を担ってくれと言っているのだ。

「今までそれがしが承ってござりました」

弥八郎はこれまで松永久秀の家臣になったり、石山本願寺の宗徒に混ざったりして、彼らの動きを逐一家康に流していたことを明かした。

氏真にも同じように、公卿《くぎょう》の人脈と世捨て人の立場を生かし、中央の動きを摑《つか》んで流して欲しいという。

それから重大なことを告げた。二日前に京の本能寺で織田信長が第一の家臣とも言える重臣惟任《これとう》（明智《あけち》）光秀《みつひで》に討たれて死んだ――と。

背後から殴られでもしたような衝撃を、氏真は受けた。

（あの信長が死んだのか）

信じがたくもあったが、一方で家臣に討たれたというのはどこか合点がいく。

そしてなにより、家康が無事で良かったと、泣きたくなるような思いで感謝した。

信長が討たれたとき、家臣ら三十数名と共に堺にいた家康は、光秀勢の目を逃れ、土民や雑兵を討ち取りながら伊賀の山を越えて伊勢へ抜けたらしい。そこから角屋七郎次郎の商船に乗って、岡崎に無事、戻ったという。

「われらも、その一行の中におりました」

と弥八郎は言った。ほとんど不眠不休でここまで来たようだ。

家康を伊勢で助けた角屋は、氏真が信長に贈った例の千鳥の香炉を預けた男だ。今川家時代から世話になっている商人で、非常に信頼できる。香炉の件で浜松まで来たときは、家康にも紹介した。家康は七郎次郎を手厚く遇した。人との縁というものは結んでおくものなのだ。氏真はしみじみ思った。そして、誰に対しても一期一会の心で誠意をもって接することが、どれほど後の自身の運命を左右することか。情けは人の為ならずというのは真なのだ。

「今夜のうちに準備して、すぐに発とう」

今の京が恐ろしく危険なのは、簡単に想像がついたが、すでに武士をやめて五年、文化人として生きる氏真なら、新たに勃発《ぼっぱつ》する勢力争いの間隙を縫っていけるかもしれない。

氏真は家康のために死地に赴く覚悟で京へ出立した。その行動は結果的に氏真自身を助けた。ここにきて、国衆の中にすでに徳川家や他家に出仕しているにも拘わらず、

「今川家の家臣に戻りたい」と言い出す者が現れ出していたからだ。揺れ動く情勢の
中で、なにかしら今川にも好機があるとみたのかもしれない。
みながまだ今川家を諦めきれていない。その気持ちは、氏真には嬉しいし有難い。
だが、こうした動きは、下手をすれば家康を刺激する。
氏真が危険な京に飛び込んだことから、この時は大事に至らなかった。
だがもっとはっきりと、もう自分は大名には戻らぬのだと、世間に示していかねば
ならない。淡い期待をもう誰も持たぬように。

信長の死で、日本の勢力図が大きく書き換えられた。信長が天下人である以上、そ
れを勅命もなく討った惟任光秀は朝敵にも等しい「天下の逆賊」であった。ただの主
君殺しではない。
謀反人の征討にいち早く乗りだした羽柴秀吉は、備中高松城を攻略中であったのを
引き返し、十三日には光秀の首を上げた。この功を掲げ、この男が次の天下人へと駆
け上がっていったのだ。
京に上った氏真は、瞬く間に治安を取り戻した都から、「すでに光秀の首級は挙げ
られ、家康が今から軍勢を従えて上ってきても時すでに遅し」と、本多正信を通じて
知らせた。このため、兵を集めていた家康は、そのままこの人数を旧武田領侵攻に切

り替えた。信長の死で、随所に一揆が勃発し、信長の命で武田領を治めていた者たちは、殺されるか逃げ出すかして、甲斐、上野、信濃がぽっかりと持ち主のいない地に早変わりしたからだ。

家康が武田氏遺領を切り取りし放題だったように、北条から見てもことは同じであった。このため、すでに氏政から家督を譲られていた氏直は、徳川との同盟をかなぐり捨て、版図拡大に乗り出した。

両軍合わせて六万余の軍勢の睨《にら》み合いが続いたが、結局、織田家の介入で話し合いによって版図を分け合い、氏直の元へ家康の娘が嫁ぐことで再び同盟関係を構築した。

この間、氏真は京と浜松を何度か行き来しながら、西の情勢を家康に伝えた。

こんなことがいつまで続くのだろうと、氏真は人の世を疎ましく感じた。なぜ人は争わないと生きていけないのか。自分が生きているうちに静謐《せいひつ》な世を見ることはないのだろうと思い始めていた。だからといって、氏真に文句を言う資格はない。自分はそのために何一つ戦っていないのだから。

信長は天からこの様子を眺めて笑っているかもしれない。

三

天正十八年、秀吉の小田原征伐により北条氏が滅亡した。秀吉は、五年前に関白となり、豊臣という新氏を帝に下賜され、天正十六年には全国の大名に秀吉の拠点、京の聚楽城（聚楽第）にて臣従を誓わせた。

その呼び出しに、北条が応じなかったことが滅亡の原因だ。ただ、氏政か氏直が京へ行き、秀吉に頭を下げれば済んだ話だ。氏真には不思議だった。なぜ氏政は今回はこれほど抵抗したのか。信長の時は臣従したではないか。

（どうした、新九郎（氏政）……なにゆえかほどに愚かな道を選んだのだ）

どんな人にも、どうしても屈することができぬ時というのはあるものだ。それでも、これまで数代にわたって積み重ねてきた「北条家」と引き換えにするほどのことなのか。

屈服しようとしない北条の討伐に、秀吉は二十二万の軍勢で臨んだ。

（二十二万……）

いつの間に、戦はこんな大規模になったというのか。去年と今年はまるで違う。今年と来年も違うだろう。刻一刻と戦の様相は変わっていく。天下の有様も然り。その変化に、北条は対応できなかったのだ。

これまでも危機に瀕《ひん》して何度もやってきたように、今度も小田原に籠城した。時代はもはや変わっているのに、また同じ手を使った。赤子が鬼に捻《ひね》り潰されるように、まったく相手にならぬまま、降伏開城せざるを得なかったのは、当たり前ではないか。

まったく理解しがたい抵抗の結果得た結末は、氏政、氏照の切腹。氏規、氏直の高野山への蟄居《ちっきょ》。ひとり氏邦だけは、自身を攻めた敵将前田利家に庇《かば》われ、家臣となった。

氏真はこの知らせを浜松の館で受けた。戦場から慌ただしい中、わざわざ書状で知らせてくれたのは、朝比奈泰勝である。泰勝は、十一年前に小田原に赴いて以来、徳川と北条の連絡役をずっと務めてきた。韮山城に三千七百に満たぬ寡兵で籠った氏規が、四万の軍を相手に四カ月ものあいだ戦い通したときも、徳川の使者として降伏勧告の口上を述べた。家康は、なんとしても氏規だけは助けたかったのだ。

家康と氏規は、互いに居城の近くを通ったら、「茶でも飲みながら、駿府にいたころの昔話でもせぬか」と、誘い合う仲であった。もちろん、近くにいれば氏真も共に語り合う。

時が経てば経つほどに、あの駿府で培った絆が、この殺伐とした世にあって、珠玉のように大切なものとして互いに深まっていく。それは名状しがたい不思議な感情だった。他の者たちが聞けば、何を甘いことをと嘲笑《あざわら》うだろう。当人たちもそう思い、こんな戦国の世に不釣り合いな友の情など邪魔なだけだと切り捨てた時期もあった。己の中に巣食う甘さに、反吐《へど》が出る思いを覚えたものだ。だが今は、こんな世だからこそ大切にしたい。

それともかような戯言《ざれごと》は、ただの夢に過ぎぬのか。有り得ぬものをあると信じているだけなのか。信じた友との絆を貫けるか貫けないかは、死ぬときにならねばわからぬことだ。

今になって氏真は、これこそが義元が遺したものなのだと思う。こういう人と人との良き縁が日本中に満ちたとき、義元の目指した天下静謐の世となるのだと。そしてそれは信長には決してつくり出せぬものだったに違いない。あの男には人の心がわからない。優しい男だったと思う。だが、潔癖すぎて人の持つ濁りのようなものを憎み過ぎていた。

(されど、その濁りこそが人間だ。人間を否む者に、人の世が統《す》べられようか)

だから殺されたのだ。

秀吉の行おうとしている天下統一は、義元や信長とはまるで異質のものだ。あの男は「静謐」など望んでいない。

ならば、義元の遺志を継ぐのは、義元に育まれたあの駿府の子どもたちの誰かなのだ。

やはり駿府の子である泰勝は、家康の口上以外でも氏規に訴えたという。

「永禄十二年の五月をお忘れですか。あのとき美濃守（氏規）様は、宗誾様に下城をお勧めになられました。とにかく生きてこの城を出よと。どんなお気持ちで宗誾様に、すべてを失ってもなお『生きよ』とおっしゃったのでござりましょう。その時のお気持ちを思い出してくださりませ」

氏規は目を閉じてしばらく黙していたが、家康の勧告を聞き入れ、秀吉に膝を屈することを受け入れた。慟哭《どうこく》の中で命を明日に繋《つな》いだ。今は兄二人が死んで己が生き残ったことを辛く感じているだろうが、いつか自分と同じように生きていてよかったと思う日がくればいいと、氏真は年下の従兄のために祈った。

氏直と氏規の赦免は早く、翌年の二月には秀吉に許されている。家康の嘆願が効いたのだ。

北条の者たちがどうなったのか、妻の志寿に伝えなくてはならない。志寿にとっては、兄二人の死であった。それだけではない。母の芳（瑞渓院）も、戦の最中に亡くなった。城が落ちたときには死んでいたのだ。おそらく自害したのだろう。

「志寿、二人だけで話がしたい」

その言葉だけで志寿には氏真が何を話そうとしているのか気付いたようだ。張り詰

検印
廃止

訳者紹介　1953年北海道生まれ。翻訳家。早稲田大学文学部卒。訳書にL・ビネ『言語の七番目の機能』、O・ゲーズ『ヨーゼフ・メンゲレの逃亡』、E・ルイ『エディに別れを告げて』、P・フルネル『編集者とタブレット』、J・ルーボー『麗しのオルタンス』、P・キニャール『アマリアの別荘』等。

HHhH――プラハ、1942年

2023年4月28日　初版
2024年7月12日　3版

著者　ローラン・ビネ

訳者　高《たか》橋《はし》啓《けい》

発行所　（株）東京創元社
代表者　渋谷健太郎

162-0814/東京都新宿区新小川町1-5
電話　03・3268・8231-営業部
03・3268・8204-編集部
URL　http://www.tsogen.co.jp
DTP　萩原印刷
暁印刷・本間製本

乱丁・落丁本は、ご面倒ですが小社までご送付ください。送料小社負担にてお取替えいたします。

ISBN978-4-488-80502-9　C0197